W0220238

Brian Lumley · Hund der Nacht

In dieser Reihe erschienen:

2801 *Das Erwachen*
2802 *Vampirblut*
2803 *Kreaturen der Nacht*
2804 *Untot*
2805 *Totenwache*
2806 *Das Dämonentor*
2807 *Blutlust*
2808 *Höllenbrut*
2809 *Wechselbalg*
2810 *Duell der Vampire*
2811 *Totenhorcher*
2812 *Blutkuss*
2813 *Konzil der Vampire*
2814 *Grabgesang*
2815 *Blutsbrüder*
2816 *Vampirwelt*
2817 *Nestors Rache*
2818 *Metamorphose*
2819 *Vormulac*
2820 *Schlacht der Vampire*
2821 *Blutkrieg*
2822 *Vampire schlafen nie*
2823 *Hund der Nacht*
2824 *Verfluchtes Blut*

Brian Lumley

Hund der Nacht

Necroscope 23

Aus dem Englischen von Alexander Amberg

FESTA

1. Auflage Juli 2008

Originaltitel: *Necroscope: The lost Years, Volume II*

Umschlaggestaltung: BabbaRammDass
Literarische Agentur: Thomas Schlück GmbH, 30827 Garbsen
Druck und Bindung: AALEXX, Großburgwedel

ISBN 978-3-86552-085-2

ERSTES KAPITEL

Shaitan der Ungeborene kam vor, oh, langer, langer Zeit aus den Vampirsümpfen. Er war der Erste und Schlimmste aller Wamphyri – Erster der Großen Vampire und Ursprung des Untodes.

Er kam aus dem Westen und sah, dass die Finsternis der Sternseite gut war. Doch durch die sich auflösenden Nebelschleier hindurch spürte er die verzehrenden Strahlen der sengenden Sonne, die durch die hohen Pässe der Grenzberge fielen und von denen einem die Haut rot wurde, bis sie aufplatzte. Also nahm er den Pfad zur Linken um das Gebirge herum, bis er schließlich auf die Geröllebene der öden, düsteren Sternseite gelangte, auf der es keinerlei Bedrohung für ihn gab; im Süden hingegen stand die Sonne am Himmel, die ihm wehtat und aller Wahrscheinlichkeit nach auch tödlich war für ihn und all diejenigen, die er dereinst hervorbringen würde. Von diesem Zeitpunkt an entschied er sich stets für den dunkleren, unheilvolleren Weg durchs Leben ...

Als ihn ein sonderbarer Durst überkam, trank er von dem Wasser, das von den Felsen stürzte; fürs Erste stillte es seinen Durst, aber es stellte ihn nicht wirklich zufrieden. Als er einen sonderbaren Hunger verspürte, aß er Gräser, Kräuter und bittere Früchte. Sie füllten zwar seinen Magen, doch der Hunger wollte nicht weichen. Es war der Hunger einer bösartigen Spore, eines Egels, der von Shaitans Körper, Seele und Geist Besitz ergriffen hatte ... sofern er überhaupt so etwas wie eine Seele besaß.

Shaitan trug keine Kleider, doch er schämte sich dessen nicht, denn er wusste, dass er schön war, und wollte seine Schönheit zur Schau stellen. Er verglich sich mit den Tieren der Wildnis, der Sümpfe und Berge und erkannte, dass bei ihnen die Schönheit ihrer Unschuld entsprang. Aus diesem Grund war es sinnlos, sich ihnen zu zeigen oder ihnen gar seinen Willen aufzuzwingen. Ohne jede Vernunft und voller Unschuld konnten sie niemals bestreiten, was er doch am besten wusste; nur zu leicht würden sie sich seinem Willen beugen. Also musste er ihn anderen aufzwingen, die so waren wie er. Nur ... wo sollte er die finden? Während er ostwärts wanderte, hielt er Ausschau, doch nirgends traf er auf so jemanden. Vorerst jedenfalls nicht. Und in seiner

Einsamkeit machte er die Fledermäuse, die er um ihre Flugkünste beneidete, zu seinen Vertrauten.

Irgendwann stieß er auf Trogs, in Höhlen hausende Halbmenschen, die kaum schön zu nennen und keineswegs so waren wie er; dennoch verdarb Shaitan sie und erfüllte sie mit seinen Lastern. Erst siechten sie dahin, dann starben sie und wurden schließlich zu Untoten. Er nahm sich Trogfrauen in sein Bett und zeugte Nachkommen. Diesen Verbindungen entsprangen grässliche »Kinder«. Sie waren irrsinnig und ihr Hunger durch nichts zu stillen! Schon als Säuglinge saugten sie Blut anstelle von Milch und wuchsen viel zu schnell. Ihre Mütter versuchten sie zu ersticken, indem sie sich auf sie legten. Shaitan verschlang eins der Kinder, um dessen Fleisch zu kosten. Vorerst stillte es die Gier seines Egels – zumindest eine Zeit lang.

Mit den Trogs und den Fledermäusen scharte Shaitan ein beflissenes Gefolge um sich. Doch was gab es noch darüber hinaus? Der Parasit in seinem Innern war mittlerweile herangereift und wollte mehr. Er nährte sich von Shaitans Blut, so wie dieser sich vom Blut anderer nährte, gab sich jedoch nicht zufrieden mit dem Speiseplan seines Wirtes. Also machte er sich auf die Suche nach anderen Menschen, denen er seinen Willen aufzwingen konnte. Doch wessen Willen eigentlich, fragte er sich mitunter. Seinen eigenen oder den seines Egels? Und von da an gewann für ihn die Frage nach dem freien Willen und der Entscheidungsfreiheit immer größere Bedeutung und wuchs sich bei ihm und allen Vampiren, die nach ihm kamen, zu einer regelrechten Besessenheit aus.

Die Trogs sagten Shaitan, er gliche den Menschen jenseits der Berge, auf der Sonnseite. Darauf beschloss er, sich die Sonnseite untertan zu machen, und ging dabei so geschickt vor wie bei all seinen Werken. Zunächst wollte er sich den Sonnseitern als Freund nähern, später dann als ihr Gebieter.

Also begab Shaitan sich in dem der Nacht vorausgehenden Zwielicht auf die Sonnseite. In den dämmrigen Ausläufern des Gebirges zogen ihn die Lagerfeuer der Jagdtrupps an. Sie erstreckten sich nach Ost und West, so weit das Auge reichte. Auf der Sonnseite musste es unzählige Stämme geben! Shaitan glaubte, endlich richtige Menschen gefunden zu haben, die er seinem Willen unterwerfen konnte, und sein schwarzes Herz war von Freude erfüllt.

Doch seine Eroberungsfantasien lösten sich schon bald in Luft auf. Bei den Trogs der Sternseite war es ein Leichtes gewesen. Diese Männer von der Sonnseite hingegen – sie nannten sich »Szgany« – waren anders ... und ihre Frauen ebenfalls. Im Gegensatz zu den Trogweibern waren die Frauen der Szgany hübsch. Und Shaitan, der große Verführer, verführte – und mordete sie! Aber sein Verbrechen wurde entdeckt, und die Szgany jagten ihn aus ihren Lagern.

Seine Verfolger hetzten einen Wolf auf ihn, und zum ersten Mal setzte Shaitan seine Wandlungskunst ein, um eine andere Gestalt anzunehmen und zu einer schlimmeren Bestie als der Wolf zu werden. Er raste vor Wut und tötete nicht nur den Wachhund, sondern auch ein paar Menschen und machte weitere zu seinen Knechten. Denn zu seiner Zeit unter den Höhlentrogs der Sternseite hatte Shaitan erkannt, welche Macht er über die Menschen besaß. Er wusste, dass sein Biss ihr Blut mit einem unheilbaren Fieber infizierte, bis sie schließlich zu seinen Sklaven wurden, die ihm in alle Ewigkeit dienstbar sein mussten.

Verborgen in einem Vampirnebel, den er aus seinen Poren und der Erde selbst heraufbeschwor, stieg Shaitan mit einem seiner Knechte in die düsteren Berge auf und fand dort Zuflucht in einer Höhle. Denn die purpurne Morgendämmerung wich bereits einer goldenen Giftblase, die am südlichen Horizont fern über den Wäldern schwebte. So langsam entwickelte Shaitans Symbiont sich zu einer zweischneidigen Angelegenheit – er konnte dessen Vorteile unmöglich ohne die Nachteile in Kauf nehmen.

Das Sonnenlicht bereitete ihm unerträgliche Qualen, brannte ihm in den Augen und auf der Haut! Es versengte ihn, sog ihm jede Feuchtigkeit aus dem Fleisch und zehrte an seinen unglaublichen Kräften. Für ein paar Sekunden konnte er die Höhle durchaus verlassen, doch schon wenige Minuten würden ihn entsetzlich auslaugen, und nach einer Stunde wären er und sein Egel tot. So etwas hatte er bereits vermutet, darum war er ja abends zur Sonnseite gewandert. Doch nun hatte er den eindeutigen Beweis: Die Sonne würde ihm in der Tat den Tod bringen!

Der Tag war endlos und verstrich nur langsam. Weitere Szgany, die er zu Vampirknechten gemacht hatte, gesellten sich zu ihm. Bei Anbruch der Nacht nahm er diese armen Geschöpfe mit übers Gebirge und hinunter auf die Sternseite, wo mehrere

Trog-Knechte die Rückkehr ihres Gebieters erwarteten. Alles in allem hatte Shaitan nun dreizehn Knechte um sich geschart, und er nannte sie seine Jünger (obwohl sie in Wirklichkeit nur Blut-Sklaven waren). Von da an wurde die Dreizehn zu einer Unglückszahl, und zwar nicht nur in dieser Welt ...

Bei seinem Abstieg zur Sternseite sah Shaitan ein Licht, das die Nacht erhellte. Jemand aus seinem Gefolge meinte, dies müsse die weiße Sonne sein, die vom Himmel gestürzt sei. Es gäbe Leute, die sie das Tor zur Hölle nannten. Shaitans Neugier war geweckt, und er sagte, er müsse dieses Höllentor sehen.

Sie erklommen eine niedrige Kraterwand, bis sie an deren Rand standen und auf die Halbkugel aus kaltem Feuer hinabblickten. Geblendet wankten die Trogs hin und her. Einer stolperte, stürzte und landete auf einem Felsvorsprung direkt vor dem hellen Gleißen. Aus Furcht vor dem unheimlichen Licht hob er die Hand vor die Augen und streifte dabei die gleißende Kuppel. Seine Hand versank darin ... Er stieß einen kehligen Schrei aus, als er in das Höllentor gezogen wurde und es ihn verschluckte.

»Dies soll die Strafe für jeden sein, der dreimal gegen meine Anweisungen verstößt«, erklärte Shaitan. »Dreimal, denn ich bin ein nachsichtiger Herr, wie ihr seht! Und es wird noch andere Strafen geben, aye. Ich bin Lord Shaitan und vermag aus Menschen Untote zu machen! Wer auch immer mir Schaden zufügt, sollte eines bedenken: Erst werde ich ihm das Blut aussaugen und ihn danach tief in der Erde begraben. Dort mag er dann liegen und sich bis in alle Ewigkeit, oder doch bis er zu Stein erstarrt, die Seele aus dem Leib schreien. Und jenes Land dort im Norden, scheint mir, ist eiskalt und unbewohnbar. Darum soll, wer meine Befehle verweigert, sich in Acht nehmen. Für so jemanden ist in meinem Haus kein warmes Bett übrig und auch nicht das weiche Fleisch einer Frau. Er wird in mir keinen gewogenen Herrn finden, der ihn führt und leitet; ich werde ihm keine Wunder weisen und auch keine Geheimnisse offenbaren, sondern ihn nach Norden verbannen, wo er einsam und allein im Eis erfrieren soll. Doch wer mir in allem Folge leistet und sich als getreuer Diener erweist, dem soll es an nichts mangeln. Niemals. Für den wird es Blut in Hülle und Fülle geben ... aye, bis in den Tod – und darüber hinaus! So sei es ...«

Lord Shaitan und seine Anhänger gelangten in eine Gegend voller gigantischer Felstürme, die Wind und Wetter aus dem Gebirge gewaschen hatten. Riesige Geröllhaufen umgaben den Fuß eines jeden Turmes, und in den steinernen Säulen selbst befanden sich tiefe Spalten, Vorsprünge und Höhlen, manche davon so groß wie ein Ballsaal. Shaitan bewunderte diese hoch aufragenden, kargen Türme. »Einen davon werde ich in Besitz nehmen«, verkündete er.

»Sie gleichen den Adlerhorsten hoch oben in den Bergen«, sagte ein Knecht.

»Aye«, erwiderte Shaitan. »Die Horste der Wamphyri!«

Er machte sich an die Arbeit und baute sein Haus. Es war eine ungeheure Aufgabe, die einzig ein Vampir und seine Knechte je vollbringen konnten. Doch Shaitan hatte gar nicht die Absicht, lediglich ein Haus zu errichten. Ihm schwebte ein ganzes Vampir-Imperium vor. Er zog die Trogs in ihren Höhlen heran und sandte seine Leutnante auf die Sonnseite, um Jagd auf die Szgany zu machen. Und tief im Innern seiner in den Himmel ragenden Wohnstatt experimentierte er mit seinem eigenen, wandelbaren Fleisch, um sich mit allem auszustatten, dessen er bedurfte.

Aus Trogs züchtete er Knorpelkreaturen mit winzigem Hirn und elastischen Körpern. Daraus fertigte er Leder und Bedachungen für die Außentreppen der Feste, desgleichen Möbelstücke für seine Gemächer. All seine *Materialien* waren noch irgendwie am Leben; erst allmählich versteinerten sie und verschmolzen dauerhaft mit dem Fels. Er kreuzte Szgany-Männer mit Trog-Frauen. Daraus entsprangen grauenhafte Missgeburten, aufgedunsene, abstoßende, geistlose Wesen, aus denen er Gaskreaturen züchtete, um den Turm zu heizen, und Fresslinge für seine Abfallgruben.

Shaitan nahm Vampirfleisch ohne jeden Geist und verwandelte es; er wollte Flugkreaturen schaffen, um sich auf deren Rücken seinen Vertrauten, den Fledermäusen, gleich in die Lüfte zu erheben. Zunächst misslang es ihm, doch dann stattete er seine Flieger mit zurechtgestutzten Menschengehirnen aus, damit sie über ein Mindestmaß an freiem Willen (doch bloß nicht zu viel) verfügten. All diese Kreaturen, ob nun im Entstehen begriffen oder voll entwickelt, waren seine Sklaven.

Gerüchte von seinem Treiben drangen bis auf die Sonnseite. Die Sternseite galt als nicht geheuer, und niemand wagte sich mehr dorthin – zumindest kein Mensch. Doch die Szgany hatten mittlerweile andere Sorgen als Shaitan und dessen Stoßtrupps. Weit im Westen hatten die Sümpfe sich zu einer wahren Brutstätte für Ungeheuer entwickelt! Törichte Menschen und unschuldige Tiere gingen zum Trinken an die schaumigen Wasser, doch die Geschöpfe, die davon zurückkehrten, waren weder Mensch noch Wolf.

In den ersten Jahren nach Shaitans Aufstieg kamen ziemlich viele Wesen, die ihm ähnlich waren, von der Sonnseite herüber, um in den Felstürmen der Wamphyri Wohnung zu nehmen. Und weil sie nicht minder stark waren als Shaitan und sich auch in allem anderen mit ihm messen konnten, legte er keinen Widerspruch ein und ließ sie gewähren. In den Felstürmen gab es ohnehin Platz genug, und noch nicht einmal Shaitan konnte auf alle zugleich Anspruch erheben. Außerdem warteten hinter dem Grenzgebirge genügend Nahrung und Vergnügen für sie alle. Dennoch schuf Shaitan wilde, grausame Kampfkreaturen – eine reine Vorsichtsmaßnahme, um etwaige Gegner abzuschrecken ...

Während der nächsten zweihundert Jahre wuchs die Zahl der Wamphyri. Sie wurden immer mehr. Viele. Zu viele ...

Die Szgany der Sonnseite schlossen sich zu Clans von Travellern zusammen, Wanderern, die tagsüber von Ort zu Ort zogen und des Nachts tief in den Wäldern oder in Höhlen nächtigten. Trotzdem fanden sie keinen Frieden vor den Lords der Sternseite und entrichteten einen enormen Blutzoll!

Doch schließlich erkannte Shaitan seinen Fehler. Er hätte niemals zulassen dürfen, dass andere Lords so sehr an Macht gewannen und sich derart vermehrten. Er beschloss, mit ansehnlichen Frauen Blutsöhne zu zeugen, um sich mit deren Hilfe die anderen Lords zu unterwerfen. Seine Söhne und Töchter waren zahlreich. Letztere missbrauchte er eine nach der anderen, denn sein eigenes Fleisch war ihm am liebsten. Durch die Zeitalter hindurch sollten Vampire es so halten.

In dem Maß, in dem die Wamphyri-Lords und -Ladys sich vermehrten, degenerierten sie auch. Es wurde schlimmer und schlimmer und ging immer weiter abwärts mit ihnen ...

Irgendwann hatte jeder der größeren Türme einen Gebieter oder eine Gebieterin; auch die kleineren Festen wurden in Besitz genommen, und bald gab es in den luftigen Stätten keinen Platz mehr, weder für weitere Männer noch für ihre Söhne und Töchter, Knechte und Kreaturen. Zu guter Letzt kam es zum Krieg um die Felsenhorste, bis es über der Sternseite nur so wimmelte von Fliegern und Kriegern, die unter den wie gefrorene Eissplitter am Himmel hängenden Sternen und auf den Wällen der großen Festen kämpften. Pauken wurden geschlagen, die Trommeln riefen zur Schlacht, und auf flatternden Bannern wehten die Wappen der Lords und Ladys. Vampir tötete Vampir – Väter, Söhne, Brüder –, bis die Findlingsebene in Blut ertrank und das Land ringsum von den grotesken Leichnamen zerschmetterter Bestien übersät war.

Auch Shaitan selbst wurde angegriffen, doch geschickt verteidigte er seine Feste und verließ sie nicht. Als jedoch einige Lords in benachbarten Stätten geschwächt waren, fiel er über sie her und warf sie nieder. Derart errang er die Herrschaft über eine ganze Gruppe von Türmen.

Als die anderen erkannten, was für eine Strategie er verfolgte, schlossen sie einen Waffenstillstand und griffen ihn mit vereinten Kräften an. Um ein Haar hätten sie ihn in Shaitanshöhe in der Falle gehabt. Nur mithilfe seiner Wandlungskräfte konnte er sich retten, indem er die Gestalt einer Fledermaus annahm und sich von seinem höchsten Wehrgang stürzte. Er glitt davon und verbarg sich an einem sicheren Ort. In der Zwischenzeit sammelten sich seine Truppen und formierten sich, geführt von seinen Leutnanten, neu, und Shaitanshöhe wurde nicht eingenommen ...

Die Blutkriege währten einhundert Jahre. In dieser Zeit entwickelte sich das Fertigen von Flugrochen und Kriegern zu einer regelrechten Kunst. Die Zahl der Wamphyri wurde in all dem Aufruhr und sinnlosen Abschlachten erheblich dezimiert. Für die Szgany der Sonnseite, die bislang am Rande des Abgrunds gestanden hatten, bedeutete dies eine Atempause, in der sie ihr Leben und das Wenige, was von ihrer Gesellschaft übrig geblieben war, neu ordneten. Doch dies sollte nicht von Dauer sein.

Denn Shaitan war nun der uneingeschränkte Herrscher über alle Vampire, »Wahrer des Friedens« und »Oberster Richter«, dem die Lords ihre Streitigkeiten vortrugen, damit er sein Urteil fällte. Und als der Schlachtenlärm verklang, war auch die glückliche Zeit, in der die Szgany weitgehend von Überfällen verschont geblieben waren, vorüber, und der Albtraum lebte erneut auf, schlimmer als zuvor. Denn die Wamphyri mussten die Vorratskammern ihrer verwüsteten und ausgehungerten Festen wieder auffüllen, und alles, was sie dazu brauchten, lief auf der Sonnseite umher.

Sechzig Jahre lang ging das so. Wer auf der Sonnseite jagen wollte, musste zuerst Shaitans Genehmigung einholen, und ganz gleich, welche Beute man zurückbrachte, stets beanspruchte Shaitan den zehnten Teil des bebenden Fleisches für sich. Die niederen Lords hassten ihn inbrünstig und hätten sich am liebsten gegen ihn aufgelehnt. Shaitan wusste dies, und als der Aufstand schließlich kam, war er vorbereitet und warf ihn nieder. Über diejenigen, die sich gegen ihn verschworen hatten, saß er zu Gericht – auch über seinen eigenen Sohn. Ihn verbannte er in die Eislande – das geringste Strafmaß.

Aber er verhängte noch ganz andere Strafen, denn es gab viele Verschwörer, die seinen Sturz geplant hatten. Einige ließ er auf der Findlingsebene lebendig (oder vielmehr untot) begraben, damit sie in der schaudernden Erde zu Stein erstarrten. Einer, Nonari Grobhand, wurde mit seinem ganzen Gefolge mitsamt den Anführern seiner tributpflichtigen Szgany in das Tor zu den Höllenlanden geworfen. Und war der Blutname jenes Nonari, nämlich Ferenczy, schon ein Fluch für die Szgany dieser Welt, so sollte er in einer anderen erst recht einer werden.

Ebenfalls durch das Tor in die Verbannung geschickt wurden die Gebrüder Drakul, Karl und Egon, deren Bosheit diejenige Shaitans noch übertraf, und noch jemand, der Shaitan schon seit Langem ein Dorn im Auge war. Denn gleich nach seiner Ankunft hatte Shaitan versucht, Wesen wie Radu Lykan seinem Willen zu unterwerfen, doch vergebens; die grauen Brüder des Grenzgebirges erkannten neben ihrem Leitwolf keinen weiteren Herrn an und zollten einzig dem silbernen Vollmond Tribut, wenn er über den Himmel jagte. Und Radu Lykan zählte zu jener Unterart der Wamphyri: Er war ein Wolf, oder vielmehr: ein Werwolf! Lord Shaitan waren diese »Hunde-Lords«, Söhne von Wölfen, ein Gräuel, und auch ohne Blutkriege hätte er einen Weg gefunden, Geschöpfe wie Radu zu beseitigen.

Eine Zeit lang herrschte also Frieden auf der Sternseite, und zwischen den Lords und Ladys der Wamphyri schwiegen die Waffen. Doch gerade *weil* sie Wamphyri waren, konnte dies nicht von

Dauer sein. Voller Gier und Neid und stets nur auf ihr Revier und dessen Erweiterung bedacht, gerieten sie sich selbst zum Fluch. Irgendwann überwältigten sie Shaitan und stürzten ihn, und er wurde von der Sternseite in die kalten, unbewohnbaren Eislande vertrieben.

All dies ist bekannt. Diese Legenden wurden schon oft erzählt. Doch von dem, was nun kommt, hat noch niemand berichtet ...

Vielleicht waren Wölfe, nicht anders als Mensch und Bär, Fuchs, Fledermaus und andere Arten, Kreaturen beider Welten: sowohl Starsides als auch der sogenannten Höllenlande jenseits des Sternseiten-Tores. Möglicherweise entsprangen sie derselben kosmischen Keimzelle, einer universellen Ursuppe, aus der sich die Schöpfung entwickelte, sodass ähnliche Lebensformen in der Entstehungsgeschichte vieler Welten vorgezeichnet waren.

Betrachtet man die Fossilienfunde auf der Erde, kann man annehmen, dass dem so war. Doch auch mit viel Glück (Glück?) dürfte kein Paläontologe der Welt je im Leben auf etwas auch nur entfernt mit den Wamphyri der Sternseite Vergleichbares stoßen, es sei denn, er wüsste genau, wo er graben müsste. In prähistorischen Gesteinsschichten jedenfalls würde man sie nicht entdecken, denn ursprünglich war die Erde ja keineswegs die Heimat der Wamphyri. Nur durch eine Laune der Natur (das Tor auf der Sternseite, und später auch ein weiteres, durch menschliche Dummheit und Ignoranz entstandenes Tor) war es den Wamphyri gelungen, hierher vorzudringen. Ansonsten hätte es in unserer Welt zwar Wölfe der Wildnis, nicht jedoch Werwölfe gegeben.

Was nun Letztere betrifft:

Es wurde berichtet, dass Menschen und Tiere zum Trinken an die Vampirsümpfe gingen, was jedoch davon zurückkam, waren andere Kreaturen – keine Menschen mehr, bestenfalls Bestien. Bis sie begriffen, was vor sich ging, waren die grauen Brüder des Hochgebirges mit unter den ersten Opfern des Schreckens aus dem Sumpf. Hin und wieder kam es vor, dass ein kranker, mit Vampirsporen verseuchter Wolf zu seinem Rudel zurückkehrte, allerdings verändert und auf ewig verwandelt. Dann erlitt er das gleiche Schicksal wie jeder menschliche Wanderer auch, der sich zu weit vorwagte, und wurde ausgestoßen.

Fiel ein solches Tier einen Menschen an, überlebte es dieser für gewöhnlich nicht, erhob sich jedoch als Vampirsklave wieder – allerdings ohne Gebieter! Und musste wiederum vor seiner Familie und seinen Freunden fliehen, um so lange als Ausgestoßener umherzuziehen, bis ihn seine einstigen Brüder zur Strecke brachten oder die Glutsonne ihn erwischte. Er konnte aber auch das Gebirge überqueren, um in die zweifelhafte Sicherheit der Sternseite zu gelangen.

Diese Opfer unterschieden sich jedoch von den Opfern menschlicher Vampire; nicht allein, dass sie die Sonne fürchteten, nein, sie schwelgten im Licht des vollen Mondes! Denn sie hatten einiges von den grauen Brüdern an sich, die den dahinjagenden Mond anbeten. In der Regel waren sie auch irrsinnig – völlig verrückt – oder hatten sich doch zumindest nicht immer ganz unter Kontrolle. Dennoch fielen sie, obwohl sie gefährlich waren, nur allzu leicht sowohl den Menschen als auch der Sonne oder den menschenähnlichen Vampiren der Sternseite zum Opfer. Im Sprachgebrauch der Psychologen einer Welt jenseits des Sternseiten-Tores könnte man diese bemitleidenswerten Kreaturen also durchaus als Lykanthropen bezeichnen: nämlich als Verrückte, die sich für Wölfe *hielten.*

Es gab allerdings auch ... andere!

Paradoxerweise brachte der Vampirismus, obgleich die davon befallenen Lebensformen ernsthaft erkrankten, eine unglaubliche Langlebigkeit mit sich. Denn dabei handelte es sich um eine Krankheit des Geistes und der Seele, wohingegen Körper und Blut das Leben ausmachen. Das bedeutete, dass ein von Vampirsporen infizierter Wolf nur selten, gnädigerweise selten, länger lebte als ein normaler Wolf, und sein Egel auch nur selten ... heranreifte! Doch die eigentliche Gefahr bestand darin, dass ein solcher Wolf einen Menschen anfallen konnte!

Denn Vampire sind hartnäckig, und der Biss eines derartigen Wolfes übertrug wesentlich mehr als nur ein bisschen giftigen Speichel. Mitunter wurde auf diese Weise sogar das Ei seines Egels weitergereicht, mit dessen Hilfe ein wahrer Vampir etwas von sich durch alle Zeitalter weitergibt. Und ganz gleich, ob das Opfer nun daran starb oder nicht, es erhob sich wieder als Untoter und als Wamphyri! Solche Menschen gab es. Einerseits *waren* sie Menschen, gleichzeitig jedoch trugen sie das Vampirei eines Wolfes in sich und damit alles, was dieses von seinem einstigen Wirt mitbekommen oder geerbt haben mochte.

Im Gegensatz zu den armseligen *Lykanthropen* einer anderen Kultur, gar einer anderen Welt (deren Blut unter Umständen mit einer schwachen Spur von etwas, was aus Starside stammte, infiziert war) verfügten die Werwölfe jener Parallelwelt in der Tat über die Fähigkeit, sich zu verwandeln und die Gestalt ihrer Vorfahren anzunehmen. Lediglich die Kraft des vollen Mondes, der über die Sternseite jagte, war vonnöten, um aus einem Menschen eine Bestie zu machen oder gewisse Lords der Wamphyri in Männer mit dem Aussehen und der wilden Gier eines tollwütigen Hundes zu verwandeln.

Homo sapiens, *Canis* sapiens, loup-garou ... in einen Werwolf!

Radu Lykan – von Lord Shaitan durch das Sternseiten-Tor in die Höllenlande verbannt – war einer. Doch bevor aus Radu ein Hunde-Lord wurde, war er ein ganz gewöhnlicher Mensch. Dies ist seine Geschichte:

Radu war ein Einzelgänger, ein Mann der Berge ... bis er sich mit seinem Gefährten, einem zahmen Wolf, in das sumpfige Ödland östlich des Grenzgebirges vorwagte. Er hielt sich von den Menschen weitgehend fern und zog ihrer Gesellschaft diejenige eines Hundes der Wildnis vor. Er hatte das Tier halb begraben unter einer Felslawine entdeckt und dessen gebrochenen Lauf geheilt. Seitdem waren sie unzertrennlich.

Es gab andere Einzelgänger unter den Szgany, für gewöhnlich stumpfsinnige, faule Kerle, die keine Lust hatten, im Zigeunerlager zu leben und die Arbeit ihrer Brüder auf der Sonnseite zu teilen. Manche waren auch schwachsinnig und neigten zu Grausamkeiten, stahlen oder zogen als Landstreicher umher und endeten schließlich als Ausgestoßene, weil kein Szgany mehr etwas mit ihnen zu tun haben wollte. Doch Radu war anders.

Er wurde in die Sippe Giorgio Zirescus hineingeboren, eines Stammeshäuptlings, der seine Szgany drangsalierte, wo immer er konnte, und dessen beide Zwillingssöhne keinen Deut besser waren als ihr Vater. Und da Giorgios Einfluss sie schützte, trieben sie es umso toller. Ion und Lexandru Zirescu waren gemeinsam mit Radu aufgewachsen, oder vielmehr, er wuchs unter ihren ständigen Schikanen auf – die allerdings nicht schlimmer waren als das, was der Rest des Stammes unter Giorgio und seinen Söhnen zu ertragen hatte. Denn die Szgany Zirescu mochten zwar stark an Zahl sein, doch es mangelte ihnen an Entschlossenheit, und sie ließen sich von ihrem Anführer nur allzu leicht einschüchtern. Giorgio war zwar verhasst, doch er und seine Söhne waren große, kräftige Männer und ihre Schädel ebenso hart wie ihre Fäuste.

Radus Mutter war bei der Geburt seiner Schwester Magda gestorben. Damals war er sieben gewesen, und fortan bestand seine Kindheit darin, sich um das kleine Mädchen zu kümmern, während sein Vater Freiji auf die Jagd ging, Früchte sammelte oder im Windschatten des Grenzgebirges, wo dieses sich allmählich zu den Sümpfen des Westens und dem Ödland hin absenkte, die Grenzen von Giorgios Territorium abschritt. Und da Freiji so oft fort war, fiel Radu den Gebrüdern Zirescu umso leichter zum Opfer.

Die beiden Brüder waren älter als Radu, und ihre Quälereien reichten von kleinen Beleidigungen bis hin zu einer richtigen Tracht Prügel. Sie hätten auch die kleine Magda geschlagen, wäre Radu nicht zur Stelle gewesen, um ihre Bosheit auf sich zu lenken und so seine Schwester zu schützen. Er war stets zur Stelle – was ihm nur weitere Hänseleien von Ion und Lexandru einbrachte, die ihn als »Radu, die Amme« beschimpften.

Radu war hochgewachsen, außergewöhnlich groß für jemanden, dessen Vater recht klein war. Mit neun war er bereits so groß wie ein Fünfzehnjähriger und doch gertenschlank – wie ein Mädchen, wie Ion und Lexandru meinten. Vielleicht lag es in seiner Natur, dünn zu sein; wahrscheinlicher war jedoch, dass es ihm an Nahrung mangelte und es jede Menge harter Arbeit gab, dass er so blieb. Doch er war durchaus kräftig, und trotz aller Repressalien hatte er auch einen starken Charakter. Seine Miene war in der Regel ausdruckslos. Die dunklen, freudlosen Augen lagen tief in den Höhlen, dazu hatte er hohe Wangenknochen, einen länglichen Kiefer und kräftige, gerade Zähne. Seine Lippen waren schmal und zusammengekniffen, denn er hatte bereits als Kind gelernt, dass es besser war, den Mund zu halten, vor allem in der Nähe der Gebrüder Zirescu.

Als Kind hatte Radu rabenschwarzes Haar gehabt, doch bereits in seiner Jugend durchzogen graue Strähnen seine empfindsamen, von tiefen Adern gezeichneten Schläfen. Seine Nase war lang, aber keineswegs zu groß ... bis Ion Zirescu sie ihm in einem recht einseitigen Handgemenge brach und sie mehr schlecht als recht zusammenheilte, unten breit und krumm in der Mitte, was

Radu irgendwie das Aussehen eines Falken verlieh, in Schach gehalten nur von einem eisernen Willen. Den brauchte er auch, um seine Selbstbeherrschung zu wahren, und sei es nur, um seinen schwächelnden Vater zu beruhigen, den man bestenfalls friedliebend, im schlimmsten Fall aber auch einen Feigling nennen konnte. Den Zirescus jedenfalls war er nicht gewachsen. Das mochte erklären, weshalb Radu in Schlägereien regelmäßig den Kürzeren zog (vielleicht war das, gemessen an den Umständen, sogar das Klügste, was er tun konnte). Denn die Zirescu-Zwillinge mochten zwar auf Streit aus sein, aber unter den jungen Männern des Stammes hatten sie jede Menge Anhänger, und diese hatten Radu nur zu oft niedergehalten, während die beiden auf ihn eintraten und -schlugen. Also hatte der junge Radu gelernt, sich zurückzuhalten, während die Ereignisse allmählich gänzlich außer Kontrolle gerieten.

Während Radus Jugend ging alles unvermindert weiter. Sie schlugen ihm die Nase und die Knochen blutig, verunstalteten sein Gesicht, doch gegenüber seinem Vater, um dessen Gesundheit es schon seit Langem nicht zum Besten bestellt war, kam ihm nicht ein einziges Mal ein Klagelaut über die Lippen. Freiji Lykan mochte die Last der Jahre spüren und von den Entbehrungen, die er unter seinem Häuptling, diesem Schwein, erleiden musste, erschöpft sein, doch auch mit Giorgio ging es bergab ... allerdings lag es in seinem Fall an dem guten Pflaumenschnaps und dem vielen Fleisch, das er in sich hineinstopfte, und beides forderte seinen Tribut. Und natürlich passten seine viehischen Söhne auf wie die Geier und warteten nur darauf, dass er seinen letzten Atemzug tat. Die Frage war nur, wer die Szgany Zirescu tyrannisieren durfte, wenn es Giorgio nicht mehr gab. Vielleicht sollten sie es zu zweit tun, und sei es nur, weil sie einander misstrauten und dieselbe Furcht teilten. Oh, denn sie wussten durchaus, wie sehr sie bei einem Großteil ihres Stammes verhasst waren.

Ungefähr zu dieser Zeit gelangte Shaitan von Westen her auf die Sternseite und errichtete auf der Findlingsebene seine Feste, während sich in den Sümpfen des Ödlandes die Vampirsporen vermehrten. Bislang waren deren Auswirkungen auf der Sonnseite nur spärlich in Erscheinung getreten. Andere Übel hingegen waren stets gegenwärtig. Und bei den Szgany Zirescu trug dieses Übel den Namen ihrer wohl bekanntesten Familie: nämlich Zirescu!

Eines Morgens konnte Freiji nicht mehr seinem Tagwerk nachgehen. Seine Augen ließen ihn im Stich, außerdem war er ohnehin noch nie ein guter Jäger gewesen. Nun bereitete ihm auch noch sein Rücken so starke Schmerzen, dass er kaum zu laufen vermochte, dabei war er an der Reihe, in den Wald zu gehen, um Nüsse und Früchte zu sammeln. Bei den Szgany Zirescu pflegten die Männer so lange zu arbeiten, bis sie umfielen. Dann blieben sie liegen, während der Stamm weiterzog, oder bis sie die Kraft fanden, wieder aufzustehen. Unter den Szgany Zirescu gab es nur wenige Müßiggänger (ausgenommen natürlich Giorgio, dessen Söhne und eine Handvoll von deren Kumpanen) und sehr wenige Alte. Und obwohl Freiji fast ein Krüppel war, ließ sein Anführer ihn mit einem Korb in die Wälder tappen – von wo er nicht wiederkehrte. Ein Sonnseiten-Tag entsprach vier Tagen in der unbekannten Parallelwelt jenseits des Sternseiten-Tores. Doch als die Nacht anbrach, war Freiji noch immer nicht zurück.

An jenem Tag musste Radu eigenen Pflichten nachgehen, und Magda, seine Schwester, ebenfalls. Sie war mittlerweile zu einem wunderschönen jungen Mädchen herangewachsen, ebenso schön wie einst ihre Mutter. Als Radu endlich das Lager verließ und sich in die Wälder aufmachte, um seinen Vater zu suchen, konnte er nicht ahnen, dass es Magda – oder vielmehr ihre Schönheit beziehungsweise deren Verlust – sein sollte, die das Eisen in seinem Blut letztlich zu hartem, kaltem Stahl schmiedete.

Magda – und die Gebrüder Zirescu natürlich ...

Doch als er den Leichnam seines Vaters fand und feststellte, woran dieser gestorben war – nämlich mit Sicherheit keines natürlichen Todes, und es handelte sich auch nicht um einen Unfall –, wurde ihm mit einem Mal schlagartig alles klar!

Seit über einem Jahr machten die Zirescu-Brüder Magda nun schon den Hof (oder was sie so dafür hielten). Dabei war sie noch nicht einmal fünfzehn ...

Giorgio hatte gesagt, sie müsse sich endlich entscheiden ... doch Magda verschmähte beide; sie wusste, dass die beiden jedem Rockzipfel hinterherliefen und kein unverheiratetes Mädchen der Szgany Zirescu und mitunter selbst die verheirateten Frauen nicht in Ruhe ließen ...

Freiji, Magdas Vater, der natürlich auch ein Wörtchen mitzureden hatte, nahm den beiden Brüdern und ihrem Erzeuger den Wind aus den Segeln, indem er ihnen erklärte, Magda sei noch zu jung. Allerdings war es nicht ungewöhnlich, wenn ein Szgany-Mädchen sich bereits mit dreizehn einen Ehemann nahm, und Freiji war klar, dass er die Sache nicht endlos aufschieben konnte. Giorgio schäumte vor Wut, stieß Flüche und Drohungen aus! Er wollte Enkel haben (und zwar richtige *Enkelsöhne, keine Bastarde), die seinen Namen weitertrugen. Freiji Lykan hatte gekatzbuckelt und gestottert, war aber keinen Millimeter von seinem Standpunkt gewichen ...*

Die beiden Brüder hatten Magda verlacht und ihr eröffnet, sie werde entweder als alte Jungfer enden oder als Dirne, die es mit jedem trieb. Innerlich hatte Radu gekocht ...

Und nun dies:

Starr und tot lag Freiji vor ihm – ermordet und von Fliegen umsummt in einem Teil des Waldes, in den sich sonst so gut wie niemand verirrte. Sie hatten seinen Körper ins dichte Unterholz geworfen; Radu entdeckte den Leichnam, als eine verschreckte Füchsin davon wegsprang. Nachdem er ein kleines Feuer entzündet hatte, sah er auch, woran sein Vater gestorben war ... In Freijis schmalem Rücken steckte die abgebrochene Klinge eines langen Eisenholzmessers! Ein feiger Angriff aus dem Hinterhalt – typisch für die Gebrüder Zirescu. Und Freijis Weidenkorb war weg und von den Früchten und Nüssen, die er am Morgen doch unweigerlich gesammelt haben musste, nichts zu sehen ...

Wieder im Lager der Szgany Zirescu ging Radu geradewegs zum Hüter der Nahrungsvorräte, einem Mann namens Vorratswart Borisciu, und fragte ihn, ob heute jemand irgendetwas Essbares aus dem Wald mitgebracht habe. Radu hielt sich zwar sehr im Zaum, aber vielleicht sah Borisciu es ihm trotzdem an seiner Miene an. Jedenfalls beantwortete er Radus Fragen äußerst vorsichtig und sagte ihm, es sei ein ausnehmend guter Tag gewesen; aber das sei Radu doch sicherlich bekannt, schließlich sei er doch selbst mit auf der Jagd gewesen, oder nicht?

»Aus dem Wald«, wiederholte Radu, während er sein Gegenüber am Handgelenk packte. »Ich rede von Grünzeug, nicht von Fleisch, Vorratswart!« Und nun war Borisciu sich völlig sicher, dass er etwas Fremdes, Hartes, Kaltes in Radus Blick wahrnahm.

»Früchte, aye«, entgegnete er. »Aber liefern uns die Wälder denn nicht immer viel Gutes?« Und rasch, als wolle er das Thema wechseln, fügte er hinzu: »Und die Ausbeute an Fischen war wirklich außergewöhnlich! Ein guter Tag am Fluss, Radu! Wenn du das für dich behältst, findet sich vielleicht eine fette Forelle, die deine Schwester dir und deinem Vater zum Abendessen ...« Er hielt inne, weil ihm einfiel, dass irgendjemand ihm erzählt hatte, Freiji Lykan sei noch nicht zurückgekehrt.

»Früchte!« Radus Griff wurde fester, er hatte die Stimme zu einem Knurren gesenkt. »Erzähl mir von diesen Früchten, und den Nüssen. Hat irgendjemand Pflaumen, Äpfel und Mandeln mitgebracht? Einen Weidenkorb voller Früchte aus den Wäldern? Sag schon!«

»Radu, ich ...«

»Wer war heute Früchte sammeln? Verstehst du, was ich sagen will? Oder hast du auch etwas damit zu tun, Vorratswart Borisciu?«

»Was?« Borisciu blieb der Mund offen stehen. »Ich? Womit denn? Nun, die Sippe der Govascis war heute dran mit Sammeln, desgleichen Andreas Tuvi und ...« Abermals hielt er inne.

»Und ...?«

»... und dein Vater, fällt mir jetzt ein.« Die Augen des Vorratswartes weiteten sich. Mittlerweile fürchtete er um seine Haut. Etwas, das ihm an jenem Tag aufgefallen war, kam ihm nun noch merkwürdiger vor. Oder vielleicht auch nicht. Vorhin waren die Gebrüder Zirescu mit einem großen Korb voller Früchte verstohlen zu ihm gekommen und hatten nicht viel geredet. »Was soll das heißen, Radu?« Er begann zu zittern. »Was ist mit deinem Vater?«

»Tot!«, zischte Radu und schubste ihn weg, sodass der Vorratswart Borisciu wieder zurück hinter seinen Tresen stolperte und an die Wand seines Zigeunerwagens prallte. »Tot! Im Wald ermordet, und jemand hat seinen Korb mitgenommen.«

»Ohne Zweifel irgendein Feind der Szgany Zirescu!«, stieß Borisciu hervor. »Siedler, die uns das Revier streitig machen und es sich widerrechtlich aneignen wollen! Landdiebe – auf Giorgios Territorium!«

Doch Radu legte nur den Kopf schief. »Feinde der Szgany Zirescu? Aye, das stimmt – die Zwillingsbrüder persönlich!« Da wurde Borisciu klar, dass er recht hatte, obwohl er es sich kaum selbst einzugestehen wagte. Radu sah es ihm an den Augen an.

Der junge Mann nickte bedächtig, grimmig. »Nun sag mir: Haben sie dir einen Korb voller Früchte gebracht?« Seine Stimme war so kalt wie der Wind, der durch die Bergpässe pfeift. Sein Blick verriet zwar keinerlei Regung, aber seine schmalen

Lippen waren bleich; seine Brust ging auf und nieder, sie hob und senkte sich wie nach einem Lauf. Und mit einem Mal wurde Borisciu bewusst, was geschehen war – ein kaltblütiger Mord. Er konnte nicht länger schweigen.

»Ja, das haben sie«, sprudelte er schließlich hervor. »Einen Korb, randvoll mit Obst und Nüssen. Ich weiß noch, es kam mir komisch vor, dass die Zirescu-Zwillinge zum ersten Mal, seit ich denken kann, tatsächlich gearbeitet haben!«

»Ein schmutziges Tagwerk, aye«, murmelte Radu, indem er sich abwandte. »Entweder sind sie dämlich oder nun völlig übergeschnappt, diesen Korb hierher zurückzubringen.«

»Vielleicht ist es ihnen auch einfach egal«, rief der Vorratswart ihm leise hinterher. »Weil sie und ihr Vater sich schon viel zu lange über jedes Recht stellen, sogar über ihre eigenen Gesetze. Aber du ... bist selber auch ein recht kräftiger Bursche geworden. Pass auf dich auf, Junge! Du findest sie in Hzaks Branntweinbude. Vor anderthalb Stunden habe ich kurz vorbeigeschaut, da hatten sie schon einen sitzen. Mittlerweile dürften sie völlig betrunken sein und dir keine allzu großen Schwierigkeiten mehr bereiten. Aber was soll das überhaupt? Sag bloß, du willst so, im Zorn und ohne Waffe, dahin gehen? Ich mag dich, Radu Lykan, so wie ich deinen Vater mochte, und würde dich nur ungern tot sehen.«

Ein guter Ratschlag. Radu ging zu Freiji Lykans Wagen, der nun ihm gehörte ... und fand ihn leer und verlassen vor. Die Lampen waren gelöscht, die Tür stand einen Spaltbreit offen und schwang im Nachtwind hin und her. Davor lag ein leerer Tonkrug im Gras, und in der Luft hing noch der schwache Geruch nach Branntwein – die Ausdünstungen der viehischen Kerle, die ihm zuvorgekommen waren.

Magda ... lag in einem Gebüsch ganz in der Nähe, wohin sie sie geschleppt und missbraucht und dann zerschunden, nackt und tot zurückgelassen hatten. Radu wollte es nicht wahrhaben; er saß nur da, wiegte sie in seinen Armen und schüttelte immer wieder den Kopf. Doch nicht lange, und ihn packte die kalte Wut; er bebte am ganzen Körper, wie im Fieber – vor lauter Zorn, der immer mehr in ihm wuchs, während vor seinem geistigen Auge ein Bild Gestalt gewann, dessen Anblick er nicht ertrug:

Das Blut unter ihren abgebrochenen Fingernägeln und der grob gewebte Schal um ihren Hals, mit dem sie ihre Schreie erstickt und sie schließlich umgebracht hatten, wiesen eindeutig darauf hin, dass Magda sich verzweifelt zur Wehr gesetzt hatte. Dazu die blauen Flecken und weitere ... *Spuren* auf ihrem von der Sonne gebräunten Körper! Es waren viele Hände gewesen, die sich in Magdas Fleisch gegraben hatten, um sie niederzuhalten (so wie einst Radu), und viele Finger, deren schändliche Abdrücke auf der bis dahin unberührten Jungfrau zu sehen waren. Viele waren auf ihr – *in* ihr – gewesen! Nicht allein die Gebrüder Zirescu ...

Radu kehrte zurück zu seinem Wagen, wie im Schlaf setzte er einen Fuß vor den anderen. Er trat an die Kiste unter seiner Bettstatt, in der er am Nachmittag die frisch gereinigte, in geölte Lappen eingeschlagene Armbrust verstaut hatte, bis er sie das nächste Mal brauchen würde. Und dieses nächste Mal war jetzt gekommen! Doch nun ging er nicht auf Ziegen. Er war auf *Schweine* aus!

Sein nächster Weg führte ihn ans Lagerfeuer, in dessen flackerndem Schein das raue, kehlige Gelächter trunkener Männer erscholl. Wo kein anständiger Mann sich mehr blicken ließ, weil die Szgany Zirescu sich ihrer schämten, hatte sich ein halbes Dutzend Saufkumpane der Zirescus versammelt. Und hier nahm keiner mehr ein Blatt vor den Mund! Sie tuschelten miteinander und machten höhnische Bemerkungen, und immer wieder fiel ein einziger Name ... Magda! Und dies von den branntweintrunkenen Lippen ihrer Vergewaltiger und Mörder.

»Das war vielleicht *ein Ritt!*«, meinte ein gewisser Arlek Bargosi. »Den werde ich niemals vergessen! Und eng wie die Möse einer Zwölfjährigen – na ja, zumindest bis wir alle mit ihr fertig waren!« Er prustete los, weil er seine derben Worte lustig fand, doch dann verschluckte er sich und sprang röchelnd auf. Als die anderen zu ihm hochblickten, um zu sehen, was er so plötzlich hatte ...

... sahen sie das gefiederte Ende eines Armbrustbolzens aus Arleks Adamsapfel ragen. Die bluttriefende Spitze war am Genick wieder ausgetreten! Arlek umklammerte den harten Eisenholzschaft, doch vergebens. Er lallte noch »Urk! Urk! Urk!«, spuckte dann Blut und fiel mit dem Gesicht voran ins Feuer. Während die Funken nach allen Seiten stoben, trat Radu Lykan vor. Er spannte die Sehne seiner Waffe und legte einen neuen Bolzen ein.

Doch diesen Radu kannten sie nicht. Seine ausdruckslose Miene war einem albtraumhaften Grinsen gewichen, in seinen

Augen brach sich der rötliche Feuerschein. Mit wütend gebleckten Zähnen stand er vor ihnen, hoch aufgerichtet, sein Haar grauer denn je. Nun sah er tatsächlich aus wie ein Falke – und zwar wie ein Falke, der auf den Geschmack von Blut gekommen war, bereit, sich auf sein nächstes Opfer zu stürzen.

Trotz ihrer Masse waren die Zirescu-Brüder im Nu auf den Beinen. Mit wirren Bärten, die Gesichter vom Schnaps gerötet, wurden sie augenblicklich nüchtern. Denn diesmal vernahmen sie das dumpfe Geräusch, mit dem Radu den Abzug durchzog, und das Sirren des Bolzens, der geradewegs auf Ions Herz zuraste ... Er hätte auch getroffen, wäre nicht einer ihrer Kumpane, ein gewisser Kherl Fumari, ebenfalls aufgestanden und in die Schusslinie gestolpert.

Radus Bolzen durchschlug sein Rückgrat und beulte, ehe er stecken blieb, Kherls Jacke vorn am Bauch etwas aus. Als Kherl mit einem Gurgeln in die Knie ging, erkannte Ion Zirescu, wie knapp er noch einmal davongekommen war. Denn Kherl versuchte, sich an ihm festzuhalten, während er zu Boden sank, und blickte aus bereits brechenden Augen zu ihm auf.

Und da stand Radu mit seinem irren Grinsen, eiskalt wie die Nacht, und doch stets in Bewegung, spannte seine Waffe und schob einen dritten Bolzen in die Nut ... Diesen Schuss sollte er allerdings nie abfeuern! Hinter ihm wuchs eine massige Gestalt aus der Dunkelheit – Giorgio Zirescu persönlich! Er hatte einen Knüppel in der Hand, den er hob und mit aller Gewalt auf Radus Schädel niedersausen ließ. Damit war die Sache erledigt.

Giorgio warf den Knüppel beiseite und bedachte seine sprachlosen Söhne und deren schwankende Kumpane mit einem finsteren Blick. »Huh!«, knurrte er. »Gott sei Dank habe ich noch den ein oder anderen Freund – obwohl ich zwei so missratene Kerle wie euch gezeugt habe!«

»Vater, wir ...«, begann Lexandru.

»Halt den *Mund!*«, herrschte sein Vater ihn an. »Glaubst du etwa, ich wüsste nicht, was hier vor sich geht? Oh doch! Wie gesagt, ein Freund riss mich aus dem Schlaf. Er hat mitbekommen, worüber ihr am Feuer erzählt habt. Radus Schwester, Magda – tot, und ihr habt sie umgebracht! Zu sechst seid ihr über die Kleine hergefallen! Die beiden räudigen Leichname hier, Kherl Fumari und Arlek Bargosi, die Gebrüder Ferenczy, Rakhi und Lagula« – Giorgio bedachte die Ferenczys, die verlegen von einem Fuß auf den anderen traten und sich verstohlene Blicke zuwarfen, mit einem finsteren Blick – »... und natürlich ihr zwei!«

Ion schüttelte das zerzauste Haupt. »Es ist nicht allein unsere Schuld! Du hast uns Freiji doch hinterhergeschickt, damit wir ihn kaltmachen. Nun, und in Radus Blick, da lag etwas, das uns verriet, dass er es wusste! Er muss seinen Vater gefunden haben, draußen in den Wäldern. Und das Mädchen ... *das* war ein Unfall. Sie wollte einfach nicht stillhalten!«

Der Alte kam näher und stieß, während er das Feuer umrundete, Arlek Bargosi mit dem Fuß in die Seite, sodass der versengte Leichnam aus der Glut rollte. Rauch und der Geruch nach röstendem Fleisch stiegen davon auf. Das schwarz verbrannte Gesicht war von Blasen überzogen, die knisternd aufplatzten. Giorgio ging um die Leiche herum und blieb vor Kherl Fumari stehen, der lang gestreckt im niedergetretenen Gras lag. »Huh!«, machte er abermals. »Was für ein Durcheinander!« Und an Ion gewandt: »Hilf mir mit Kherl!«

Ion trat auf ihn zu ...

... und lief direkt in Giorgios Faust, die ihm mit voller Wucht ins Gesicht krachte. »Mach mir nie mehr Vorhaltungen!« Ion ging zu Boden, und Giorgio stand über ihm. »Gib mir nie mehr Widerrede! Hast du verstanden?«

Ion blieb nichts anderes übrig, als benommen zu seinem Vater aufzublicken und sich die blutigen Lippen zu betasten. Er nickte.

Giorgio ebenfalls. Sein Blick wanderte von einem zum andern. Schließlich kniff er die Augen zusammen und murmelte: »Na gut, hört zu! Ich werde euch sagen, was jetzt zu tun ist!«

Die vier scharten sich um ihn und warteten, während er ihnen seinen Plan darlegte. »Zunächst das Mädchen! Wo ist sie?«

Lexandru setzte zu einer Antwort an, doch Giorgio schnitt ihm das Wort ab. »Nein, mach dir keine Mühe. Ich will es gar nicht wissen. Zwei von euch holen sie, wo immer sie liegen mag, bringen sie in die Wälder und beerdigen sie dort. Und grabt tief!« Er sah seine Söhne scharf an. »Nachher, wenn alles schläft, macht ihr beiden dasselbe mit Freiji Lykan. Aber seht zu, dass ihn diesmal keiner mehr findet! Und was Radu angeht: Falls mein Hieb auf den Kopf ihn noch nicht erledigt hat, dürfte der Fluss ihm den Rest geben. Schleppt ihn ans Ufer, da, wo es am tiefsten ist, bindet ihm einen Stein um den Hals und werft ihn rein. Morgen Früh ziehen wir weiter; und wenn wir das nächste Mal hier vorbeikommen, wird es nicht mehr die Spur eines Beweises geben. Eine ganze Familie ausgelöscht, und wir stehen mit sauberen Händen da ...«

»Und niemand wird dumme Fragen stellen?«, wollte Ion wissen.

Giorgio schüttelte den Kopf. »Unwahrscheinlich! Aber ich sage euch trotzdem, was passiert ist: Radu drehte durch. Er war ja schon immer komisch, das weiß jeder, in sich gekehrt und immer für sich und was sonst noch alles. Jemand bekam mit, dass er einen Streit mit seinem Vater hatte. Er muss Freiji wohl in die Wälder gefolgt sein, um sich seiner dort zu entledigen. Seine Schwester ahnte etwas und machte ihm Vorhaltungen. Daraufhin bedrohte er sie, und sie lief weg. Aber Radu war klar, dass sie zurückkehren und ihren Verdacht jedem erzählen würde. Darum wollte er ihr nachgehen. Doch bevor er das Lager verlassen konnte, sprachen ihn Kherl Fumari und Arlek Bargosi, denen sich das verängstigte Mädchen anvertraut hatte, darauf an. Radu tötete die beiden – den einen auch noch feige von hinten – und rannte davon. Da liegt der arme Arlek, schon halb durchgebraten, und Radus Bolzen steckt in seinem Hals. Und dort Kherl, mit einem Bolzen im Rücken, und Radus Armbrust liegt immer noch dort, wo er sie fallen ließ. Außerdem gab es Zeugen – nämlich euch vier.

All dies ereignete sich heute Nacht ... Wegen der Einzelheiten müsst ihr euch später absprechen, denn von nun an habe ich nichts mehr damit zu tun. Aber zumindest werden wir keinen der Lykans je wiedersehen, und es wird auch niemanden geben, der eure Geschichte je anzweifelt.«

Als Giorgio geendet hatte, blickten Ion und Lexandru einander an. Wortlos kamen sie überein, dass sie dem Vorratswart Borisciu noch ein paar Fragen stellen wollten, nur um sicherzugehen, dass er auch wirklich den Mund hielt. Vielleicht sogar für immer.

»Worauf wartet ihr noch?«, wollte Giorgio wissen. »Na los, macht schon, bevor noch jemand Wind davon bekommt.«

Und alle vier machten sie sich an die Arbeit ...

Radu bekam nichts davon mit, dass sie ihn in den Fluss warfen und ihn ein schwerer Stein nach unten in den Schlamm und ins Seegras zog. Doch mittlerweile waren die Zwillingsbrüder schon wieder reichlich nüchtern und hatten es ziemlich eilig. Der

Knoten um seinen Hals saß nicht fest genug und löste sich, noch bevor Radu auf dem Grund aufkam. Von der Strömung erfasst, trieb er wieder nach oben, wurde mitgerissen und flussabwärts gewirbelt. Um Mitternacht kam er wieder zu sich. Er lag, von Tang umschlungen, in einer Flussbiegung, in der sanfte Wellen gegen weiß gewaschene Kiesel plätscherten, rücklings auf ein paar Ästen Treibholz. Die Schwellung an seinem Hinterkopf war so groß wie ein Hühnerei, doch abgesehen von einer Handvoll Kratzer und blauer Flecken war er noch in Ordnung, und nachdem er das Flusswasser erbrochen hatte, ging es ihm auch wieder besser. Er erinnerte sich ... nicht mehr an alles, was in jener Nacht geschehen war (nun, daran, dass er aus Rache getötet hatte, schon, an Bruchstücke geflüsterter Unterhaltungen, und er wusste auch noch, dass er niedergeschlagen und durchs Unterholz geschleift worden war). Vorerst jedoch genügte ihm dies. Was Radu im Augenblick am dringendsten brauchte, waren Schlaf und Wärme, damit die weiche Stelle an seinem Hinterkopf Gelegenheit hatte, wieder zusammenzuwachsen.

Es gelang ihm, ein Feuer zu entzünden. Er trocknete seine Kleider, zog sie wieder an und errichtete aus Farn und Gräsern eine Schlafstatt. Er schlief die Nacht durch und auch den größten Teil des folgenden Tages und versuchte, nicht mehr an seinen Vater und seine Schwester zu denken. Es fiel ihm nicht leicht, dennoch versuchte er es. Denn zu diesem Zeitpunkt hatte er bereits beschlossen, sich von den Menschen loszusagen und in der Einsamkeit zu leben, einer jener Sonderlinge zu werden, die nur hin und wieder von den Bergen herabkamen, um nächtens an einem Lagerfeuer zu sitzen. Mit dem Unterschied allerdings, dass Radu wirklich ein Einzelgänger sein würde; er brauchte kein Lagerfeuer außer seinem eigenen und auch keine menschliche Gesellschaft.

Sein Leben lang war er den Brutalitäten seiner Mitmenschen ausgesetzt gewesen, und nach allem, was er wusste, würde es ihm bei keinem Stamm anders ergehen als bei den Szgany Zirescu. Damit war Radu für die Szgany der Sonnseite verloren und wurde zu einem Mann der Wildnis und der Berge. Er hatte weder Freunde noch irgendjemanden, für den er sorgen musste, nur sich selbst, und orientierte sich an der Sonne, dem Mond und den Sternen. Zum ersten Mal in seinem Leben war er frei.

Er zog umher, von Ort zu Ort, von Revier zu Revier, als gäbe es keine Grenzen, die der Rede wert wären, und führte ein Leben in der Wildnis, als habe er nie etwas anderes getan. Er wurde zu einem einsamen Mann, der stets dahin ging, wohin es ihm gerade gefiel. Er hinterließ keine Spuren, umging die Lager der Menschen und mied sie, wo er nur konnte. Vor allem jedoch schwor er, sich von den Szgany Zirescu fernzuhalten, denn ihm war klar, dass Blut fließen würde, sollte er je zu ihnen zurückkehren – entweder seines oder das ihre.

Es hatte ihm Spaß gemacht, seine Feinde zu töten; er hätte es sich leicht zur Gewohnheit machen können. Zwei der Seinen waren gestorben, und zwei der Ihren hatten dafür bezahlt. Das genügte; sollten Giorgio, Lexandru und Ion Zirescu und die Ferenczy-Brüder doch in ihrem eigenen Saft schmoren und ihr elendes Leben weiterführen, und wenn sie Radu für tot hielten, dann sei's drum – dann war er eben tot, für sie zumindest.

Im Osten lagen die Gebiete der Szgany Hagi, der Szgany Tireni, der Mirlus, Lidescis und zahlreicher weiterer Sippen und Stämme. Oftmals kreuzte Radu die Pfade, auf denen sie zogen, und betrachtete ihre Grenzmarkierungen. Er vernahm ihr Geplapper und sah des Nachts den Widerschein ihrer Feuer, den tief ziehende Wolken über den Wäldern reflektierten; doch abgesehen davon hatte er nichts mit ihnen zu tun, und sie bemerkten ihn kein einziges Mal.

So wanderte er kreuz und quer durch die Wälder der Sonnseite, erklomm die Ausläufer des Gebirges bis hoch zur Baumgrenze und wandte sich nach Westen und erkundete die Pässe und Berghöhen. Ein Jahr lang, zwei, drei, war er allein, bis zu jenem Tag, als er eine riesige weiße Wölfin fand, die an einer Stelle, an der der Berghang nachgegeben hatte, im Geröll eines Erdrutsches feststeckte. Und das war wirklich eine merkwürdige Begebenheit ...

Radu war hungrig, und es wäre ein Leichtes gewesen, die Wölfin zu töten und aufzuessen. Auf seinen Wanderungen hatte er eine ordentliche Armbrust gestohlen, und er hätte sie ohne Weiteres mit einem Bolzen erlegen und ausgraben können, um anschließend ein Feuer zu errichten und sich einen Braten zu bereiten. Sie war zwar ein Hund, aber auch Fleisch.

Doch als Radu in ihre großen, gelben Tieraugen blickte, entschied er sich dagegen. Auch er war seinerzeit schwer verletzt gewesen – niedergedrückt von Teilnahmslosigkeit und Feigheit, von der Schmach der Szgany Zirescu, unfähig, sich dem Schatten eines Anführers zu entziehen, der keine Scham kannte –, aber er hatte sich befreit und war in der Freiheit stark geworden und hatte überlebt. Die Verletzung dieser Wölfin war eine rein äußerliche Angelegenheit. Eine Vorderpfote ragte in einem ungünstigen Winkel aus dem Schutt und den Trümmern. Sie war gebrochen und das Tier nicht in der Lage, sich zu befreien. Der Wölfin erging es nicht anders als es Radu ergangen war, und er brachte es nicht übers Herz, sie zu töten. Es war einer jener seltsamen Widersprüche: Wäre sie mit ihrem Rudel umhergezogen, hätte er keinerlei Bedenken gehabt, auf sie anzulegen. Doch so ...

... begab er sich hinaus auf die gefährliche Schräge des Erdrutsches und grub sie frei. Jeden Augenblick konnten die trügerischen Felsen ins Rutschen geraten und sie beide mitreißen und zermalmen. Oder das Tier hätte ihn anfallen und bei der Kehle packen können. Doch der Berg hielt den Atem an, und ein heimtückischer Angriff blieb aus. Zu guter Letzt legte Radu der Wölfin ein Seil um die Brust und zog sie zur Seite ...

... woraufhin ein Beben durch die Trümmer lief. Ein fürchterliches Grollen erscholl, und die Steine polterten in einer gewaltigen Lawine zur Sonnseite hinab!

Nun, vielleicht wusste die Wölfin, dass Radu ihr das Leben gerettet hatte. Jedenfalls ließ sie ihn ihre Pfote schienen und fraß ihm aus der Hand, nachdem er einen Hasen geschossen und ihn gebraten hatte. Am folgenden Tag glaubte Radu, sie könne es alleine schaffen und würde sich wieder nach Westen aufmachen. Doch die Wölfin hinkte ihm hinterher. Denn ihr Rudel hatte sie im Stich gelassen, dieser Mann jedoch nicht, und sie hatte nicht vor, ihn zu verlassen. Danach wurde sie kräftiger und kräftiger, bis sie schließlich wieder völlig hergestellt war.

Von dieser Zeit an waren die beiden unzertrennlich.

Dies war eines der wenigen wirklich guten Vorkommnisse, die sich in Radus Leben ereigneten. Wer konnte ahnen, dass daraus das Allerschlimmste erwachsen sollte?

ZWEITES KAPITEL

In Radus Träumen waren sein Vater und seine Schwester wieder am Leben. Sie gingen umher, redeten mit ihm und riefen ihm die Vergangenheit ins Gedächtnis. Wenn er aufwachte, war er stets bekümmert, denn mit einem Mal wurde ihm wieder bewusst, dass sie tot waren und er niemanden mehr hatte auf der Welt. Wäre Singer nicht bei ihm gewesen (so nannte er die Wölfin; denn als er eines Abends für sich allein ein Lied sang, hatte sie mit eingestimmt und den Mond angeheult), wäre er wahrscheinlich wahnsinnig geworden. Und damit wäre er keineswegs der Erste gewesen, den die Einsamkeit um den Verstand brachte.

Doch Singer war unentwegt an seiner Seite. Sie jagte mit Radu und auch für ihn. Einen besseren Freund und Gefährten hatte er nie gekannt, abgesehen natürlich von seiner Mutter, die ihn einst geliebt hatte, wenn auch nicht lange, und seiner Familie, die es nicht mehr gab. Aber obwohl die weiße Wölfin bei ihm war, ertappte er sich immer häufiger dabei, wie er an seinen Vater und seine Schwester dachte und daran, dass seine Rachepläne durchkreuzt worden waren. Zwei Tote für zwei Morde hatte er damals für ausreichend gehalten ... doch nun fühlte er sich damit hintergangen; er hatte nie eine wirkliche Chance gehabt. Wenn er von den Höhen, wo das Grenzgebirge sich allmählich zum Sumpfland hin absenkte, auf die westliche Sonnseite hinabblickte, bildete er sich jedes Mal ein, er sehe die Feuer des Zirescu-Lagers. Und trotz seines Szgany-Eides, nie mehr in die Wälder des Westens heimzukehren, empfand er einen unwiderstehlichen Drang, zurückzukehren, und sei es auch nur kurz, um endgültig Rache zu nehmen ...

Er war zu einem kräftigen Mann herangewachsen, zwar immer noch mager, dafür aber drahtig und stark wie ein Baum, schnell wie ein Bolzen, der aus einer Armbrust abgeschossen wird, und als Jäger ebenso todbringend wie seine Gefährtin, die Wölfin. Und er fragte sich, wie fett und faul die beiden Zirescu-Zwillinge, Ion und Lexandru, und ihr abscheulicher Vater, Giorgio, geworden sein mochten; und wie hoch aufgeschossen und pickelig die Ferenczy-Brüder, Rakhi und Lagula, mittlerweile wohl waren. Vielleicht war Giorgio ja bereits tot? Radu hoffte es. Merkwürdigerweise wünschte er sich jedoch, dass die Zirescu-Zwillinge und die Gebrüder Ferenczy noch am Leben waren. Jedes Mal, wenn ihm solche Gedanken kamen, pflegte er mit Singer loszulaufen und auf die Jagd zu gehen, um sich abzulenken.

Irgendwann war er, trotz all ihrer Erhabenheit, der Berghöhen überdrüssig (vielleicht fürchtete er sich auch vor den Gefühlen, die ihn überkamen, wenn er auf die westliche Sonnseite hinabblickte) und machte sich auf zu neuen Gefilden. Das Tiefland fern im Westen war noch größtenteils unerforscht. Radu nahm an, dass es in dessen bewaldeten Ausläufern wahre Oasen gab, in denen die Vögel sangen und sich das Getier nach Herzenslust die Zeit vertrieb, und dass Fische in den klaren, kühlen Bächen schwammen, ehe diese sich ins Sumpfland ergossen.

Er träumte von den düsteren, dunstverhangenen Wäldern, in denen er als Kind umhergestreift war, und mehr als einmal wanderte er im Traum mit seinem Vater, seiner Schwester und sogar seiner Mutter (obwohl diese bei Magdas Geburt gestorben war) auf den alten Szgany-Pfaden umher. Und so fasste er den Entschluss, in das unbekannte Ödland aufzubrechen. Am liebsten, wenn er sich nur getraut hätte, wäre er in die Sonnseite seiner Kindheit, wie unglücklich diese auch gewesen sein mochte, hinabgestiegen; doch dies war ihm aus den bereits dargelegten Gründen verwehrt. Im Moment war er zwar ein Ausgestoßener, doch soweit er wusste, verfolgte ihn niemand, und niemand wollte sein Blut sehen. Dies konnte sich jedoch sehr schnell ändern, sollte er den Vorsatz fassen, den Zirescus entgegenzutreten. Also war sein Ziel das Ödland und es wurde nicht von ungefähr so genannt.

Zunächst schien alles bestens. Von hoch oben stürzten Bäche herab und ergossen sich über die Felsen in die kühle, hinter Nebelschleiern verborgene Tiefe, und Radu und Singer schwammen in Becken, die die Wasserfälle im Lauf der Jahrhunderte aus dem Gestein gewaschen hatten. Ranken und Wasserpflanzen wuchsen im Sprühnebel der Gischt, und zwischen dunklen, von Wind und Wetter geformten Felszacken gedieh in fruchtbaren Tälern im von der Sonnseite her einfallenden Licht üppiges Laubwerk, in dem es von Wild nur so wimmelte. Doch dann, als der Weg, den sie zu ihrem Abstieg gewählt hatten, von der Sonnseite wegführte, änderte sich mit einem Mal alles.

Die Sonne stach zwar noch immer herab, doch der sich vom Boden erhebende Dunst leuchtete nicht mehr in ihrem Glanz, sondern war nun klamm und dunkel. Das Gesträuch war immer noch so dicht, dass man kaum durchkam, doch hier wuchsen nicht mehr so viele Blumen, und sie waren auch kleiner. Die Nächte waren kalt, und Singer wurde von einer merkwürdigen Unruhe erfasst. Es lag wohl daran, dachte Radu, dass sie der Sonnseite den Rücken gekehrt hatten, und sobald sich eine Gelegenheit dazu fand, wandte er sich wieder nach Süden, stieg dabei jedoch immer weiter hinab. Hier unten war die Luft bei Weitem nicht mehr so rein wie auf den Berghöhen, und im westlichen Tiefland, wo das Gebirge allmählich in eine Schlammwüste überging, stieß Radu keineswegs auf die grünen Oasen, die er sich erhofft hatte.

Was er vorfand, war morastiges Sumpfland, verrottende Bäume und niedrige, dickblättrige, saftlose graue Sträucher, umgeben von giftigen Ausdünstungen, die sich wie Nebelschwaden aus den scheinbar endlosen Sümpfen erhoben. An krächzendem, quakendem Getier herrschte kein Mangel, überall huschte und schnappte es, allerdings waren es hauptsächlich Echsen ... und, anders als in den Wäldern der Sonnseite, weit und breit keine Spur von warmblütigem Leben ... nur hin und wieder schwarze, unkenntliche, zusammengesunkene Kadaver, die hier rasch verfaulten und eins mit dem Sumpf wurden. Es war, als befände er sich in einer fremden, der Zeit enthobenen, von urzeitlichen Kreaturen bevölkerten Welt.

Am Rand des Sumpfes wuchsen pechschwarze Pilze, die zerplatzten, wenn man auf sie trat, und ganze Wolken roter Sporen entließen, die durch den stinkenden Nebel schwebten. Es war, als habe die Luft selbst sich in Gift verwandelt, und eine innere Stimme sagte Radu, dass es besser sei, sich ein Tuch vor Mund und Nase zu binden. Singer hingegen war ein Hund der Wildnis, sie lief auf allen vieren, trank von dem Wasser, auf dem der Schaum trieb, und atmete ungeschützt die Sporen ein. Dann, als sie bereits auf dem Rückweg waren, um wieder auf höher gelegenes Gelände zu gelangen, sahen sie einen räudigen Fuchs, der sich mit trübem Blick völlig schlammverschmiert durch den Morast schleppte. Er war so gut wie am Ende.

Radu wollte keinen Bolzen an diese armselige, ausgemergelte Kreatur verschwenden. Aber ihm war klar, dass er das Tier erlösen musste. Zwei Jahre war er nun schon mit Singer zusammen, und in dieser Zeit hatte er sie für die Jagd abgerichtet (nun, um der

Wahrheit die Ehre zu geben, hatte gewissermaßen sie ihm einiges beigebracht). Er sagte nur zwei Worte: »Na los!« Das war für sie das Kommando zu töten.

Ohne zu zögern, sprang sie in den Sumpf und stürzte sich auf den Fuchs, um ihm zwischen ihren Kiefern das Genick zu brechen. Sie beutelte den armen Kerl und ließ ihn auf seine Flanke fallen. Eigentlich hätte dies genügen müssen. Doch was darauf geschah ... kam gänzlich unerwartet! Der Fuchs riss das Maul weit auf und schnappte nach Singers Gesicht. Der Schlamm spritzte nach allen Seiten, und inmitten des Knurrens und Schnappens und Schüttelns der ineinander verbissenen Schädel hatte Radu, der vom Ufer aus zusah, den flüchtigen Eindruck, dass irgendetwas vom einen auf den anderen, vom Fuchs zum Wolf, überging. Hatte Singer dem Fuchs womöglich die Zunge herausgerissen, um sie in einem Stück herunterzuschlucken? Wie dem auch sein mochte, damit war der Kampf zu Ende; Blut spritzte aus dem Schlund des Fuchses, er sank in den Morast und gab den Geist auf.

Singer jedoch tobte weiter. Würgend und hustend machte sie einen Satz zurück auf den festen Untergrund, hetzte hin und her und vollführte regelrechte Luftsprünge, bis sie zu guter Letzt zusammenbrach. Ohnmächtig, mit bebenden Flanken lag sie da und rührte sich schließlich gar nicht mehr. Lediglich ihr schwacher Herzschlag verriet ihrem Herrn, dass sie noch am Leben war.

Voller Bestürzung saß Radu eine Zeit lang neben ihr am Rand des Sumpfes, ihren Kopf im Schoß, und blickte auf die heraushängende Zunge, bis ihm klar wurde, dass sie nicht sterben würde. Dann nahm er sie auf die Schultern und trug sie weg von diesem Ort. Nach ungefähr einer Stunde fing sie an zu zappeln, ein untrügliches Zeichen dafür, dass er sie absetzen sollte. Wenig später wirkte sie, zu Radus großer Erleichterung, wie neugeboren. Zumindest war dies sein *Eindruck* ...

Einen ganzen Nachmittag und Abend lang erkundeten sie die Gegend – mehr war nicht möglich, aber an diesem Ort genügte dies auch –, ehe Radu sich in südsüdöstliche Richtung aufmachte, um das Grenzgebirge zu umgehen und auf die Sonnseite zu gelangen. Er wusste, dass dieser Weg ihn früher oder später in das Gebiet der Zirescus führen würde; doch wenn es soweit war, wollte er sich auf den Gipfeln befinden, um der Versuchung zu entgehen. Das jedenfalls hatte er vor.

Als das unheilkündende Zwielicht endlich schwand und der langen Nacht wich, suchte Radu, weil ihm die Gegend fremd war und wahrscheinlich voller unbekannter Gefahren steckte und die Sümpfe vor Moskitos und anderem fliegenden Ungeziefer nur so wimmelten, in einer Höhle an einem Felsvorsprung am Fuß der Berge Unterschlupf und errichtete an ihrem Eingang ein Feuer, um schädliche Insekten und andere Kreaturen fernzuhalten. In dessen Schutz schickten er und die nun merkwürdig stille Wölfin sich an zu schlafen ...

Als sie dies taten, erscholl von den Höhen ein fernes Geheul und hallte zum Lob des Mondes, der wie ein gelber Fleck über den Himmel jagte, durch die finstere Nacht. Singer hob zwar die Nase, und in ihren Augen leuchtete so etwas wie Erkennen auf, dennoch erwiderte sie die Gesänge der grauen Brüder an den Berghängen nicht. Selbst als Radu leise vor sich hinsang (was er zu tun pflegte, wenn ihm unheimlich war), fiel sie nicht ein; sie stieß auch kein Knurren aus und öffnete die lange Schnauze mit den zarten Lefzen noch nicht einmal zu einem Gähnen. Radu kam dies zwar ziemlich merkwürdig vor, aber vielleicht war sie ja nicht in Stimmung. An einem derartigen Ort konnte er das recht gut verstehen ...

Während der Nacht fuhr Radu mehrmals aus dem Schlaf auf, um Zweige aufs Feuer zu legen, sich die Beine zu vertreten oder sich zu erleichtern, und jedes Mal lag Singer wach. Lautlos spähte sie an der niedrig brennenden Flamme vorbei in die Nacht hinaus. Hin und wieder entrang sich ihrer Kehle ein leises Jaulen, oder sie stand am Höhleneingang, schüttelte den Kopf und scharrte mit der Pfote, so als irritiere sie irgendetwas.

Weitaus beunruhigender war, dass Radu sie, als er wieder einmal wach wurde, dabei erwischte, wie sie, die Vorderpfoten lang ausgestreckt, auf dem Bauch auf ihn zurobbte und ihn dabei unablässig aus ihren dreieckigen gelben Augen mit wildem – oder wahnsinnigem? – Blick anstarrte. Danach hielt er es für klüger, wach zu bleiben. Er setzte sich ans Feuer, bis der Morgen graute. Dann brach er auf und schritt, so schnell er konnte, der Sonne entgegen, die zwar bereits aufgegangen, aber noch immer irgendwo hinter den Bergen verborgen war. Und man darf sagen, Radu war froh, dass die Nacht vorüber war ...

Die Nächte auf der Sonn- und Sternseite mögen lang sein, doch die Tage sind länger. Aber Radu kannte sich in der Gegend nicht aus, und das brüchige Gestein in den Ausläufern des Gebirges war trügerisch. Darum musste Radu achtgeben, wohin er trat, und kam nur langsam voran, und jedes Mal, wenn er ein Plateau überwand, erhob sich dahinter ein weiterer, höherer Bergkamm.

Denn er hatte den Entschluss gefasst, statt das Gebirge zu umgehen, dessen untere Ausläufer zu überqueren, um von oben her in den westlichen Teil der Sonnseite zu gelangen. Doch weil der Weg so beschwerlich und voller Gefahren war (er schien ihm weit schwieriger als der, den er bei seinem Abstieg ins Sumpfland genommen hatte), musste er mehrmals eine Rast einlegen und erreichte erst, als der Abend dämmerte, die Höhen über der Sonnseite; und er befand sich bei Weitem nicht so hoch an den Berghängen wie er eigentlich vorgehabt hatte.

Die Dämmerung – ein trübes Abendrot, das über der fernen Glutwüste allmählich verblasste. Im Süden leuchtete der Horizont noch amethystfarben, ehe er in ein in tiefstes Indigo getauchtes Firmament überging, an dem bereits mehrere Sterne zu sehen waren. Über der Sternseite hingegen war der Himmel schon seit geraumer Zeit pechschwarz, und Sterne, die aussahen wie gefrorene Eissplitter, zogen darin ihre Bahn. Die Sternseite selbst jedoch war wegen der hohen Berggipfel dem Blick entzogen. Myriaden winziger Fledermäuse, wie sie auf der Sonnseite gang und gäbe waren, und auch eine Handvoll größerer Artgenossen schwirrten durch die Luft, huschten jagend umher, während unten in den Wäldern die vereinzelten Lagerfeuer der Szgany die Nacht erhellten. Leckere Düfte stiegen davon auf und wurden von der Hitze emporgetragen.

Widersprüchliche, schwer zu beschreibende Empfindungen regten sich in Radu – das Verlangen, wieder unter Menschen zu sein, allerdings unter guten Menschen, Brüdern, Männern, denen er trauen konnte, und die Notwendigkeit, ihnen um jeden Preis aus dem Weg zu gehen, denn dies war mit Sicherheit das Gebiet der Zirescus. Einerseits das Bedürfnis, im Schein eines Lagerfeuers im Warmen zu sitzen und ein heißes, saftiges Stück Braten zu essen, das er mit einem Krug guten Szgany-Weines hinunterspülen konnte ... Andererseits das dunkle Verlangen, im Glanz der Sterne ein überraschtes Gesicht vor sich zu sehen (dasjenige Ions oder Lexandrus vielleicht? Das Gesicht Rakhis?

Oder Lagulas?) und aus nächster Nähe einen Eisenholzbolzen darauf abzuschießen. Ein Gemisch der unterschiedlichsten Gefühle, Wünsche und Bedürfnisse machte sich in ihm breit, aber auch die sichere Gewissheit, dass es zum Schlimmsten kommen würde, wenn er ihnen nachgab. Denn dann wäre er nicht nur einsam, sondern noch dazu ein Ausgestoßener und müsste die Menschen für den Rest seiner Tage meiden.

Aber war er das denn nicht ohnehin? Und käme ihm dies nicht gelegen? Er führte das Leben eines Einzelgängers, zugegeben, aber auch noch als Mörder verfolgt zu werden, wo er doch bloß die Toten rächte, um ihre Tränen zu stillen ... (Denn wenn Radu an seinen Vater und seine Schwester dachte oder von ihnen träumte, weinten sie immer, was ihm ebenfalls die Tränen in die Augen trieb.)

Darum verdrängte er den Gedanken daran, so wie stets, und kletterte höher ins Gebirge, solange das Licht dazu noch ausreichte. Und wie stets war Singer an seiner Seite, allerdings völlig verändert. So kannte er sie gar nicht. Denn nun behielt die riesige weiße Wölfin, wenn sie jagte, ihre Beute für sich, und wollte er sie umarmen, wich sie jaulend vor ihm zurück und bleckte die Zähne. Doch was es auch sein mochte, was zwischen ihnen nicht stimmte, Radu wusste, dass es nicht an ihm lag. Er hatte sich nicht verändert.

Noch nicht! Aber bald ...

In jener Nacht lagerte Radu in einer Höhlung an einer Steilwand hoch über dem Vorgebirge, an einer Stelle, an der Wind und Wetter einen gewaltigen Block aus dem Fels gelöst hatten. Dieser war abgestürzt und hatte eine Mulde hinterlassen. Die so entstandene Öffnung konnte man zwar kaum eine Höhle nennen, dennoch war sie trocken und gewährte ihm Schutz für den Fall, dass es regnete. Das weiche Heidekraut gab ein ganz passables Bett ab, und eine gegerbte Haut war seine Decke; das genügte ihm. Normalerweise schmiegte sich noch Singer an ihn und hielt ihn warm. Doch nun wollte die Wölfin dies nicht mehr und Radu, um ehrlich zu sein, ebenfalls nicht. Sie hatte etwas an sich – der Glanz in ihren Augen und wie sie die Ohren anlegte –, was Radu davor warnte, dass die Veränderungen noch nicht abgeschlossen waren ...

Es geschah, als er schlief.

Ein Geräusch weckte ihn, ein Jaulen und Knurren, ein Husten oder vielmehr Ächzen. Etwas davon, ein Geräusch jedenfalls ... und es kam von Singer. Radu fuhr von seinem Lager aus Heidekraut hoch und wich vor ihr zurück. Erstaunt, voller Entsetzen sah er, wie dieser Hund der Wildnis ganz offenkundig zwischen seiner Treue zu ihm und anderen, gänzlich fremden Gefühlen hin- und hergerissen war. Sie kroch auf ihn zu, scheute wieder zurück und jaulte dabei auf wie vor unsäglichem Schmerz ... und doch zog etwas sie sofort wieder zu ihm hin. Zitternd, geifernd bleckte sie die zarten Lefzen und entblößte ihre rasiermesserscharfen Zähne. Radu begriff, dass er gewissermaßen nur noch Beute für sie war – und doch *erinnerte* sie sich noch an ihn als ihren Freund und Herrn! Er ahnte, dass irgendetwas sie vorwärtstrieb und sie mit allem, was ihr von ihrer einstigen Treue geblieben war, dagegen ankämpfte. Er konnte sich vorstellen, welche Qualen sie litt, wahrscheinlich ging es ihr nicht wesentlich anders als ihm. Denn auch *ihn* gelüstete es nach dem Blut gewisser Männer, und doch konnte er sich an Gelegenheiten erinnern, als Menschen gut zu ihm gewesen waren; und obwohl sie sich anschickte, über ihn herzufallen, um ihn zu töten, war doch zumindest ein Funke ihrer Liebe zu ihm geblieben.

Radu Lykan bedauerte, was er tun musste, während er die Sehne seiner Armbrust so weit spannte, bis sie einrastete, und einen Bolzen in die Abschussfurche einlegte, denn sie waren Gefährten gewesen. Doch dies war nun vorüber, denn Singer war offensichtlich tollwütig, nicht anders als der Fuchs im Sumpf, und es war besser für sie, wenn er sie von ihren Qualen erlöste.

Er zielte auf ihre Stirn – geradewegs aufs Gehirn, um ihr ein schnelles Ende zu bereiten – und wusste, dass er sie nicht verfehlen konnte. Denn obwohl Singer schon oft miterlebt hatte, über welche Durchschlagskraft seine Waffe verfügte, kroch sie weiterhin auf ihn zu, immer näher, fast als bitte sie ihn darum, doch endlich zu schießen. Die ganze Zeit über blickte sie ihn unentwegt an, beinahe flehentlich, aus Augen, die er so gut kannte und die ihm doch fremd waren. Sie war jetzt dicht vor ihm, ihre gelben Augen funkelten ihn riesengroß an. Sie riss die mächtigen Kiefer auf ...

»Leb wohl, alte Freundin«, sagte Radu und zog den Abzug durch.

Im letzten Augenblick sprang Singer ihn an ... doch der Bolzen aus Eisenholz stoppte sie. Er drang ihr durch den Schädel mitten ins Hirn, sodass sie zuckend auf Radus Brust stürzte, der sich nach hinten, weg von ihr, abgestoßen hatte. Das Maul hatte sie noch immer weit aufgerissen, und auch Radu klappte der Kiefer nach unten, als er sah, wie sich in der dunklen Höhlung ihres Schlundes etwas hin und her wand. Abermals, doch zu spät, musste er an den kranken Fuchs im Sumpf denken, daran, dass irgendetwas vom einen auf den anderen, vom Fuchs zum Wolf, übergegangen war. Er hatte angenommen, Singer habe dem Fuchs die Zunge an der Wurzel herausgerissen. Ein Irrtum!

Das Gleiche geschah jetzt; und in dem Moment, als sich der glänzend schwarze, vielfach gefurchte Körper des Egels aus der Schnauze der Wölfin katapultierte und in Radus Mund eindrang, erkannte dieser, dass es sich keinesfalls um eine Zunge handelte! Das Ding lebte – überlegte und konnte denken oder verfügte doch zumindest über so etwas wie instinktive Erkenntnis – und bewegte sich rasend schnell, auf der Suche ...

... nach einem neuen, besseren, stärkeren, intelligenteren Wirt!

War das Wesen so dick oder Radus Entsetzen so groß – jedenfalls vermochte er, den Mund nicht zu schließen. Seine Kiefer waren absolut kraftlos, ungefähr so, als habe er in einen viel zu großen Apfel gebissen und eine Maulsperre bekommen ... mit dem Unterschied allerdings, dass *dieses* abscheuliche Ding kein Apfel war. Kopfüber *fraß* es sich in ihn hinein und schlug Haken in seine Kehle, mit denen es sich immer tiefer zog, Millimeter um Millimeter, bis sich ihm bald der Magen umdrehte und er daran zu ersticken drohte. Der Geschmack war fürchterlich. Dann ... war es in ihm, und er konnte wieder atmen. Hustend schnappte er nach Luft, massierte sich den Hals und kam schwankend wieder auf die Beine, während er krampfhaft versuchte, sich zu übergeben, um den albtraumhaften Parasiten in seinem Innern loszuwerden. Und auch dies wusste *es!*

Radu sollte nie erfahren, was genau jenes grauenhafte Wesen damals in seinen Eingeweiden anrichtete, doch noch während ihn das Vergessen übermannte, wurde ihm klar, dass dasselbe mit Singer geschehen war. Und als ein unsäglicher Schmerz ihn in eine gnädige Ohnmacht fallen ließ, konnte er endlich nachvollziehen, wie sie sich gefühlt haben musste, als sie am Ufer des Sumpfes zusammengebrochen war ...

... *Und* er begriff, was sie empfunden hatte, als sie wieder zu sich kam. Seine Kehle brannte; sie war trocken und rissig, das Ding hatte sie aufgescheuert, als es in seinen Körper eingedrungen war. Es war also kein Albtraum gewesen, keine unbewusste Erinnerung an den Aufenthalt in den Sümpfen, sondern Wirklichkeit. In der Tat hatte ein *lebendiges Wesen* Singers Körper verlassen, um in den seinen einzudringen! Es befand sich in ihm, jetzt, in diesem Augenblick, verbarg sich tief in seinem Körper, wo er es weder sehen noch spüren noch ihm irgendwie zu Leibe rücken konnte. Wie damals der Fuchs und später Singer war auch er nun der Wirt dieser parasitischen Kreatur, dieses Egels, den er sich ähnlich wie einen der Bandwürmer vorstellte, die hin und wieder die Szgany befielen.

Nun, Radu wusste sehr wohl, welches Heilmittel man in *solchen* Fällen anwandte! Er hatte miterlebt, wie Leute, die an dieser Plage litten, so lange hungerten, bis sie halb tot waren, und sich dann fesseln ließen, wobei ihnen der Mund aufgezwungen wurde, damit der Parasit mit dem Gestank verfaulenden Fischs oder Fleisches herausgelockt werden konnte. Aber ein Mann vermochte so etwas nicht alleine zu tun; die Versuchung, das Ding beim Herauswürgen mittendurchzubeißen und auszuspucken, war einfach zu groß – ganz zu schweigen davon, dass auf diese Weise Zeit und Mühe völlig vergeudet wären! Denn verbliebe auch nur ein einziges Segment des Wesens im Wirtskörper, erwüchse daraus ein vollkommen neuer Wurm! Allerdings waren die Bandwürmer, die Radu gesehen hatte, lang und dünn gewesen und hatten aus vielen Segmenten bestanden; die hätte man *durchaus* in zwei Hälften beißen können!

Sein Parasit hingegen war ... anders, soviel war ihm klar. Das wusste er, ohne die geringste Ahnung, woher. Er spürte es einfach – ein irgendwie böse geartetes Bewusstsein, das sich grundlegend von den ursprünglichen Jagd- und Fortpflanzungsinstinkten wilder Tiere und ebenso von der vergeistigten, moralgesteuerten Intelligenz der Menschen unterschied. Dieses Wesen war verschlagen wie ein Fuchs und grausam wie ein Wolf auf der Jagd und würde seine Fertigkeiten und seine überlegene Intelligenz auch einsetzen, um seine Ziele zu erreichen! Mit dem Unterschied allerdings, dass es nichts Vergeistigtes oder Moralisches an sich hatte. Und nichts auch nur im Entferntesten Menschliches.

Diese Gedanken schossen Radu durch den Kopf, als er wieder

zu sich kam; dabei wäre er nie auf die Idee gekommen, dass es nicht mehr ganz die seinen waren oder dass sie keineswegs nur seinem eigenen Geist entsprangen. Doch ebendies war der Fall: Mittels ihrer metamorphen Veranlagung brachte die mutierte Erbmasse des Egels bereits einschneidende Veränderungen mit sich, und zwar dergestalt, dass diese eine untrennbare Verbindung mit seinem Geist, seinem Blut und seinen Knochen, ja, seinem ganzen Wesen eingingen. Diese Kreatur war *er* und er *sie,* auch wenn er sich fürderhin immer noch für den Herrn seines Schicksals halten sollte.

Sie war eiskalt und würde mit der Zeit alles, was menschlich in ihm war, abtöten, während sie zugleich die kalten, unmenschlichen Züge in ihm verstärkte. Sie war hinterhältig und würde das Wenige, was ihm an menschlicher Liebe und Mitgefühl geblieben war, so weit abschwächen, bis nichts mehr davon übrig war, während sie jene niederen Empfindungen, die sie zu ihrem Vorteil nutzen konnte, hervorhob ... Lüsternheit, Gier und Hass. Sie war hartnäckig und klammerte sich ans Leben – und zwar an Radus Leben –, noch während sie sich an seine inneren Organe und seine Wirbelsäule anschmiegte. Es gab keinerlei Möglichkeit, sie wieder loszuwerden, weder durch primitive Heilkunst noch durch irgendetwas anderes, was Menschen ersinnen mochten. Denn Radu war ebendie höhere Lebensform, nach der sie suchte, seit sie sich im Körper des Fuchses von einer Spore zum Egel entwickelt hatte, und sie würde nun bei ihm bleiben, solange er lebte.

Sie war unersättlich und gierte nach der Quelle des Lebens, jenem rot pulsierenden Saft, der in den Adern von Mensch und Tier fließt. Doch ein Mensch lebt nicht ewig und verfügt auch nicht über unendlich viel Blut; darum musste Radu, um zu überleben, eben selbst fressen oder gefressen werden. Es war der sich rasch ausbreitende Fluch des Vampirs, den bislang weder die Sonn- noch die Sternseite gekannt hatten, ebenso wenig wie Shaitan der Ungeborene bislang ein Begriff gewesen war, sodass Radu von beidem keine Ahnung hatte. Doch das sollte sich schon bald ändern ...

Als endlich der Tag anbrach, ging es Radu nicht gut. Er trug Singer aus der Höhle hinaus und warf sie in einen Felsspalt, den er mit Steinen auffüllte. Unter normalen Umständen wäre die

Anstrengung nicht der Rede wert gewesen, doch nun ... kam es ihm vor wie ein ganzes Tagwerk. Eigentlich müsste er auf die Jagd gehen, so viel war ihm klar, um gutes, rohes Fleisch zu bekommen, das ihm Kraft gab für was auch immer ihm bevorstehen mochte; aber die Sonne brannte so heiß wie noch nie auf ihn herab und ließ auf seiner Haut hässliche rote Schwielen entstehen, und die Härchen auf seinen Unterarmen kringelten sich, bis sie verkohlt waren. Selbst mit dem Rücken zur Sonne vermochte er kaum, genug zu sehen, um ein Ziel auszumachen! Er war ganz offensichtlich krank. Das war nicht weiter erstaunlich, denn er wusste ja, dass er dieses *Ding* in sich trug. Allein der Gedanke daran verursachte ihm Übelkeit.

Er fand Wasser, ein kleines Felsenbecken unter einem Wasserfall, wusch seinen versengten, rasch immer rissiger werdenden Körper, füllte eine Tierhaut, raffte seine Kleider zusammen und hastete zurück zu seiner Höhle. Unterwegs sah er ein Kaninchen im Schatten eines Baumes am Gras knabbern, und selbst in seinem Zustand konnte er ein so leichtes Ziel nicht verfehlen. Wieder in der Höhle, stellte er fest, dass er einen unbändigen Hunger hatte, und verschlang das Fleisch gleich roh und blutig.

Es war nicht das erste Mal, dass Radu rohes Fleisch aß. Hin und wieder, wenn es regnete und das Gras, das er als Zunder benutzen wollte, feucht war, war es unmöglich, ein Feuer zu entzünden. Dann pflegte er seinem Fang einfach die Haut abzuziehen und schnitt sich ein gutes Stück Schinken ab, um sich den Bauch vollzuschlagen. Und natürlich war stets Singer zur Stelle gewesen, um den Rest der Beute zu verputzen, den sie ohnehin lieber so mochte. Diesmal jedoch gab es keinen derartigen Grund. Es war ein heißer, trockener Tag, und Radu verfügte über Feuersteine und hätte sich ohne Weiteres ein warmes Mahl zubereiten können – dennoch aß er es roh. Vielleicht hatte er es ja nur eilig.

Vielleicht aber auch nicht ...

Und er schlief ... und schlief. In seinem ganzen Leben hatte er noch nie so lange geschlafen – und würde dies auch nie wieder tun. Nicht so lange. Denn er schlief den Schlaf der Verwandlung. Für seinen Egel war dies die Gelegenheit, endgültig mit ihm zu verschmelzen und eins mit ihm zu werden. Etwas von der Schläue des Fuchses ging auf ihn über, allerdings nicht sehr viel, das arme Geschöpf hatte sich nämlich nicht in seinem natürlichen Umfeld befunden und nie auch nur die geringste Chance gehabt, seine Fähigkeiten unter Beweis zu stellen. Von der großen weißen Wölfin hingegen bekam Radu einen guten Teil mehr ab; denn der Egel hatte Gefallen an ihrer Kraft und Wildheit, an ihrem Gespür für die Wildnis und ihrer geschmeidigen Gestalt und Schnelligkeit gefunden. Singer war ein Kind der Nacht gewesen. Sie hatte schwächere Kreaturen gejagt, rohes Fleisch gefressen und ihren Durst an Blut gestillt. Gut!

Der Mann dagegen ... *wusste* so manches! Er hatte etwas, womit weder der Fuchs noch der Wolf der Wildnis je mithalten konnten – nämlich einen schöpferischen Geist mit der Fähigkeit, sich über seine Instinkte hinwegzusetzen. Er konnte »Nein!« oder »Später!« sagen, wenn ihn die normalerweise unwiderstehlichen, ererbten Triebe und Zwänge überkamen, von denen die Handlungen niederer Geschöpfe ausschließlich beherrscht werden. Und gerade weil er sein Tun und Lassen beeinflussen und kontrollieren konnte, war es möglich, auch auf ihn Einfluss und Kontrolle auszuüben.

Und so, wie Radu einst Singer abgerichtet hatte, erzog sein Egel nun ihn. Feinste fadenartige Fortsätze des Parasiten reichten bis in Radus Gehirn, und während Radu sich den langen Sonnseitentag über in seiner Höhle unruhig hin- und herwarf, »betrachtete« der Vampiregel, wobei er die Albträume, die seine Gegenwart hervorrief, geflissentlich ignorierte, gespannt Radus Traumgesichte. Und lernte daraus.

Und überlegte, wie er vorgehen sollte ...

Radu erwachte in der Abenddämmerung und war wieder ganz er selbst ... dachte er jedenfalls. Er streckte sich auf seinem Lager aus Heidekraut und stellte fest, dass seine Glieder viel geschmeidiger waren als zuvor. Sein Hals tat nicht länger weh, und auch seine Knochen schmerzten nicht mehr. Die ganzen Kleinigkeiten, die das Leben in der Einsamkeit mit sich brachte, waren wie weggeblasen. Rein körperlich fühlte er sich so wohl wie noch nie. Er war ein völlig »neuer Mensch«, ja mehr als das – und zugleich weniger.

In der Zeit, in der Radu sich erholte, entleerte er seinen Darm in eine angrenzende Kammer, die nahe des Eingangs von der Haupthöhle abzweigte; der Geruch seiner Exkremente sollte Kreaturen jedweder Art fernhalten. Das war sonderbar, denn so etwas hatte er bisher noch nie getan. Singer schon, hin und wieder, aber sie war ja auch ein Kind der Wildnis. Oder vielmehr, sie war es *gewesen*. Als Radu daran dachte, dass Singer nicht mehr war, trauerte er ein bisschen, solange er sich anzog.

Die kurze Hose aus zusammengenähten Tierhäuten wirkte viel zu weit an ihm; offenbar hatte er an Gewicht verloren. Aber er verspürte keinen allzu großen Hunger, jedenfalls nicht auf das, was er üblicherweise aß. Radus Sandalen schienen zu klein für seine Füße, und seine Jacke reichte nicht bis zur Hose und schloss auch nicht mehr ordentlich über seiner eingesunkenen Brust. Auf seinem Handrücken wuchs ein Streifen kurzer, dunkler Haare, der sich bis hinab zum Gelenk zog. Überrascht stellte er fest, dass er selbst an den Handflächen Haare hatte! Und auch seine Fingernägel waren länger als sonst, dicker, dunkler und vorne spitz wie Klauen.

Aber ... wie lange hatte er so dagelegen? Nun, anscheinend hatte er sich im Fieberwahn befunden! Die Veränderungen in ihm hatten doch gewiss länger als nur eine einzige Nacht gedauert. Aber offensichtlich handelte es sich um einen ganz natürlichen Vorgang – er hatte abgenommen, und seine Kleider waren zerknittert und etwas eingegangen und sein Haar und die Nägel ohne die normale Abnutzung ungehindert gewachsen. Aber es war ein heilsamer Schlaf gewesen, so viel war klar. Denn er steckte so voller Kraft ...

... an dieser Stelle wurde Radus Aufmerksamkeit von einem fernen, auf- und abschwellenden, vielstimmigen Geheul in Anspruch genommen, das von den Hochplateaus und Pässen widerhallte, als seine grauen Brüder hoch oben in den Bergen begannen, einem über den immer dunkler werdenden Himmel jagenden, prächtigen Vollmond ihre Gesänge darzubringen.

... *Seine* grauen Brüder?

Radu verschwendete keine Zeit damit, sich den Kopf darüber zu zerbrechen, denn nun richtete sein Eifer sich auf etwas anderes als menschliche Leidenschaften. Er empfand das Verlangen nach den Reizen der Wildnis, nach der Jagd und dem Töten. Doch wiederum gelüstete es ihn nicht nach dem Blut wilder Tiere, sondern nach dem ... seiner Artgenossen. Artgenossen? Zumindest war er einmal so gewesen wie sie! Und dort unten, in den Wäldern des Westens, befand sich das Gebiet der Zirescus.

Am Höhleneingang hielt er einen Moment inne, um an seinen Exkrementen zu schnüffeln. Es waren seine, gewiss, allerdings waren sie schwarz. Vom verdauten Blut des Kaninchens. Aber vielleicht war es auch die Essenz von etwas anderem? Von diesem Egel-Ding? War es das, von seinen Körpersäften verflüssigt und in schwarzen Kot verwandelt? Das konnte Radu nicht glauben. Doch andererseits, warum spürte er es dann nicht in seinem Innern, ein so großes Wesen? Stirnrunzelnd zuckte er die Achseln. Was geschehen war, war geschehen, und was vorbei war, war vorbei. Und was sein sollte ... würde eben eintreten.

Hoch oben im Gebirge streiften seine grauen Brüder umher und stießen ihr Geheul aus, und Radu warf den Kopf in den Nacken und stimmte ein. Es fühlte sich gut an, so gut wie der Nachtwind, der über seine Flanken strich! Als Radu neben dem Felsenbecken stehen blieb und sich auf alle viere niederließ, um zu trinken, sah er, wie sich im Mondlicht sein Gesicht im Wasser spiegelte. Er fand es nicht weiter verwunderlich, dass er dreieckige Augen hatte, die in einem tierhaften Gelb glommen, oder dass sein Lächeln lange Wolfszähne entblößte. Im silbernen Glanz des Mondes wurde ihm mit einem Mal alles klar, und er entsann sich seiner Racheträume und wusste, dass nun die Zeit dafür gekommen war. Doch unter den Menschen wollte er als Mensch wandeln, damit sie ihn erkannten und begriffen, weshalb er zurückkehrte ...

Den Abstieg zur Sonnseite bewältigte Radu rasch und so sicheren Fußes wie ein Wolf, allerdings wie ein Wolf mit der Geschicklichkeit und dem Klettervermögen eines Menschen. Mit dem Kopf voran, Brust und Bauch dicht über dem Boden, bremste er ab, indem er seine Handballen in die Erde grub, wenn der Weg trügerisch wurde und er ins Rutschen geriet. Wenn es eben war und das Vorankommen leicht, lief er aufrecht, allerdings weit vornüber gebeugt, in langen Sätzen. Fand er seinen Weg von Klippen versperrt, griff er auf seine menschlichen Fähigkeiten zurück und kletterte wie ein Mensch; doch stets hielt er sich so weit wie möglich in den Schatten. Denn seine Augen waren perfekt an die Nacht angepasst, er sah so deutlich wie am helllichten Tag. Beziehungsweise besser, denn er war ein Wamphyri! Aber noch konnte er mit diesem Wort nichts anfangen und wusste auch nicht, dass es seinen Zustand umschrieb, selbst wenn man es ihm ins Gesicht geschrien hätte.

Im ersten Viertel der Nacht schaffte Radu den Abstieg ins

Vorgebirge. Es war stockdunkel, nur die Sterne standen am Himmel, denn der dahinjagende Mond hatte in seinem Lauf den Rand der Welt überschritten. Und das war ganz gut so, denn so erlag Radu nicht länger seinem Einfluss und war wieder mehr er selbst ... oder vielmehr, er wäre er selbst gewesen, hätte er nicht seinen Symbionten gehabt. Es handelte sich in der Tat um eine Symbiose, denn sein Egel nahm nicht nur von ihm, sondern gab ihm auch etwas zurück. Sollte Radu verletzt werden, würde sein Egel ihn nun heilen. Er verfügte über die Stärke von acht oder neun Männern – wenn notwendig, auch von zehn. Er war nahezu unermüdlich, ganz zu schweigen von seiner Langlebigkeit! Falls ihm nicht zufällig etwas zustieß oder er einem Angriff von äußerster Heftigkeit oder einer Krankheit wie der Lepra ausgesetzt war, die selbst sein Egel nicht mehr bewältigen konnte, war er so gut wie unsterblich.

Nicht dass Radu eine Ahnung davon gehabt hätte; all diese wundersamen Dinge waren für ihn ein Buch mit sieben Siegeln, das sich ihm erst noch erschließen sollte. Das Einzige, was er wusste, war, dass er sich ... nun ja, *gut* fühlte, ausdauernder, schneller und wilder als je zuvor, und dass in seinem Körper ein inneres Feuer brannte; und dass man in Zukunft mit ihm rechnen musste, und zwar als wirklicher Größe, größer denn je, doch bei Weitem noch nicht die Macht, die er dereinst sein würde. Vor allem jedoch war ihm klar, dass es nun in seiner Macht stand, begangenes Unrecht wiedergutzumachen.

Rache zu üben, aye, und zwar an den Ferenczys und den Zirescus.

Im Gegenzug gab er seinem Egel Folgendes, seinen Teil eines unausgesprochenen, unnennbaren und unverbrüchlichen Paktes: Was er *scheinbar* für sich selbst tat, tat er in Wirklichkeit für seinen Vampir! Radu war geübt im Töten; nun musste er noch lernen, seinen Spaß daran zu haben. Bisher hatten Hass und Furcht sein Leben bestimmt. Von nun an würde sein Hass, von seinem Vampir um ein Zehnfaches verstärkt, das Mittel sein, mit dem er anderen Furcht einjagte. Seinen bislang unterdrückten, von seiner Menschlichkeit in Schach gehaltenen Leidenschaften konnte er nun in einer einzigen Orgie unmenschlicher, von gewöhnlichen Geistern nicht fassbarer Gewalt freien Lauf lassen. Es lag ihm im Blut. *Wamphyri!*

Am merkwürdigsten jedoch war, dass noch nicht einmal sein

Egel eine Ahnung von alldem hatte. Alles, was der Parasit »wusste«, und zwar aufgrund eines fremdartigen Instinkts, war, dass sein Wirt stark war und er allein durch diesen lebte. Das Einzige, was ihm zur Verfügung stand, waren seine Wandlungskunst, seine Hartnäckigkeit und seine furchtbare Gier. Denn was dieses Wesen, das keinen einzigen moralischen Wert kannte, antrieb und am Leben erhielt, war Blut, und das Einzige, was es im Sinn hatte, war, dass Radu sich ans Leben klammerte. Aye, und sollte dies auch jedem den Tod bringen, mit dem er fortan in Berührung kam ...

Als Radu sich dem Lager der Zirescus näherte, verhielt er sich vorsichtig. Die Wachhunde der Zigeuner (Wölfe, die sie vom Welpenalter an aufgezogen hatten) streunten, lautlos und auf der Hut, im finsteren Wald umher. Sie waren darauf abgerichtet, einen Eindringling, statt zu bellen, um ihn zu verscheuchen, auf einen Baum zu jagen und anschließend zu jaulen und zu heulen, bis jemand nachsehen kam, was los war. Sollte sich das Opfer zur Wehr setzen, würden sie ihm einfach die Sehnen in den Kniekehlen durchbeißen und dann bellen, um die Aufmerksamkeit ihrer Herren auf sich zu lenken. Keine sehr verlockende Aussicht!

Radu machte sich jedoch keine allzu großen Sorgen. Denn irgendwie ahnte er, dass er mit den Wölfen umgehen konnte und mit ihnen genauso zurechtkommen würde wie mit der riesigen weißen Wölfin der Wildnis. Nun ... vielleicht sogar noch besser als mit Singer.

Als sie ihn aufspürten, hielt Radu ihnen die Arme entgegen, und nach ein paar Sekunden krochen sie näher und leckten ihm die Hände, während er in den Schatten des Waldes stand. Als sie anfangen wollten zu jaulen, ermahnte er sie mit einem leisen *»Aber, aber!«*, bis sie still waren. Er konnte zwar immer noch ihre Unruhe spüren, aber sie gaben keinen Ton von sich. Denn all dies begab sich zu einer Zeit, als die Wamphyri auf der westlichen Sonnseite noch gänzlich unbekannt waren. Abgesehen von den entsetzlichen Geschichten, die einsame Wanderer hin und wieder am Lagerfeuer erzählten (bestenfalls Ammenmärchen), hatten die Zirescus bislang noch keine rechte Bekanntschaft mit dem Schrecken aus den hoch aufragenden Felstürmen der Sternseite gemacht, der in diesem Augenblick bereits in den östlichen Wäldern wütete. Darum wussten die Wölfe der Zirescus mit jemandem wie Radu nichts anzufangen – erst nach dieser Nacht sollten sie dazu abgerichtet werden.

Also gaben sie sich (zumindest halbherzig) damit zufrieden, dass Radu keine Bedrohung darstellte; er schickte sie wieder weg und ging dann ins Lager. Die Nacht war noch jung, und um das Hauptfeuer in der Mitte saßen mehrere Männer. Radu war mit den Gewohnheiten der Zirescus mehr als vertraut und wusste, dass der Wagen des alten Giorgio am Rand des Lagers stand und wo er ihn finden würde. Das hieß, sofern der fette, alte Bastard noch lebte! Letzteres war nicht unbedingt selbstverständlich, schließlich fraß und soff der alte Zirescu wie ein Schwein, und seine Wutausbrüche hatte er noch nie unter Kontrolle gehabt. Doch *sollte* er noch am Leben sein ... nun, dann nicht mehr lange! Dann würde er ihm hier und jetzt, noch in dieser Nacht, ein Ende bereiten, und Radus Vater würde ihn in der Hölle erwarten.

Aber ... Radu blieb stehen und verharrte eine Zeit lang im Schatten. Er überlegte. Es erschien ihm doch etwas kühn, einfach so auf das Weidengeflecht von Giorgios Tür zuzumarschieren, anzuklopfen und darauf zu warten, dass man ihn hereinbat. Was, wenn der Alte durch ein Guckloch spähte und ihm etwas verdächtig vorkam? Wenn er dann um Hilfe rief ... Die Sterne standen am Himmel, und die Nacht war viel zu hell. Besser wäre ein wenig Bodennebel, damit man seine Schritte nicht so hörte und auch nicht die Geräusche, falls es zu einem kurzen Handgemenge kam. Wenn der feuchte, fruchtbare Waldboden und die Bäume doch nur die Feuchtigkeit, die sie während des Tages aufgesogen hatten, wieder abgeben und das ganze Lager mit einer weißen, wabernden Decke überziehen würden! Allerdings vermochten dies weder der Boden noch die Bäume zu tun – oder etwa doch?

In einer anderen Welt hätte man es für Magie, Hexerei oder etwas Übernatürliches gehalten. In Radus Welt vielleicht ebenfalls. Aber im Himalaya sollen tibetanische Priester ihre Fähigkeiten erproben, indem sie sich in gefrierendem Wasser in Schlaf versetzen und beim Erwachen genügend Körperwärme produzieren, um das Eis wieder aufzutauen! Ein Glühwürmchen leuchtet von innen heraus, ohne dabei zu verbrennen, und findet, indem es seinen Körper in eine Laterne verwandelt, einen Partner. Und es gibt Tiere, die bei Temperaturen, die für andere Spezies den sicheren Tod bedeuten, ihren Winterschlaf halten. Hier in dieser Welt hingegen ... Radu wusste zwar so gut wie nichts von diesen Dingen, doch mit einem Mal erfasste ihn eine Ahnung von der Macht, über die er verfügte – eine *neue* Macht auf der Sonn- und der Sternseite.

Radu war so etwas wie ein – nein, er *war* tatsächlich ein Katalysator, oder vielmehr, er würde einer sein, wenn er es denn wollte! Er gehörte nicht hierher, nicht in diese Wälder, und auch nicht unter ganz gewöhnliche Menschen. Allein die chemische Zusammensetzung seines Körpers, die nichts Menschlichem oder auch nur halbwegs Natürlichem mehr entsprach, konnte Verwandlungen hervorrufen, die der Natur Hohn lachten. Er spürte geradezu, wie die Kraft dazu in ihm wuchs. Sein Begehren richtete sich auf etwas, und nun musste er es nur noch wollen. Er würde einen Nebel *aushauchen* und den Wald dazu bringen, dies ebenfalls zu tun.

Und mit dem metamorphen Beistand seines Egels gelang es ihm. Die Poren seines Körpers öffneten sich und schienen zu dampfen. Der Dunst entströmte ihm wie einem Block Trockeneis. Von seinen Lippen drang schwer sein Atem wie eine sich immer weiter ausbreitende, böse Substanz, die in Schwaden von ihm ausging; es sah aus, als riefe sie aus den Wäldern und selbst dem Erdreich weitere Schwaden hervor! Am äußeren Rand des Zirescu-Lagers glitt Radu im Schutz seines Nebels auf die Tür von Giorgios Wagen zu und pochte sacht an das Weidengeflecht.

»Eh? Wer da?« Diese tiefe Stimme, den knurrenden, grollenden Bass hätte Radu überall wiedererkannt; ja, der alte Zirescu war noch am Leben. »Was gibt's denn? Kann man sich hier nicht mal eine Stunde aufs Ohr hauen?« Drinnen wurden Geräusche laut, ein kleines, vergittertes Fensterchen öffnete sich nach innen, und ein aufgedunsenes, bärtiges Gesicht, die geröteten Augen zusammengekniffen, erschien hinter den Gittern. Radu stand am Fuß der in den Wagen führenden Stufen und hielt das Gesicht abgewandt. Der wogende, wabernde Vampirnebel, der sich in dünnen Schwaden nach oben rankte, verbarg seine Gestalt so weit, dass der alte Zirescu ihn nicht erkannte, aber die dürftige, abgerissene Kleidung eines Mannes aus den Bergen verriet ihn sofort als Fremden.

»Eh?«, murmelte Giorgio abermals, nun allerdings schon schroffer. »Wen haben wir denn da? Einen Wanderer, der mitten in der Nacht die Gastfreundschaft der Zirescus auf die Probe stellt? Weshalb belästigst du mich damit? Am Lagerfeuer sitzen noch Männer, da bin ich mir sicher. Geh hin und sing ihnen etwas vor, damit sie dir was zu essen geben.« Aller Wahrscheinlichkeit nach war Giorgio betrunken; den Schnapsgeruch seines Atems nahm Radu jedenfalls nur allzu deutlich wahr. Doch ehe der Alte sein Fenster schließen konnte, sagte Radu:

»Ich bin nicht hierhergekommen, um zu nehmen, sondern ich habe dir etwas *mitgebracht.*« Dabei verstellte er seine Stimme, so gut es ging – was ihm nicht weiter schwerfiel, nur dass er nun auch aufpassen musste, dass sie nicht nach einem Knurren klang! »Giorgio Zirescu, ich bringe dir eine Warnung! Aber hier draußen kann ich nicht sprechen ...« Er ließ seinen Blick ringsum schweifen, so als fürchte er, jemand könne sie belauschen. »Lass mich ein, und ich sage dir, welches Verhängnis jetzt, in diesem Augenblick, über dir und den Deinen schwebt!«

»Eine Warnung?«, stieß Giorgio hervor. »Verhängnis? Was soll das heißen?« Schärfer, in regelrechtem Befehlston fuhr er fort: »Sag, was du zu sagen hast, Kerl, dann höre ich dich vielleicht an!«

Radu straffte seine Gestalt, hielt das Gesicht aber immer noch abgewandt. »Ich gehöre nicht zu den Deinen, Giorgio, also sprich nicht zu mir wie zu einem Untergebenen. Ich bin ein Mann aus den Bergen, gewiss, ein Wanderer ... ah, aber wo ich überall herumgewandert bin und was ich dort gehört habe! Man erzählt sich, dass Giorgio Zirescu alt und fett geworden und immer nur besoffen ist und dass seine Söhne kaum besser als brünftige Ziegenböcke sind und die Zirescu-Weiber allesamt Schlampen, die die Beine lieber für einen Hund breit machen würden als für die Schweine, zu denen deine Männer geworden sind!«

»Was!?« Giorgio traten schier die Augen aus den Höhlen. »Wer erzählt so etwas? Wer wagt es, solche Lügen zu verbreiten? Ich habe mit meinen Nachbarn nichts zu schaffen, wer also sollte wissen, dass ich ... dass ich ...«

Radu sah ihn schief an, ganz kurz nur, doch sein Blick sagte alles. »Ja, sprich weiter! Wer sollte wissen, dass du ...«

Der Alte beruhigte sich wieder etwas. »Ich habe keine Zeit für dummes Geschwätz«, knurrte er. »Stock und Stein können mich treffen, nicht aber üble Nachrede ...«

»Stock und Stein, aye«, nahm Radu seine Worte auf. »Und Armbrustbolzen ... und Männer, die hinter deinem Land her sind, weil sie glauben, dass du nicht mehr in der Lage bist, es zu halten?« Das saß.

»Eh?«, stieß Giorgio erneut hervor. »Ist es das? Landdiebe? Aber dies ist *mein* Land, und vor mir gehörte es meinem Vater! Jemand will sich also mein Territorium unter den Nagel reißen, ist es das? Eine Landfehde? Dazu hat niemand ein Recht! Erzähl mir mehr!«

»Das würde ich schon gerne«, antwortete Radu achselzuckend, indem er Anstalten machte, sich abzuwenden. »Aber wie es aussieht, ist der Mann, den sie den Alten Zirescu nennen, viel zu stolz, um von Angesicht zu Angesicht mit einem einsamen Wanderer und Mann der Berge zu sprechen. Er steht ja viel zu hoch und ist zu mächtig! Soll ich etwa hier draußen in diesem klammen Nebel, der sich auf alles legt, stehen bleiben, ohne dass mir jemand ein Schlückchen von deinem guten Pflaumenschnaps anbietet, damit ich mir die Kehle wärmen kann? Nein, ich glaube nicht. Am besten überlegst du dir selbst, wo sie zuschlagen werden ... und wann ... und wie viele es sind. Na ja, dann viel Glück ...«

Radu kehrte dem Wagen den Rücken und tat, als wolle er weggehen. Doch Giorgio rief ihm nach: »Wanderer, wer auch immer du sein magst, warte!« Das Poltern war aus seiner Stimme gewichen. Nun klang er besorgt. »Ja, du hast recht: Manchmal kann ich ein undankbarer alter Mistkerl sein! Aber komm rein, komm rein und wärme dich ein bisschen auf. Habe ich gehört, wie du Branntwein sagtest? Nun, davon könnte ich jetzt auch einen Tropfen vertragen. Hör zu, ich habe einen Krug mit genau dem richtigen Zeug hier bei mir!« Der Riegel wurde zurückgeschoben, und Radu vernahm das Knarren der Weidentür.

Im nächsten Augenblick wandte er sich lautlos wieder um, erklomm die hölzernen Stufen, und ein paar Nebelschleier glitten mit ihm ins Wageninnere. Giorgio Zirescu hatte ihn auch noch *hereingebeten*, und zwar aus eigenem freiem Willen!

Nun ja, Radus lügnerischer Egel hatte ein bisschen nachgeholfen ...

DRITTES KAPITEL

»Land?«, fragte Giorgio abermals, nachdem er Radu einen ledernen Schlauch gereicht hatte. »Geht es darum?«

Radu nahm einen – winzigen – Schluck von dem scharf schmeckenden Branntwein und setzte den Schlauch ab. Es war lange her, dass er getrunken hatte, und er brauchte einen klaren Kopf.

»Es geht um Land, um Leben und Tod«, sagte er, und seine Stimme klang sehr tief und sehr schroff, als er Giorgio zum ersten Mal das Gesicht zukehrte. Er wollte sehen, ob der alte Zirescu ihn im Schein der Lampe wiedererkannte, aber dessen blutunterlaufenen, glasigen, hervorquellenden Augen blieben ausdruckslos. Hätte sich in ihnen auch nur ein Zeichen des Wiedererkennens gespiegelt, dann wäre es aus mit ihm gewesen, oh ja. Sein nächtlicher Besucher hatte ohnehin bereits entschieden, dass es so weit war, doch alles zu seiner Zeit. Erst sollte Giorgio noch erfahren, weshalb.

»Nun, jetzt stehen wir uns von Angesicht zu Angesicht gegenüber«, sagte der Alte. Und so verhielt es sich auch; in der drangvollen Enge des Wagens war gar nichts anderes möglich. »Also, raus damit! Was ist los? Was Land, Leben und Tod betrifft, das ist alles eins. Wenn ein Mann um sein Revier kämpfen muss, um es zu behalten, dann wird er eben kämpfen. Sein Land *ist* sein Leben, und dort wird er auch begraben, wenn er eines Tages stirbt!«

»Und werden seine Leute mit ihm kämpfen oder werden sie weglaufen, weil sie ihn hassen?« Mit einem Mal klang Radus Stimme noch tiefer, ein grollendes Knurren, das seine widersprüchlichen Empfindungen zum Ausdruck brachte.

»Nein!« Der alte Zirescu schob sein Gesicht näher an ihn heran. »Sie werden *kämpfen* – weil sie ihn fürchten! Hier in diesen westlichen Wäldern sind die Zirescus schon seit undenklichen Zeiten stark gewesen. Zu meiner Zeit war ich, Giorgio, der Stärkste von allen! Ich musste es sein.«

»Zu deiner Zeit, aye«, nickte Radu. »Aber meinst du stark oder hart? Warst du stark mit deinen Leuten oder einfach nur hart zu ihnen?«

Mittlerweile war der Alte wieder etwas nüchtern geworden. Er nahm auf dem hölzernen Bettgestell Platz und musterte Radu neugierig von oben bis unten. Wenn er diesem Mann schon einmal begegnet war, müsste er sich an ihn erinnern, dessen war er sich sicher. An einen so großen Kerl ... er maß gut und gern einsneunzig! Und wie er aussah: diese merkwürdigen Augen! Sie schimmerten gelb im Schein der Laterne. Das graue Haar trug er zurückgekämmt, sodass es ihm wie eine Mähne über den Kragen fiel. Die leicht spitzen Ohren und die langen, behaarten Hände ... Andererseits sahen die Männer aus den Bergen allesamt irgendwie merkwürdig aus und verhielten sich sonderbar – aber keiner so wie der hier! Was er sagte, klang ja schon beinahe ... nun, anklagend!

Plötzlich überfiel Giorgio eine Ahnung, dass es hier gar nicht um Land ging, und eigentlich wollte er auch gar nicht mehr wissen, worauf der Fremde hinauswollte. So langsam dämmerte ihm, dass es ein Fehler gewesen war, diesen Mann in seinen winzigen, engen Wagen zu bitten.

»Wie ich auch immer gewesen sein mag und was auch immer ich getan habe – ich tat es auf meine Art«, erwiderte er schließlich und rückte sich ein Kissen zurecht, um seinen Rücken zu stützen. Unter dem Kissen verwahrte er ein langes Eisenholzmesser mit beinernem Griff. Die Klinge war zwar nicht besonders scharf, dafür jedoch äußerst spitz.

»Auf deine Art, aye«, knurrte Radu, »und stets nur zu deinem Vorteil, deinem und dem deiner Söhne. Aber niemals zum Wohl deines Stammes. Sie *hassen* dich, Giorgio! Ebenso sehr, wie ich dich einst hasste ...«

»Eh?« Giorgio setzte sich aufrecht hin. Dabei schob er das Kissen vor seinen Körper und umklammerte den Griff des Messers. An der Wand hing eine solide Armbrust, aber sie war nicht geladen. Und selbst wenn sie es wäre, was dann? Dieser Mann machte nicht nur einen gefährlichen Eindruck, er schien auch flink zu sein. »Es geht also ... also nicht um Land?«

»Oh, aber sicher doch!«, entgegnete Radu, seine Stimme nur noch ein heiseres Dröhnen voller ... Erwartung, indem er sich vorsichtig am anderen Ende von Giorgios Bett niederließ und Stück für Stück, Zentimeter um Zentimeter näher rutschte. »Aber sicher geht es um Land, und zwar um einen Mann, der darauf für dich *arbeitete*, für dich *jagte* und mit dir die Grenzen abschritt, jahrein, jahraus, und zum Lohn dafür nichts als den Hohn und

Spott eines fetten, habgierigen alten Mannes und seiner widerwärtigen Söhne erhielt. Es geht darum, wie er ermordet wurde, weil er nicht zuließ, dass seine Tochter an einen deiner Söhne ging; und es geht auch um das Mädchen. Sie war tausendmal besser als du und deine Sippschaft! Sie wurde niedergehalten, Giorgio, und wieder und wieder vergewaltigt und anschließend ermordet, weil ihr Vater – bei Weitem kein mutiger Mann – den Zirescus nicht den Gefallen tat, sie Ion oder Lexandru zur Frau zu geben.«

»J… j… jetzt *weiß* ich, wer du bist!«, sagte Giorgio, indem er mit der Linken auf Radu deutete. Doch der wusste, dass das alte Schwein Rechtshänder war und sah Giorgios rechte Hand unter dem Kissen in dessen Schoß verräterisch zittern. Eigentlich zitterte Giorgio am ganzen Körper: der fette Bauch, das Doppelkinn, sogar die Hängebacken. »Du bist Radu, der Sohn von Freiji L-L-Lykan!«, stotterte er.

»Aye, Freijis Sohn und Magdas Bruder. Derselbe Bruder, der zum Ausgestoßenen wurde – oder vielmehr sich selbst dazu erklärte –, als er den Tod seines Vaters und die Vergewaltigung und Ermordung seiner Schwester rächte. Allerdings wurde er in der Stunde seiner Rache aufgehalten ... von *dir*, Giorgio, nehme ich an! Und waren es nicht Ion und Lexandru, die versuchten, mich zu ertränken? Gemeinsam mit den Gebrüdern Ferenczy, ebenfalls auf dein Geheiß? Ah, ich weiß, dass sie es waren! Aber wie du siehst, bin ich nicht ertrunken und auch keineswegs tot. Und es geht wirklich um Land, oder doch wenigstens Erde – *diesen* Boden hier, Zirescu-Land, in dem du dein Lebtag lang gewühlt hast wie ein Schwein und wo du nun auch den Tod eines Schweines finden wirst. In *diesem* Boden, der vom Gift deiner abscheulichen Gase modrig werden wird, noch während sie dich in ihn hinabsenken! Und niemand wird um dich trauern, Giorgio, selbst wenn sie es wollten. Nein, deine Söhne werden nämlich da unten bei dir liegen!«

Giorgio stieß zu, das schwarze Eisenholzmesser hoch erhoben in seiner Hand. Grinsend packte Radu das fette Gelenk seines Gegenübers und hielt es in seiner klauenbewehrten Hand mühelos fest. Sein Grinsen war das Grinsen eines Wolfes, als sein Egel metamorphe Säfte durch seinen Organismus pumpte und seine Zähne wie Sensen durch das rohe, blutige Zahnfleisch brechen ließ, während er den Mund immer weiter aufriss!

Innerhalb von fünf Sekunden verwandelte Radu Lykan sich – vor dem alten Zirescu, der seinen aus den Höhlen tretenden Augen nicht trauen wollte – in ein ... ein Wesen, das völlig anders war als alles, was er je zuvor erblickt hatte. An der Stelle, an der eben noch Radu gesessen hatte, kauerte ein Ungeheuer. Das *Gesicht* dieser Kreatur war das flammenäugige, geifernde, grinsende, keuchende Antlitz der Hölle! Und dazu noch dieses monströse, klaffende Maul ...

Giorgio schnappte nach Luft und öffnete den Mund, um zu schreien. Doch zu spät! Der Schmerz erstickte den Schrei, und von seinen ledrigen Lippen drang lediglich ein Jaulen und Gurgeln, ein heftiges Zischen, mit dem er die Luft ausstieß, als Radu ihm den Arm umdrehte, bis dieser am Ellenbogen brach, seine Hand auf Giorgios Hand legte und das Messer widerstandslos durch die Fettschichten und unter den fleischigen Rippen hindurch nach oben trieb. Oh ... es tat weh, und es riss eine tiefe – eine tödliche – Wunde. Aber nicht sofort! Sein Fett schützte Giorgio; die Messerspitze vermochte sein Herz nicht zu erreichen, nicht wenn sie in einem solchen Winkel vom Bauch aus nach oben drang. Seine Linke hörte auf, hilflos hin und her zu wedeln, und langte nach dem Messer, umfasste den aus seinem Wanst ragenden Griff. »Oh! – *ah!* – oh!«, stöhnte er, während er versuchte, es herauszuziehen. Doch der Schmerz war zu groß. Es gelang ihm nicht.

Noch immer grinsend stand Radu über ihm, neigte den Kopf nach Art eines großen Hundes fragend zur Seite und sah ihm geradewegs in die angsterfüllten Augen, als wolle er ihm bis auf den Grund seiner Seele blicken. Mit den Worten »Leb wohl, Giorgio!« packte er ihn am Bart, riss ihn hoch und trieb ihm, ohne zu zögern, die Fangzähne in den Hals, wobei er ihm die Luftröhre durchtrennte.

Giorgio zappelte und bebte, so lange bis der Werwolf seinen Griff lockerte und ihn zu Boden sinken ließ, wo er in der Enge neben dem Bett feststeckte. Es war vorbei, dieser Teil zumindest. Der alte Zirescu blutete und versuchte zu schreien, doch sein Atem reichte nicht aus, und er hatte auch nicht mehr die Kraft dazu. In seinem Blut liegend, schlug er hilflos um sich und verlor noch mehr Blut; ein pulsierender, purpurner Strahl schoss aus der klaffenden Wunde in seiner Kehle und aus dem Loch in seinem Bauch. Aus der durchtrennten Luftröhre entwich in hellroten, einen grauen Schaum bildenden Blasen pfeifend sein Atem. Doch seine Bewegungen wurden bereits langsamer, während das Leben rasch aus ihm schwand.

Bis es schließlich wirklich vorbei war ...

Draußen vor dem Wagen hielt Radu inmitten seines Nebels einen Augenblick inne und spuckte aus, um Giorgios Geschmack loszuwerden und den letzten Rest seines Blutes aus dem Mund zu bekommen. Denn Radu mochte zwar hungrig sein und sein Egel geradezu unersättlich, doch Giorgio Zirescus Blut fand er einfach abscheulich. An das, was er gerade getan hatte, hingegen würde er sich stets gern erinnern – und noch lieber, wenn er erst alles hinter sich gebracht hatte.

Radu hatte Giorgios Armbrust mitgenommen. Nun lud er sie und auch seine eigene Waffe, hakte die eine an seinen Gürtel und nahm die andere entschlossen in die pfotenartige Hand. Während aus dem Wald und dem Erdreich weiterhin sein wabernder Dunst quoll, ging er geradewegs auf den schwach orangefarbigen Schein des Gemeinschaftsfeuers in der Mitte des Lagerplatzes zu. Denn zu guter Letzt hatte er nun erkannt, über welche Kraft er verfügte, über welch beeindruckende Macht, und wusste, dass er nichts zu fürchten brauchte, was Mensch oder Natur hervorbrachte – jedenfalls noch nicht.

Als er in weit ausgreifenden Sätzen geduckt durch die Nebelschleier lief, nahmen seine Sinne all die Geräusche, Gerüche und Empfindungen der Nacht auf. Er war ein *Kind* der Nacht! Er hörte das Rascheln im Unterholz, das verriet, dass hier eine Spitzmaus auf der Jagd war, er spürte den verschleierten Blick einer Eule auf sich ruhen und nahm mit seinem von seinem Vampir geschärften Gehör deutlicher als je zuvor die beinahe unhörbaren, schrillen Schreie winziger Fledermäuse wahr. Und natürlich roch er auch Blut – dasjenige der Zirescus und der Ferenczys! Denn Giorgios Blut genügte ihm nicht. Vielleicht vermochte das Blut von seinen Söhnen und deren Freunden die Glut zu bändigen, die in Radus Adern raste ...

Der Vollmond stand am Himmel, ein silbern glänzendes Rund! Sein Licht erhellte die Nacht, es schien auf den Nebelschwaden zu wogen und wies Radu den Weg zum Feuer. Wie eine Geistererscheinung glitt er zwischen dem inneren Kreis der Wagen und Karren hindurch und hatte es schon beinahe erreicht. Er konnte bereits die geröteten Gesichter der Männer erkennen, die sich ums Feuer scharten, sah ihre nachdenklichen Blicke und bekam mit, worüber sie sich unterhielten. Sie redeten über ... die Wachhunde, die Wölfe des Lagers!

Denn die Wölfe, diese zahmen Geschöpfe, hatten sich bei ihnen versammelt; die Schwänze zwischen die Hinterläufe geklemmt und die Ohren flach angelegt, strichen sie winselnd um die Beine ihrer Herren. Aye, und hätten sie sprechen können, hätten sie ihnen erzählt, dass Radu da war! Wahrscheinlich taten sie dies gerade, auf ihre Art, und die Menschen waren nur zu dumm, es zu verstehen.

Aber so wie Menschenblut hatte auch das Blut der Wamphyri – Radus Blut – einen eigenen Geruch! Und die um das Feuer streichenden Wölfe nahmen diesen Geruch wahr. Mehr noch, sie rochen, dass Radu erst vor Kurzem getötet hatte. Es waren drei; sie hielten mitten in der Bewegung inne und wandten sich wie auf Kommando Radu zu, der im Schatten eines Wagens stand. Ihre gespitzten Ohren verrieten ihn, und nun, da sie sich in der Gesellschaft von Menschen befanden, fühlten sie sich auch sicher genug, zu knurren und ein paar vorsichtige Beller loszulassen.

»Eh?«, sagte jemand. »Ist da was?« Und in der Tat war da etwas. Mit einem Satz sprang Radu in den Schein des Feuers, wo er stehen blieb und sich aufrichtete. Er ließ den Blick über die Gesichter der Männer schweifen und ... sah, dass Ion und Lexandru darunter waren! Die Ferenczys ebenfalls, und noch drei ihrer Gefährten. Ein wahrhaft übler Haufen, doch die vier Erstgenannten hasste er mehr als alle anderen.

Den Männern klappten die Kiefer nach unten. Aller Augen waren auf Radu gerichtet, der sie auf seine sonderbare Art angrinste. »Das geht nur mich und die Zirescus etwas an«, knurrte er, »die beiden da, Ion und Lexandru. Sie haben gemordet und vergewaltigt!« Er richtete die Armbrust auf die beiden. »Und die Ferenczys!« Damit richtete er die Armbrust auf sie. »Ich habe Giorgio getötet, und jetzt sind seine Söhne an der Reihe und deren Freunde. Was den Rest von euch angeht: Ihr müsst nicht unbedingt sterben, wenn ihr es nicht darauf anlegt. Aber genug geredet!« Radu legte an, nahm Lexandru ins Visier und zog den Abzug durch.

So schnell ging es, ohne weitere Vorwarnung. Lexandru war

aufgesprungen, während Radu sprach, und als der Bolzen auf sein Ziel zuflog, hob er abwehrend die Hände. Der Bolzen ging zwischen ihnen hindurch, traf ihn in die linke Brust und drang bis zum Gefieder ein. »Oh?«, entfuhr es ihm ungläubig. »Du bist es ... Radu? Nicht tot? Nun, das ist ein D-Ding!« Damit spuckte er Blut, sank auf die Knie und fiel vornüber aufs Gesicht.

Einer der ums Feuer versammelten Männer besaß genug Geistesgegenwart, den Wölfen ein lautes *»Fasst!«* zuzurufen, und während Radu die abgefeuerte Armbrust an seinen Gürtel hängte und die andere Waffe in Anschlag brachte, sprangen die Wölfe ihn, ohne zu zögern, an. Knurrend verbiss sich der Leitwolf in seinen rechten Unterarm, der die Waffe hielt. Mit der freien Hand packte Radu den Wolf bei der Mähne, wirbelte einmal im Kreis herum und ließ das verwirrte Tier los, sodass es ins Feuer stürzte. Die Fangzähne rissen ihm die Haut mitsamt dem Fleisch vom Arm, doch dies spürte Radu kaum. Vorerst allerdings mussten Ion und die Ferenczys noch warten, denn da waren noch die beiden anderen Wölfe.

Einer von ihnen befand sich mitten im Sprung und kam mit lang gestreckten Pfoten geifernd direkt auf ihn zu. Radu konnte ihn gar nicht verfehlen. Er schoss seinen Bolzen ab und duckte sich. Der durchbohrte Wolf jaulte auf, flog über ihn hinweg, und schlug auf dem Boden auf. Er richtete sich wieder mit den Vorderpfoten auf, dann brach er zusammen und blieb reglos liegen. Der dritte Wolf kam schlitternd zum Stehen, als Radu seinen wütenden Blick auf ihn richtete und knurrend sagte: »Oh? Möchtest du gleichfalls sterben? Dann komm, bringen wir es hinter uns! Es ist noch genug Platz im Feuer.« Doch der graue Bruder hatte gesehen, wozu Radu imstande war, und wich winselnd zurück.

Radu ahnte den Gegenschlag eher, als dass er ihn kommen sah; er hatte zu viel Zeit mit diesen zahmen Wölfen verschwendet! Blitzschnell ließ er sich auf alle viere nieder und spürte, noch während er sich fallen ließ, einen Armbrustbolzen nur Zentimeter über seinem Kopf vorübersausen. Er warf einen Blick zu den hinter dem Feuer durcheinanderwimmelnden Männern. Die Ferenczys hatten bereits Fersengeld gegeben. Ion Zirescu hastete zwischen den Wagen hindurch auf den Wald zu. Der Mann, der auf Radu geschossen hatte, machte seine Waffe bereit zu einem weiteren Versuch. Die anderen stolperten ziellos umher, viel zu überrascht, um zu begreifen, was vor sich ging.

Mit einem Satz war Radu am Feuer und bückte sich, um nach einem brennenden Ast zu greifen. Und als der Mann mit der Armbrust seinen Bolzen einlegte, schleuderte er den Scheit wie eine Brandfackel und traf den Mann mitten ins Gesicht. Dessen Bart begann qualmend zu brennen, und schon im nächsten Augenblick stand sein ganzer Kopf in Flammen! Schreiend und um sich schlagend ließ er die Waffe fallen, tanzte wild umher und stürzte schließlich in ein nahe gelegenes Dickicht, in dem er sich hin und her wälzte. Die anderen waren unterdessen alle geflohen. Doch Radu hatte gesehen, wie Ion Reißaus nahm, und wusste, welche Richtung er eingeschlagen hatte.

Der Mond kam hinter den Bäumen am Rand der Lichtung hervor, und als Radu dies sah, ging er auf alle viere nieder und warf heulend den Kopf in den Nacken. Es schien ihm die natürlichste Sache der Welt, auch wenn es grässlich klang. Denn obgleich es das Geheul eines Tieres war, entsprang es doch einer menschlichen Kehle! Er legte all seine seit Langem aufgestauten Emotionen hinein, heulte den Schmerz und die Frustrationen einer gequälten Jugend hinaus und empfand dabei ein monströses Vergnügen. Wie eine Flut brach es aus ihm heraus, die über seinen einstigen Peinigern zusammenschwappte. All die Jahre der Qual fielen von ihm ab, zumindest war der erste Schritt dazu getan.

Denn noch waren Ion Zirescu und die Gebrüder Ferenczy am Leben, und allein diese Tatsache bereitete ihm ungeheure Qualen. Ihr Tod hingegen würde ihm unvergleichliche Lust bereiten. Dann endlich könnte Radu Lykan in tiefster Seele erleichtert aufseufzen – *sofern* er noch eine Seele besaß. Ah, und der Werwolf wusste schon, was er mit Ion anstellen würde! Denn hin und wieder hatte er einen Traum gehabt, den er nun jedoch eher für eine Erinnerung hielt:

Er lag mit dem Gesicht nach unten auf dem zertrampelten Boden einer Lichtung und hörte wie aus weiter Ferne Stimmen; und doch vernahm er alles ganz deutlich in dem von hellen Lichtblitzen durchzuckten Dunkel, das ihn umgab. Abgesehen von dem entsetzlichen Schmerz in seinem Hinterkopf empfing er keine weiteren Sinneseindrücke. Doch als er die folgenden Worte hörte, kochte er vor Wut, und tief in ihm wuchs das unbezähmbare Verlangen, denjenigen, die da sprachen, bei lebendigem Leib das Herz herauszureißen:

»... Radus Schwester – tot, und ihr habt sie umgebracht! Zu

sechst seid ihr über die Kleine hergefallen! Die beiden räudigen Leichname hier, Kherl Fumari und Arlek Bargosi, die Gebrüder Ferenczy, Rakhi und Lagula ... und natürlich ihr zwei!« *(Es handelte sich unverkennbar um Giorgios Stimme. Und die Antwort:)*

»Es ist nicht allein unsere Schuld! Du hast uns Freiji doch hinterhergeschickt, damit wir ihn kaltmachen. Nun, und in Radus Blick, da lag etwas, das uns verriet, dass er es wusste! Er muss seinen Vater gefunden haben, draußen in den Wäldern. Und das Mädchen ... *das* war ein Unfall. Sie wollte einfach nicht stillhalten!«

Das war Ion. Und Magdas Tod war für ihn ein »Unfall«, weil sie sich gewehrt hatte, als sie über sie hergefallen waren wie brünftige Tiere!

Ah, aber Tier war nicht gleich Tier, und was nun folgte, würde gewiss kein Unfall sein! Giorgio war tot, Lexandru ebenfalls, aber Ion und die Ferenczys lebten noch. Fürs Erste, zumindest. Abermals stieß Radu sein Geheul aus – heulte seine Blutgier in die Nacht hinaus und einen Eid an die Mondgöttin, die hoch am Himmel ihre Bahn zog: dass er Magda rächen würde, und zwar auf eine Art und Weise, die den Qualen, die sie erlitten hatte, gleichkam! Wie zur Antwort breitete der Mond seinen silbrigen Glanz über die Spur, die Ion Zirescu hinterlassen hatte, als er blindlings durch den Wald hastete, und wies ihm so den Weg ... bis hin zu dem Versteck, in dem der letzte Abkomme jener abscheulichen Sippe sich verbarg.

Später konnte Radu sich kaum noch daran erinnern, wie er ihm gefolgt war, wie er in langen Sätzen durch den finsteren Wald rannte und sich auf alle viere sinken ließ, um am niedergedrückten Gras und frisch zertretenen Wurzeln zu schnüffeln, und den üblen Geruch nach Schweiß und Angst aufgenommen hatte. Nach einer Weile kam er an eine Lichtung, an deren einer Seite eine Baumgruppe stand, und als er aus dem Wald ins Freie stürzte, nahm er ... nichts wahr! Alles war still, nichts regte sich. Weder schrie eine Eule noch kroch kleines Getier verstohlen durchs Gras. Warum? Hatte etwas sie *aufgeschreckt*, der Lärm vielleicht, mit dem ein Flüchtiger aus dem Wald gebrochen war? Schon möglich ...

Radus Nebel hatte sich mittlerweile verflüchtigt, aber der Vollmond stand hoch am Himmel und übte noch immer seinen Einfluss auf ihn aus. Allerdings verlieh er Radu ganz neue Fähigkeiten, die dieser nicht kannte und in deren Gebrauch er ungeübt war. Doch als er der Stille lauschte – wobei er sich selbst völlig reglos verhielt und angestrengt versuchte, noch das leiseste Geräusch wahrzunehmen –, »hörte« er etwas, was jedoch kein Laut war, sondern ... ein Gedanke! Er *hörte* Gedanken! Die entsetzten Gedanken Ion Zirescus!

Zunächst schüttelte Radu den Kopf; ihm war klar, dass er sich dies einbilden musste. Den Geist eines anderen konnte man *nicht* hören. Doch als er sich konzentrierte, vernahm er die Gedanken um einiges deutlicher, sodass er sie nun nicht mehr missachten konnte:

... ist mir gefolgt! Aber wie? Ist er ein Mensch oder ein Hund, dass er mir so unverdrossen folgen kann? Radu Lykan, er lebt! Oder ist es sein Geist, der Rache sucht? Aber ein Gespenst, das tötet? Und dann seine Kraft! Und wie schnell er ist! Nein, das ist kein Geist, sondern Radu persönlich. Wir hielten ihn für einen Feigling wie seinen Vater, aber der junge Bursche, der damals in jener Nacht Kherl und Arlek umbrachte, war bestimmt kein Feigling. Und jetzt ist er zurückgekehrt. Und mein Vater, Giorgio, tot? Nun, macht nichts ... Lexandru und ich hätten uns ohnehin in absehbarer Zeit um ihn kümmern müssen! Ahhh ...! (Letzteres ein entsetztes Aufstöhnen, das Radu zeigte, dass Ion ihn gesehen hatte).

Er schloss die Augen, konzentrierte sich stärker und sah ... durch die Augen eines anderen! Durch Ions Augen natürlich! Und zwar sich selbst oder vielmehr seinen Schatten, wie er, den Kopf schief gelegt und die nach allen Seiten lauschenden Ohren wachsam gespitzt, angespannt am Rand der Lichtung verharrte. Er sah – er *spürte* –, wie er sich erneut auf alle viere niederließ und auf die Baumgruppe zutrottete. Denn der Blickwinkel hatte Ion verraten, und seine entsetzten Gedanken bestätigten dies:

... Er kommt in meine Richtung, er kommt direkt auf mich zu! Aber ich habe ja noch meine Machete ...!

Oh ja, Radu kam. Halb aufgerichtet und weit vornübergebeugt sprang er in langen Sätzen auf die Baumgruppe zu. Ion hatte also eine Machete? Na und? Tief in einem Ginstergestrüpp hielt Radu inne – höchstens vier Sekunden –, um seine Armbrust zu laden, ehe er seinen Weg in eine andere Richtung, scheinbar von Ion *weg*, fortsetzte. Und in seinem Kopf erscholl eine Stimme:

... Er geht vorbei! Er hat mich nicht gesehen! (Ein Seufzer der Erleichterung, beinahe ein Schluchzen – ein mitleiderregender »Laut«! Nur empfand Radu Lykan keineswegs Mitleid.)

Aus dem Augenwinkel sah Radu Ion hinter einem dichten Brombeergesträuch im Gebüsch unter den Bäumen kauern. Allerdings war es nicht dicht genug. Radu fuhr herum, zielte und drückte ab. Ion stieß einen entsetzten Schmerzensschrei aus, als der Bolzen durch das ihn umgebende Unterholz sauste, ihn in den rechten Unterarm traf und er herumwirbelte, bis er über seine eigenen Füße stolperte und zu Boden ging. Seine Machete wurde ihm aus der Hand geschleudert. Mit einem Mal stand er allein und unbewaffnet einem Ungeheuer gegenüber ...

Ein Schatten wuchs aus dem Dunkel der Nacht vor ihm empor, und als der Mond hinter einer Wolke verschwand, war Radu Lykan da. In der Finsternis glommen seine Augen wie gelbe Laternen. »Hoch mit dir!«, stieß er hervor, seine Stimme ein heiseres Husten, eher ein Bellen. Darin lag eine grässliche Drohung. »Auf die Beine, Ion Zirescu, oder stirb, wo du gerade liegst.« Damit legte er seinen letzten Bolzen ein.

Schluchzend kam Ion hoch und wich stolpernd vor Radu zurück, bis er mit dem Rücken gegen einen Baum stieß. »Perfekt!«, knurrte der Werwolf, indem er seine Waffe in Anschlag brachte und aus nächster Nähe abdrückte. Der Eisenholzbolzen zerschmetterte Ions linkes Schlüsselbein und nagelte ihn an den Baum. Sein Schmerzensschrei zerschnitt die Nacht, und hätte er es gewagt, wäre er in Ohnmacht gefallen. Aber allein sein Gewicht hätte ihm die Schultermuskulatur zerfetzt oder die Sehnen zerrissen und ihn für den Rest seines Lebens zum Krüppel gemacht. Radu bekam diese Gedanken mit und fragte: »Welchen Lebens?«

»Dann töte mich eben!«, schluchzte Ion. »Bring es endlich hinter dich, wenn es das ist, was du willst.« Mit einem Bolzen durch den rechten Arm und einem weiteren durch die Schulter, die ihn an Ort und Stelle hielten, presste er sich bebend gegen den Baum.

Radus Stimme war ein tiefes Grollen, als er erwiderte: »Aber das reicht mir nicht!«

»W-was?«

»Du hast meinen Vater getötet und dann meine Schwester vergewaltigt und umgebracht. Nun, was Freiji angeht, ist die Schuld beglichen. Dafür hat Giorgio bezahlt. Aber Magda ist unersetzlich, sie war viel zu wertvoll. Du und deine Brüder, die Ferenczys und jene anderen beiden Schweine, ihr habt meine Schwester niedergehalten und sie genommen, wieder und wieder ... vielleicht gar zu zweit oder dritt gleichzeitig? Ich habe ihren

Leichnam gesehen und die Male, die ihr auf ihr hinterlassen habt, euren stinkenden Abschaum auf ihrer Haut. Gut, dass sie gestorben ist, denn ich kann mir nicht vorstellen, dass sie damit hätte leben wollen. Ich jedenfalls kann es nicht. Und du auch nicht!«

Seine letzten Worte waren nur noch ein Knurren; er hakte eine Klauenhand in Ions Hosenlatz ein und riss diesen mit einem Ruck auf. Durch Ion lief ein Beben, und der Bolzen in seiner Schulter scheuerte an den blanken Nerven. Fast hätte er das Bewusstsein verloren, was allerdings nicht in Radus Absicht lag. Radu schob sein Wolfsgesicht näher heran, schnüffelte an Ions Geschlecht und brummte: »Mit diesem wertlosen Ding da hast du sie gequält? Das also ist das Instrument deiner ... Lust?« Seine Klauenhand legte sich auf den Gefangenen, und Ion blieb nichts anderes übrig, als sich unter Radus Griff zu krümmen und bebend an den Baum zu drücken. »Du und die anderen, ihr habt sie abwechselnd vergewaltigt und ihr zu sechst einer nach dem anderen die Unschuld geraubt. Nun, jetzt bin ich an der Reihe. Mit dem einzigen Unterschied, dass du keineswegs unschuldig bist.«

Er presste Ion gegen den Baum, seine Hand schloss sich wie ein Schraubstock um Ions Glied und riss es mit der gewaltigen Kraft eines Wamphyri heraus. Dabei kastrierte er ihn nicht nur, sondern nahm ihm innerhalb eines Sekundenbruchteils buchstäblich alles; die zerfetzten Adern und Röhren baumelten aus Ions Unterleib nutzlos herab. Ion verlor das Bewusstsein und blutete so heftig, dass absehbar war, dass er nie mehr aufwachen würde. Nun, Radu hasste Verschwendung. Solange in seinem Opfer noch ein Puls zu spüren war, trieb er ihm seine Fangzähne in den Hals, um ihm auch das letzte bisschen Leben auszusaugen. Er trank lang und tief, ohne etwas von sich zu geben, bis zur Neige.

Blut ... das war es, was er, was sein Vampiregel brauchte. Es war der Nektar des Lebens ... es *war* das Leben! Es war eine Droge, und um ein Haar hätte sie ihn getötet, weil er sich ihr beinahe – allerdings nur beinahe – ganz hingab. Weil er in der schieren, ungezügelten Lust schwelgte, die sie ihm verschaffte, und so gut wie nichts mehr um sich herum mitbekam. Bis er, wie im Traum, ein entsetztes Aufkeuchen vernahm und jemand rief:

»Dort! Sieh nur – so *sieh* doch!«

Radu kannte die Stimme: Rakhi Ferenczy, der jüngere jenes degenerierten Brüderpaares. Und er erkannte auch die nächste

Stimme, die Antwort gab, als diejenige von Rakhis Bruder, Lagula: »Ich sehe ihn – und ich habe ihn im Visier, den mondsüchtigen Bastard!«

Radu erwachte aus dem Delirium, in das ihn seine Blutgier versetzt hatte, und ließ davon ab, seinen monströsen Durst zu stillen. Er richtete sich auf, schüttelte den Kopf, um wieder klar zu werden und die blutroten Schleier vor seinen Augen zu vertreiben ...

... und reagierte – allerdings nicht schnell genug!

Lagulas Bolzen streifte ihn, zog eine brennende Spur über seinen Hals, ehe er sich tief in den Baum grub. Radu lachte, ein lautes, bellendes Lachen ... bis Rakhis Bolzen sich in seinen linken Oberschenkel bohrte, am Knochen entlangschrammte und auf halber Höhe zwischen Knie und Hinterteil stecken blieb.

Radu hatte seinen letzten Bolzen bereits verschossen. Abgesehen von der ungestümen Kraft eines Wamphyri blieb ihm nichts mehr, womit er sich wehren konnte. Und er *hätte* sich gewiss auch zum Kampf gestellt, hätte sein Egel dies zugelassen. Aber für seinen Symbionten stand das Überleben an erster Stelle, sein eigenes natürlich und damit auch dasjenige seines Wirtes!

Der Werwolf ließ sich auf den Waldboden sinken und hinkte auf drei Beinen durchs Unterholz, allerdings immer noch mit den fließenden, geschmeidigen Bewegungen eines Wamphyri. Und diesmal war es ihm ernst, als er seinen Nebel aushauchte. Er wusste genau, was er tat; er wollte, während er floh, nicht gesehen werden. Nicht weit von Ion Zirescus schlaffem, verstümmeltem Leichnam stieß er auf die Machete, die diesem heruntergefallen war, und einen Moment lang überlegte er, ob er stehen bleiben und sich zur Wehr setzen sollte. Doch irgendetwas (ein düsterer, heimtückischer Instinkt?) sagte ihm, dass es vernünftiger sei, dies nicht zu tun. Im Augenblick ging es nur ums Überleben.

Am Rand der Lichtung hielt Radu einmal kurz inne, um sich umzublicken, und sah die Ferencys noch immer auf der Suche nach ihm zwischen den Dunstschleiern im Unterholz vor der Baumgruppe (und dies äußerst vorsichtig) umhertappen. Diese Narren, ihn einfach so durch die Finger schlüpfen zu lassen! War ihnen denn nicht klar, wussten sie denn nicht, dass er zurückkehren würde, um sich an ihnen zu rächen? Offenbar nicht. Radu dachte darüber nach, es ihnen in Erinnerung zu rufen, und als der Mond hinter den Baumwipfeln verschwand, warf er den Kopf in den Nacken und heulte.

Von nun an würden die Gebrüder Ferenczy vor Angst beben, wann immer sie das Geheul eines Wolfes hörten, und nach der nächsten Waffe greifen ...

In den westlichen Ausläufern des Gebirges, ein gutes Stück vom Lager der Zirescus entfernt, schnitt Radu das Gefieder des Bolzens ab, der seinen Oberschenkel durchbohrte, und zog ihn mit der Spitze voran heraus. Anfangs tat es weh, doch als er die Zähne zusammenbiss, ebbte der Schmerz ab zu einem dumpfen Pochen, und wenig später spürte er gar nichts mehr, alles war taub, so als sei ihm sein Bein eingeschlafen.

Radu kannte die Heilkräuter, die ihm bei der Genesung helfen würden, doch er machte sich nicht die Mühe, sie zu pflücken. Etwas in seinem Innern sagte ihm, dass er sie nicht brauchte. Natürlich war dies sein Egel, der bereits dabei war, ihn mithilfe seiner überlegenen metamorphen Fähigkeiten zu heilen.

Radu war nun ein Gestaltwandler, doch verfügte er in erster Linie immer noch über den Verstand eines Menschen und wurde im Schlaf von Albträumen heimgesucht. Er träumte von dem Wesen, zu dem er geworden war, und wenn er zitternd erwachte, stand ihm der kalte Schweiß auf der Stirn. Er konnte nicht akzeptieren, dass er nicht länger rein menschlich war. Sein Vampir mühte sich ab, derartige Ängste und jedes Bedauern zu unterdrücken. Dunkel war Radu sich dessen Einflusses bewusst – als leise, drängende Stimme eines unterbewussten »Gewissens«, das ihm keine Ruhe ließ und gute Ratschläge erteilte. In Wirklichkeit war es gar keine Stimme, sondern die Chemikalien und Katalysatoren in seinem Blut und seinem Gehirn, die seine Art zu denken veränderten. Irgendwann erlag er diesen Einflüssen, seine Angst schwand, und er verlor auch das Interesse daran; schließlich akzeptierte er, was er war – ohne zu bedenken, dass er lediglich zu dem geworden war, was sein Egel wollte.

Bei abnehmendem oder Neumond war er ein Mensch – ein Mann mit wölfischem Aussehen zwar – aber ein Mensch. Doch wenn der Vollmond am Himmel stand, fiel es ihm schwer, seine menschliche Gestalt zu bewahren. Stets jedoch war er Wamphyri, auch wenn er diesen Zustand noch immer nicht erkannte und auch nicht begriff ...

Ein paar Jahre hauste er in den den Grenzbergen vorgelagerten Höhen. Tagsüber schlief er in tiefen Höhlen oder Felsspalten, des Nachts wanderte er allmählich ostwärts. Und obgleich seine Aufgabe in den Lagern der Szgany Zirescu – mittlerweile Szgany Ferenczy – noch nicht beendet war und auch niemals zu Ende sein würde, solange Rakhi und Lagula am Leben waren, war er doch bestrebt, genügend Abstand zwischen sich und die beiden zu bringen. Denn ihm war klar, dass eine Rückkehr seinen sicheren Tod bedeuten würde; wahrscheinlich hielt der ganze Stamm nach ihm Ausschau, und zweifellos hatten sie Befehl, sofort zu schießen, sollte er sich blicken lassen. Außerdem brauchte er Zeit, seine erstaunlichen Kräfte zu erkunden – seinen Mentalismus und die Fähigkeit, die Gestalt zu wandeln – und herauszufinden, weshalb er vor grenzenloser Tatkraft nur so strotzte. Und was die Wunde an seinem Schenkel betraf: Die war innerhalb eines Tages und einer Nacht verheilt; es war kaum eine Narbe zurückgeblieben, die davon zeugte.

Radu hatte einiges Geschick darin entwickelt, die Lagerplätze und Siedlungen der Menschen zu umgehen, und tat dies auch weiterhin; leider konnten sie ihm ja nicht ausweichen. Doch je weiter er auf seiner Wanderung nach Osten gelangte, desto deutlicher nahm er eine Veränderung wahr. Diesmal jedoch nicht an sich selbst, sondern an den Szgany, an der Bevölkerung der Sonnseite.

Bisher hatte er die Menschen gemieden und war allen Schwierigkeiten, oder vielmehr seiner Lust am Töten, aus dem Weg gegangen; seinen Durst (und den seines Parasiten) stillte er am rohen Fleisch wilder Tiere. Was dies anging, hatte Radu sich, ohne es überhaupt zu wissen, *gegen* seinen Egel gestellt! Aber Vampire sind nicht nur hartnäckig, sondern auch äußerst geduldig. Wenn man so zählebig ist und zudem noch Jahrhunderte vor sich hat, fällt es einem nicht schwer, sich in Geduld zu üben.

Er ließ Radu in dem Glauben, das Rauschgefühl, das er empfand, als er Ion Zirescu abschlachtete und dessen Blut trank, entspringe seiner Rachsucht und nicht seiner Blutgier. Radus Motiv war Rache, gewiss, doch sein Egel war auf das Blut angewiesen. Nun, mit der Zeit würde Radu es schon begreifen. Bis dahin musste sein Vampir sich mit Tierblut zufriedengeben. Doch, wie gesagt, Tier war eben nicht gleich Tier.

Und in der Tat waren unter den Szgany der Sonnseite *große* Bestien aufgetaucht, was auch der Grund für die Veränderungen war, die Radu festgestellt hatte. Denn nun waren während der langen Tagesstunden an den Hängen des Grenzgebirges entschlossene Männer mit grimmigen Gesichtern unterwegs, die Jagd machten auf ... Menschen und diese abschlachteten! Aye, es war ein Abschlachten, und Radu sah es mit eigenen Augen!

Es geschah gut zwei Jahre und neun Monate (einhundertfünfunddreißig oder -sechsunddreißig Sonnaufs), nachdem er in den westlichen Wäldern Rache an den Zirescus genommen hatte ...

Im Zwielicht des Morgengrauens war der dahinjagende Mond nichts weiter als ein blasser runder Fleck am amethystfarbenen Himmel über der Sonnseite. Bald würde sich der Glutofen der Sonne über den Horizont erheben, doch dies würde Radu nicht unvorbereitet treffen. Seine Lichtempfindlichkeit war mittlerweile voll ausgeprägt; er wusste, dass das direkte, ungefilterte Licht der Sonne ihn töten würde, obwohl er noch immer keine Ahnung hatte, weshalb.

Kaum hatte er es sich im rückwärtigen Teil einer nicht allzu tiefen Grotte bequem gemacht, die Wind und Wetter in die Bergflanke getrieben hatten, da vernahm er direkt vor seinem Unterschlupf ein Keuchen und Scharren. Es war ein Mann. Offensichtlich war er auf der Flucht und völlig erschöpft. Sein Atem ging schwer, er hatte Angst. Sein Körper war ausgetrocknet, und in den ersten zaghaften Strahlen, die sich am südlichen Horizont zeigten, warf seine Haut bereits Blasen. Mit einem erleichterten Ächzen stolperte er in Radus Höhle.

In einer dunklen Ecke verborgen, schirmte Radu das leuchtende, gelbe Funkeln seines Blickes ab und wartete, bis der Mann – ein abgerissen wirkender Sonnseiter, wahrscheinlich ein Einzelgänger aus den Bergen – seine Fassung zumindest teilweise wieder zurückgewonnen hatte. Als sein Atem wieder etwas ruhiger ging und er aufhörte zu winseln, fragte Radu mit leiser Stimme: »Wer ist hinter dir her, und weshalb?«

Beim ersten Wort zuckte der andere zusammen. Hörbar die Luft einziehend, fuhr er auf dem staubigen Boden, auf dem er saß, herum und krächzte: »Was? Wer ist da?« Dann sah er Radus Augen und den dunklen Umriss eines Mannes, der sich im hinteren Teil der Höhle auf einem Lager aus Heidekraut ausgestreckt hatte. Radus Armbrust war geladen; indem er sie auf den Mann richtete, erhob er sich mühelos und ging – weil die Decke so niedrig war – gebeugt auf den Neuankömmling zu, der sich ängstlich an die Wand der Höhle drückte. Dem Mann hatte es anscheinend die Sprache verschlagen; sein Hals zuckte und sein Adamsapfel hüpfte auf und ab, aber er brachte nur ein Gurgeln hervor. Schließlich deutete er auf Radus Gesicht und auf dessen Augen.

»Eh?«, knurrte Radu. So langsam war es mit seiner Geduld vorbei. Er wollte wissen, was hier vor sich ging. Falls dieser Mann auf der Flucht war, dann wollte er erfahren, weshalb, aus welchem Grund. »Bist du taub oder nur blödsinnig? Ich habe gefragt, vor wem du wegläufst!«

Schließlich fand der andere seine Stimme wieder. »*D... du* fragst so etwas?«

Vielleicht begriff Radu daraufhin. Er kniff die tierhaften Augen zusammen und schnüffelte misstrauisch. »Bist du ein Ferenczy, ist es das? Hat man dir von mir erzählt, was ich getan habe und was ich noch tun werde?« Er zielte mit der Armbrust geradewegs auf die Kehle seines Gegenüber. Doch noch während er diese Worte aussprach, wurde ihm klar, dass er sich irrte. Er war einfach besessen von dem Gedanken an die Ferenczys, das war alles.

»Ein F...Ferenczy?« Der Mann runzelte die Stirn. »Nein, ich bin ein Romani – Bela Romani von den Szgany Mirlu. Das heißt, einst war ich es ...« Erneut lag in seiner Stimme ein Schluchzen.

»Dann bist du also ein Ausgestoßener? Hast du etwa Lepra?« Früher hatten die Zirescus jeden verstoßen, von dem sie nur annahmen, er könne sich infiziert haben. Und wenn er versuchte zurückzukehren, jagten sie ihm einen Bolzen in die Brust und verbrannten den Leichnam.

»Lepra?« Der Mann blickte Radu aus erschöpften, rotgeränderten Augen an. »Oh nein. Viel schlimmer!«

Radu wich einen Schritt zurück. Was? Konnte es etwas Schlimmeres als Lepra geben? »Drück dich deutlicher aus!«, bellte er.

»Wer ... *was* bist du?« Nun war es an Bela Romani, Fragen zu stellen. »Ein Einsiedler? Ein wilder Mann aus den Bergen? Wo bist du in den letzten Jahren gewesen, dass du nichts ... *davon* weißt?«

»Wovon?« Allmählich wurde Radu wütend. »Genug der Rätsel! Sag, was du sagen willst!«

Der andere duckte sich so weit wie möglich weg von ihm. »Ich rede von den ... von den *Wamphyri!*« Dabei betonte er das letzte Wort – oder war es ein Name? – ganz merkwürdig.

»Wamphyri?«, wiederholte Radu stirnrunzelnd. »Wer ist das?«

Kopfschüttelnd fuhr sich der Mann mit der Zunge über die Lippen. »Aber du ... deine Augen! Willst du etwa sagen, dass du nicht ... nicht zu ihnen gehörst?«

Mit einem Mal wurde Radu nachdenklich. Er war mehr als bloß ein Mensch, gewiss. Aber Wamphyri? Er neigte den gewaltigen grauen Wolfsschädel zu einem Nicken. »Erzähl mir mehr von ihnen!« Und Bela Romani begann zu erzählen.

Es hatte seinen Ausgang im Osten genommen, jenseits des Großen Passes, der auf die Sternseite und die öde Findlingsebene führt. Auf dieser Ebene gab es hoch aufragende Felstürme, gewaltige Restberge, manche davon tausend Meter hoch. Entweder hatten Wind und Wetter sie im Lauf unzähliger Jahrtausende aus dem Gebirge gemeißelt oder ein gigantisches Erdbeben hatte sie in grauer Vorzeit aus dem Boden getrieben. Die Findlingsebene war eine kalte, tote Einöde ohne jedes Leben, darum verirrte sich nie ein Mensch dorthin.

Zumindest war es früher so gewesen; weder die Szgany noch sonst irgendjemand nahm dort Wohnung, nur Trogs, ledrige Halbmenschen, hausten in Höhlen unter dem Grenzgebirge. Doch seit einigen Jahren kursierten Gerüchte über Lichter in den hoch aufragenden Felsenburgen, und man erzählte sich, dass grauer Rauch wie von Kaminen aus Felsspalten drang und Flugwesen auf dem Wind aus den Eislanden hoch oben um die Gipfel jener mächtigen Horste kreisten ...

Vor einhundert Sonnaufs hatten *sie* zum ersten Mal ein Szgany-Lager überfallen. Sie waren auf der Suche nach Vorräten für die Stätten in ihren Felstürmen, nach frischen Knechten für ihre Burgen und Futter für ihre Bestien. Doch schlimmer noch als die Bestien waren sie selbst, die Wamphyri: Blutsauger von der Sternseite!

Durchweg hünenhaft gebaut, sahen die Wamphyri aus wie ganz normale Menschen, dabei waren sie alles andere als das. Ihre Körperkraft war unfassbar! Sie suchten sich kräftige Szgany-Burschen als Leutnante und Knechte aus und hübsche Mädchen als ihre Sklavinnen. Einer von ihnen tat sich ganz besonders hervor, und sein Name wurde bald zum Inbegriff allen Unheils: Shaitan der Ungeborene! Er war schön wie ein goldbrauner Jüngling und ebenso düster und unergründlich wie die Sümpfe, die ihn hervorgebracht hatten. Und seine Gier war unstillbar.

Zunächst beschränkte Shaitan seine Raubzüge auf die Regionen östlich des Großen Passes, wo er sich die Szgany-Stämme unterwarf und tributpflichtig machte. Doch als weiteren monströsen Lords der Aufstieg zu einer eigenen Feste gelang, wuchsen die Ansprüche der Wamphyri ins Unermessliche und sie dehnten ihre Überfälle auf die Gebiete der Szgany Zestos, Lidesci, Tireni und Mirlu westlich des Großen Passes, mitunter sogar noch weiter nach Westen aus. Aber die Szgany Zestos und die Lidescis, die Szgany Tireni und die Mirlus ließen sich nicht so einfach unterwerfen – sie leisteten Gegenwehr! Tagsüber zogen sie umher, nun nicht mehr, um ihre Grenzen abzuschreiten, sondern um zu überleben – sie waren zu Wanderern geworden. Des Nachts hingegen ...

»Wir verbargen uns in Höhlen oder tief in den Wäldern, niemals ein behagliches Feuer, noch nicht einmal, um Licht zu haben«, fuhr Bela fort. »Und dennoch stöberten die Wamphyri uns auf. Letzte Nacht – gleich nach der Abenddämmerung – wieder! Es gab einen kurzen Kampf, aber was können Menschen schon ausrichten gegen *sie?* Die Szgany Mirlu flohen in alle Richtungen ... ich rannte ebenfalls – in die Wälder! Aber sie kriegten mich trotzdem.

Hengor ›Sturmwind‹ Hagi, ein bluttriefender, vierschrötiger Kerl, erwischte mich. Er zog mir einen Knüppel über den Schädel, sodass ich bewusstlos zu Boden ging, trank das Blut aus meinen Adern und infizierte mich mit seinem Gift. Als ich im Morgengrauen wieder zu mir kam, erinnerte ich mich an seine Anweisungen wie an einen Traum – ich sollte ihn auf der Sternseite aufsuchen und in Hengshöhe sein Knecht sein. *Niemals!* Ich wollte zurück zu meiner Frau und den Kindern und nichts als ein Mirlu sein. Aber weit gefehlt. *Hah!*

Ich war ... ich *bin* eine Vampirkreatur und Hengor Sturmwind hörig! Die Sonne würde mich umbringen, mein einziger Freund ist die Nacht. Je weiter sich das Gift in meinem Körper ausbreitet, desto schlimmer wird mein Zustand. Ich versuchte, zu den Mirlus zurückzukehren, aber sie entdeckten Hengors Bissmale an meinem Hals. Sollten sie mich jetzt finden, werden sie mich töten! Du dagegen ... so, wie du aussiehst«, wandte Bela sich flehend an Radu. »Wir sind von gleicher Art. Nur hast du ... anscheinend gelernt, damit zu leben!«

Radu schüttelte den Kopf. »Ich weiß nicht. Aber eines ist

gewiss: Ich werde nicht damit sterben! Während du geredet hast, habe ich meine Ohren aufgesperrt, allerdings anders als du. Und du hast recht: Die Jäger der Mirlus kommen. Aber diese Höhle ... gehört mir. Ich war zuerst hier!«

In Belas Augen trat ein irrer Ausdruck. Seine Lippen zogen sich von nadelspitzen Zähnen zurück, und er machte Anstalten, Radu anzuspringen ...

... der ihn auffing, zum Eingang der Höhle schleppte und einfach hinauswarf!

Der Zugang zur Höhle war von Unterholz und Bäumen gesäumt, sodass Bela nicht sofort der vollen Kraft der Sonne ausgesetzt war. Er war bemüht, sich im Schatten zu halten, und suchte nach einem Ausweg an der Klippe empor. Es gab einen Ziegenpfad, und er hätte es schaffen können! Er kletterte weiter den Berg hinauf bis über die Baumgrenze und geriet so ins Blickfeld der Männer, die ihm durch die Geröllfelder des Vorgebirges gefolgt waren.

Armbrüste surrten, und Bolzen umschwirrten ihn wie wütende Wespen. Radu bekam alles mit, sah, wie der Flüchtende sich an die Felswand presste und auf dem engen Pfad ausrutschte, sah, wie sein Rücken sich durchbog, als er wieder und wieder getroffen wurde, wie er zusammensackte und sich wie in Zeitlupe überschlug und schließlich hart auf den scharfkantigen Trümmern am Fuß des Hanges aufprallte.

Man hätte annehmen können, dies sei genug; doch offensichtlich gaben sich Belas Verfolger damit noch nicht zufrieden. Sie nahmen seinen Leichnam, trieben ihm einen Pfahl durchs Herz und schnitten ihm den Kopf ab. Anschließend errichteten sie ein Feuer und verbrannten ihn zu Asche. Dies reichte ihnen anscheinend. Nun, es war ja auch nichts mehr von ihm übrig. Es dauerte eine Weile, aber schließlich zogen sie ab, und Radu kroch wieder in seine Höhle zurück, um, vor der Sonne geschützt, Schlaf zu finden.

Der Schlaf wollte sich nicht sofort einstellen, denn Radu ging einiges durch den Kopf. Doch irgendwie schien sich ein guter Teil seiner Probleme zu lösen, während er schlief. Ja, man könnte sogar sagen, ein paar davon löste er selbst ...

In der Abenddämmerung, kurz vor Anbruch der Nacht, erwachte Radu. Er spürte den Lockruf des abnehmenden Mondes und verließ seine Höhle, um seinen Lobgesang anzustimmen. Und als sein unheimliches, an- und abschwellendes Geheul von den Berghöhen bis hinab auf die Sonnseite widerhallte, fand er endlich Gewissheit. Ihm wurde ein für alle Mal klar, dass er in der Tat ein Wamphyri war! Ein Menschenfresser, aye, ein Großer Vampir. Mehr noch: Er war ein Werwolf! Ein Wesen, halb Mensch, halb Wolf, ausgestattet mit dem Verstand eines Menschen und der Geschwindigkeit, dem Geschick und dem Tötungsinstinkt eines Wolfes. Und wenn verwandelte Menschen – bloße Menschen – es bis zur Sternseite schaffen konnten, wo die Sonne niemals schien, und dort Lords und Herren über große Felsenburgen wurden, dann musste es ihm, Radu, doch erst recht gelingen! Also wandte er der Sonnseite (fürs Erste jedenfalls) den Rücken, erklomm die Bergspitzen und machte sich auf zur Sternseite, dem Schicksal entgegen, das ihn dort erwartete.

Radu war von einer so monströsen Freude erfüllt – der Freude um ein düsteres Wissen, der grässlichen Vorfreude darauf, sich vom Lebenssaft anderer zu ernähren –, dass er kaum an sich halten konnte. Denn Bela Romani hatte sich geirrt, Radu war keineswegs so wie er geartet. Oh, in seinem Blut brannte das gleiche Fieber, gewiss, doch war Bela lediglich ein mit der Seuche des Vampirismus infizierter Knecht gewesen, Radu hingegen war diese Plage selbst! Vermittels seines Parasiten *war* er Lord Radu Lykan! Und dies wusste er.

Denn tief in seinem Innern spürte er die ersten Töne eines seltsam wilden und wunderbaren Liedes aufsteigen, eines lautlosen Liedes, das von Blut und Ewigkeit handelte und ihn erschauern ließ, als er schließlich schwer atmend durch einen hohen Gebirgspass trottete und auf die Sternseite hinabblickte.

Die Sternseite, aye! In der Ferne hoben sich vor dem Hintergrund der zuckenden Nordlichter im kalten, blauen Licht des Polarsterns unheilverkündend die von Nebelschleiern verhangenen Türme der Vampirlords ab. Die beängstigende Ödnis empfand Radu keineswegs als kalt oder unheimlich. Sie kam ihm vielmehr ... vertraut vor? Nein, mehr als das: Es war, als käme er endlich nach Hause!

Und als Radu das Gesicht zum Himmel und dem verblassenden Mond wandte und seinem überbordenden Gefühl Luft machte, war ihm, als klinge auch sein Geheul mit einem Mal anders, eher wie ein – wenn auch schrecklicher und furchtbarer – Gesang:

Wamphyri! *Wamphyyyyri ...!*

VIERTES KAPITEL

Als Radu von den Höhen des Grenzgebirges zur Sternseite abstieg, stieß er auf eine Handvoll armseliger, zerlumpter »Überlebender« des Überfalls der vergangenen Nacht – wie Bela Romani Männer der Szgany Mirlu, aber auch von den Szgany Tireni und den Szgany Zestos. Er sagte ihnen, wer er war und was er vorhatte: Unter den zahlreichen noch leer stehenden Felstürmen wollte er eine Stätte für sich beanspruchen und diese mit eigenen Knechten bevölkern. Zunächst wollten sie nicht so recht darauf eingehen, schließlich »gehörten« sie Hengor »Sturmwind« Hagi, Lord Lankari, den Gebrüdern Drakul oder auch dem – Lord Lagula Ferenczy!?

Was? Lagula, ein Lord der Wamphyri? Doch nicht etwa ... *jener* Lagula? Nun, Radu musste es abwarten. In der Zwischenzeit stellte er die vampirisierte Schar vor die Wahl: Entweder er garantierte ihnen seinen persönlichen »Schutz«, verpflichtete sie als seine Knechte und zog gemeinsam mit ihnen über die Findlingsebene ... oder aber sie konnten gleich hier in diesem kargen Vorgebirge den wahren Tod erleiden, und ihre von Armbrustbolzen durchbohrten, enthaupteten Leichname würden einfach liegen gelassen. Ohne weitere Umstände setzten sie ihren Weg mit Radu fort.

Die Wamphyri wussten bereits, dass sie kamen; riesenhafte Desmodus-Fledermäuse aus den diversen Felsenburgen beobachteten sie und erstatteten über sie Bericht. Auf jeden Fall waren sie nur ein Haufen erbärmlicher Knechte, für deren Gebieter es sich nicht lohnte, sie auf dem Rücken ihrer Bestien oder in der Bauchtasche eines Flugrochens mitzunehmen. Aber als sie auf einen der kleineren, noch unbesetzten Türme im äußeren Ring der hoch aufragenden Felsenburgen zustrebten, erregte dies doch einiges Aufsehen. Allerdings war es mittlerweile zu spät, etwas dagegen zu unternehmen, denn Radu und sein Gefolge hatten die ganze lange Sternseitennacht gebraucht, um das Gebirge und die Findlingsebene zu überqueren, und die Sonne brannte bereits auf die höher gelegenen Wehrgänge der größeren Festen hinab.

Um diese Zeit schliefen die Lords für gewöhnlich in Gemächern auf der ewig dunklen Nordseite ihrer Stätten. Keinem stand der Sinn danach, sich auf einem Flugrochen in die

Luft zu erheben, nur um nachzuforschen, weshalb sich eine Handvoll neuer Knechte, denen man eingeschärft hatte, sich bei ihren Gebietern zu melden, komisch verhielt! Vielleicht waren sie ja bloß vorsichtig und suchten Schutz vor dem Sonnenlicht. Gut; das zeigte, dass zumindest einer von ihnen nicht ganz blöd war! Bei Sonnunter würden sie zweifellos zu den Stätten ihrer rechtmäßigen Herren weiterziehen, von denen sie auf der Sonnseite rekrutiert worden waren.

Doch dies taten sie mitnichten. Radu, der die Sonne bei Weitem nicht so sehr fürchtete wie die übrigen Vampir-Lords, setzte seine Männer sofort an die Arbeit. Sie bezogen eine Höhle am Fuß des Felsenturmes, befestigten den Eingang, erkundeten die Tunnel und Schlupflöcher, die ihnen Zugang zu weiteren Geschossen und zur Findlingsebene gewährten, und richteten sich insgesamt so »behaglich« wie möglich ein. Es war ein Notbehelf, zugegeben, doch musste Radu ja erst noch lernen, wie der Hase lief.

Und noch vieles andere mehr ...

Als die Sonne unterging, sandte Lord Egon Drakul einen Knecht auf einem Flugrochen aus, um nachzusehen, was los war. Er hatte hungrige Bestien zu füttern, und zwei dieser auf Abwege geratenen Knechte gehörten ihm. Er hatte sie für die Vorratskammern der Drakhöhe vorgesehen. Der Knecht ließ sein Reittier am Fuß der verdächtigen Felsenburg landen, ging zielstrebig auf das Chaos aus Geröllhaufen zu und verschwand. Wenig später sah man eine sonderbare, langhaarige Gestalt auf dem Rücken des Fliegers über der knubbeligen Kuppe der neuen Feste unbeholfene Flugübungen durchführen. Was ging da vor? Ein unerfahrener Rekrut frisch von der Sonnseite, der sich bereits für einen Lord hielt?

Klaus Lankari entsandte zwei Knechte, um der Sache auf den Grund zu gehen, beides kräftige, talentierte Burschen, die danach strebten, zu Leutnanten aufzusteigen ... mit dem gleichen Ergebnis. Mittlerweile war auch das Interesse Shaitans des Ungeborenen geweckt; er beobachtete das Ganze von fern und »lauschte« angestrengt, damit ihm ja nichts entging, als Hengor Hagi mit dem Anführer seiner Leutnante von Hengshöhe losflog. Ah, doch Sturmwind achtete darauf, dass er in der Luft blieb, während sein Gefolgsmann Emil im lockeren, rutschigen Geröll am Fuß von Radus Feste landete und seinen Weg zu Fuß fortsetzte, um die Angelegenheit wieder in Ordnung zu bringen.

Doch gleich darauf sandte Emil Hagismann mit einem leichten, aber offenkundig nervösen Beben in seiner schwachen, auf Hengor den Sturmwind ausgerichteten Gedankensonde: *Mein Lord?*

Aye? Sturmwind kreiste auf einem Flieger, der aus nichts als Muskeln und Mantaschwingen bestand, um sein großes Gewicht zu tragen. *Was gibt es?*

Mein Lord, bei den Rekruten befindet sich ein Mann, der behauptet, er sei ein Wamphyri. Er sieht auch ganz danach aus, und ich rieche es förmlich an ihm. Er trägt einen ausgereiften Egel in sich!

Ach, wirklich? Aus den Sümpfen geboren, was, und nicht durch das Ei gezeugt? Dann ist er eben ein Wamphyri, na und? Er ist noch nicht aufgestiegen; keiner von uns hat ihn akzeptiert. Jedenfalls noch nicht! Und das ist auch nicht sehr wahrscheinlich, immerhin ist er ein Dieb! Die Rekruten, von denen du sprichst, gehören mir, den Ferenczys, Klaus Lankari und den Drakuls. Oder treibt er sie etwa für uns zusammen? Falls dem so ist, dann ist das verdammt freundlich von ihm! Aber sollte er vorhaben, sie für sich zu behalten, dann steht das auf einem ganz anderen Blatt!

Nun fiel eine andere »Stimme« ein, sie gehörte Radu. *Hengor, ich kann vieles für mich selbst erledigen, auch das Sprechen! Ich brauche niemanden, der für mich dolmetscht. Ich besitze einen Egel und bin »aus den Sümpfen geboren«, falls dies der Ausdruck dafür ist. Aber das ist schon geraume Zeit her. Oh, ich weiß, der Turm, den ich mir ausgesucht habe, ist nicht halb so großartig wie einige eurer in den Himmel ragenden Felsenburgen, aber es ist ein Anfang, und ich* werde *aufsteigen! Wenn ich eure Zustimmung brauche, werde ich darauf warten. Und sollte sie nicht bald erfolgen ... nun, so bin ich trotzdem hier! Bis dahin ist das, was mein ist, mein. Und was diese Knechte angeht, übrigens ein bestenfalls mittelmäßiger Haufen: Ich habe sie nicht gestohlen! Im Augenblick brauche ich sie, das ist alles. Und wenn die Zeit reif ist, werde ich gerne jedem alles erstatten, was ich ihm schuldig bin – mit Zins und Zinseszins.*

Oh tatsächlich?, entgegnete Sturmwind. *Du nimmst dir also einfach, was du willst, und hinterher sagst du, es sei nur geborgt, eh? Und die Flugrochen, die du dir unter den Nagel gerissen hast, gehören die ebenfalls dir?*

Fürs Erste, ja, und das schließt auch den einen von dir mit ein, so lange, bis ich in Erfahrung gebracht habe, wie ich selber welche erschaffen kann ... aber deinen Gefolgsmann Emil kannst du wiederhaben. Er ist dir treu ergeben und daher nutzlos für mich.

Wirklich? Hengor wusste nicht, ob er vor Zorn losbrüllen oder laut auflachen sollte. Aber irgendwie gefiel ihm dieser Kerl – seine Unverfrorenheit zumindest –, auch wenn er ihm bislang noch gar nicht persönlich begegnet war. *Und wenn ich Emil Hagismann einen weiteren Flugrochen schicke, wirst du den dann auch behalten?*

(Ein mentales Achselzucken): *Er kann fliegen oder laufen. Das ist dein Problem.*

Weißt du ... Allmählich begann Hengor das Ganze auf die widernatürliche Art der Wamphyri Spaß zu machen ... *wir sind uns zwar noch nie begegnet, aber du fängst an mir zu gefallen. Ich glaube, als Wandzierrat meiner großen Halle in Hengshöhe wirst du dich ganz gut machen!*

Habe ich dich etwa beleidigt? Radu klang leicht überrascht; seine Überraschung war natürlich gespielt. *Dann steig ab, und wir regeln die Angelegenheit.*

Da leck mich doch einer am Hintern!, platzte Hengor heraus. Jede Amüsiertheit war aus seiner Stimme gewichen. *Du willst dich also mit uns anlegen, was? Hör mir zu, du Emporkömmling: Gemeinsam bringen die Ferenczys, die Drakuls, Klaus Lankari und ich vierhundert Männer auf, dazu zweiunddreißig Flugrochen und sieben Kampfkreaturen! Was glaubst du, welche Chance du mit deiner Handvoll Idioten dagegen hast?*

So gut wie keine, erwiderte Radu. *Darum nehme ich mir ja die Zeit zu verhandeln.*

An dieser Stelle wurden sie unterbrochen, denn im Äther der Sternseite erscholl eine weitere Geistesstimme, und sie war ebenso düster wie gebieterisch und Respekt einflößend. Lord Shaitan trennte die beiden, der Teufel persönlich!

Was soll dieser Unsinn über einen sumpfgeborenen Lord, Hengor Hagi? Blickst du etwa auf jemanden herab, nur weil er keinen Ei-Vater hat? Ist eine Spore vielleicht weniger wert als ein Ei oder Egel? Sieh den Tatsachen doch ins Gesicht: Ob ein Vampir nun von einer Frau geboren oder durch eine Spore oder einen Egel verwandelt wird oder auch durch einen Biss – wir alle haben denselben Ursprung, nämlich den Sumpf. Nicht der Weg, den wir nehmen, ist wichtig – diese Entscheidung obliegt dem Schicksal –, sondern was zählt, ist, hierherzugelangen. Nun, und dieser Mann ist hierhergelangt ...

Hengor schien einigermaßen überrascht. *Was, wollt Ihr ihn etwa aufnehmen, Lord Shaitan? Nur auf sein Wort hin? Wir wissen ja noch nicht einmal, wen wir hier vor uns haben! Das Einzige, was wir mit Sicherheit wissen, ist, dass er ein vorlauter Neuling und Dieb ist!*

Oh? Mit einem Mal troff Shaitans Stimme vor Hohn. *Sind wir denn nicht alle Diebe? Stehlen wir denn nicht* alle *von der Sonnseite? Und er mag zwar ein Großmaul sein, aber er hat auch kein größeres Maul als du! Oder ich! Oder sonst jemand! Und was seinen Status angeht, der scheint mir eindeutig. Wir wissen doch ganz genau, was er ist: ein Lord der Wamphyri, und zwar offenbar einer, vor dem man sich in Acht nehmen muss! Aber wenn dich das nicht überzeugt, dann betrachte das Offensichtliche. Er schlägt sich ganz gut bei Wortspielen – besser als du, Hengor, schließlich warst du derjenige, der in Wut geriet! Und sogar dein eigener Gefolgsmann sagt, dass er einen Egel in sich trägt – nicht ein Ei, keine Spore und auch keine Bissmale am Hals, sondern einen ausgereiften Egel!* Und *er hat es auf die Sternseite geschafft und eine eigene Feste in Beschlag genommen, eine armselige Bruchbude zwar, zugegeben ... aber das kann sich ändern! Damit hast du es also: Er* muss *ein Lord sein. Mehr noch, er besitzt die Gabe des Mentalismus, über die viele unserer Gefährten nur in geringerem Ausmaß verfügen, sofern es ihnen nicht gänzlich daran mangelt. Sein Mentalismus hingegen ist stark ausgeprägt, das spüre ich!*

Shaitan verfiel in ein nachdenkliches Schweigen, vielleicht wartete er auf eine Erwiderung, und schon im nächsten Augenblick wurde es im telepathischen Äther lebendig:

Ich bin es, Klaus Lankari, sagte eine hölzerne, beinahe mechanische und doch irgendwie Unheil verheißende Stimme. *Was sollen wir tun? Irgendetwas muss geschehen, denn wie es aussieht, hat dieser Neuling sich einen Knecht von mir genommen, den ich eben erst auf der Sonnseite rekrutiert habe.* Einst war Klaus ein Mann der Berge gewesen, und er stand nicht gerade in dem Ruf, ein schneller Denker zu sein. Dafür tat er sich stets hervor, wenn es ums Abschlachten und Blutsaufen ging.

Und Männer von uns ebenfalls, fielen die Gebrüder Drakul, vor Bosheit zischend, telepathisch ein. *Soll er sie etwa einfach behalten und ungestraft davonkommen? Wir sagen: Holen wir sie uns zurück, und zwar auf der Stelle, und ihn gleich mit! Er hat also einen Egel – na und?*

Eigentlich umso besser, meinte Sturmwind. *Denn nichts kommt dem Saft eines anderen Vampirs gleich – und schon gar nicht seinem Egel! Und da ich ihm zurzeit am nächsten stehe, beanspruche ich ihn für mich!*

Schließlich meldete Radu sich erneut zu Wort. *Was? Haben die Ferenczys da etwa kein Wörtchen mitzureden? Wollen sie nicht auch ein bisschen auf mir herumhacken? Nein? Nun, auch gut; aber ich habe mit ihnen ganz gewiss noch ein Hühnchen zu rupfen!* Nun war es heraus – sein Hass, die Blutfehde zwischen ihm und den Ferenczys. Und besser auf diese Weise, stolz und kühn, wie es dem Bild entsprach, das Radu ihnen vermitteln wollte. Denn in ihren Stimmen (und auch in seinem eigenen schwarzen Herzen) schwang ein Unterton mit, der ihm sagte, dass *dies* ihre Art war, die Art der Wamphyri. Sie ergingen sich in Wortspielen und argumentierten auf abwegigen, verschlungenen Pfaden voller Widersprüche. Im Grunde gar nicht so seltsam, denn was gab es Widersprüchlicheres, Widernatürlicheres als die Wamphyri?

Doch Radu war ebenfalls einer und konnte noch dem Heimtückischsten von ihnen das Wasser reichen. Er verfügte nun über Flugrochen und konnte sich einigermaßen darauf halten; sollten sie ihn in großer Zahl angreifen, würde er in die Grenzberge fliehen, sich ein Versteck suchen und dort überlegen, was zu tun sei. Und er würde eine Handvoll Knechte mitnehmen, um zumindest den Grundstock für eine Feste zu behalten. Er konnte also getrost den Mund aufreißen, denn er hatte keineswegs vor, einer ganzen Schar von Wamphyri-Lords und deren Gefolge Widerstand zu leisten. Im Gegenteil, er war bereit, augenblicklich die Flucht zu ergreifen!

Wie der Zufall es wollte, verhielt er sich in allem, was er tat, sagte und dachte, genau richtig. Shaitan der Ungeborene war von dem, was er hörte, sehr angetan, geradezu fasziniert. Es gab also böses Blut zwischen diesem Neuling und den Ferenczys? Die beiden Brüder zählten zwar selbst noch nicht lange zu den Wamphyri, aber sie stellten bereits eine Bedrohung dar; sie waren wie dunkle Gewitterwolken, die sich an Shaitans Horizont auftürmten und aus denen bereits Blitze zuckten, die unweigerlich in seine Richtung zielten.

Zum einen waren sie zu zweit und standen sich um einiges näher als die beiden Drakuls. Shaitan entsann sich noch daran, wie sie zu Lords aufgestiegen waren:

Es war jetzt zwei Jahre her, dass Lord Petre Stakis eine kleine Schar von Leutnanten und Knechten mitsamt einer flugfähigen Kampfkreatur nach Westen über den Grat des Grenzgebirges hinaus in bis dahin unerforschte Regionen der Sonnseite geführt hatte. Unerforscht, aye ... Merkwürdig nur, dass man ihm einen so heißen Empfang bereitete! Denn allem Anschein nach waren die Szgany der westlichen Sonnseite nicht unvorbereitet, sie erwarteten geradezu einen derartigen Überfall – zumindest hatten sie damit gerechnet! Die Gebrüder Ferenczy hatten zu dem Stamm gehört, der überfallen wurde (ja, erst vor Kurzem hatte man sie zu dessen Anführern gewählt), ehemals bekannt als die Szgany Zirescu. Und in jener Nacht ... nun, Lord Stakis war das Glück nicht hold gewesen, um es einmal gelinde auszudrücken.

Wegen zeitweiliger Schwierigkeiten musste seine Kreatur notgedrungen zwischen den Bergspitzen landen. Stakis ließ zwei seiner Leutnante zurück, die sich um sie kümmern sollten, und zog mit seiner geschwächten Streitmacht weiter, orientierte sich an dem von einem Lagerfeuer der Szgany aufsteigenden Rauch und ging in den dem Gebirge vorgelagerten Anhöhen nieder. Kaum abgesessen, verwickelte ein von Rakhi und Lagula geführter Trupp ihn in heftige Kämpfe, bei denen ihm ein Bolzen ins Auge und gleich zwei ins Herz geschossen wurden. Sein Egel hielt ihn für erledigt und schickte sich an, Stakis' Körper zu verlassen. Immerhin waren die Ferenczys zur Hand und gaben ideale Wirtskörper ab.

Doch noch im Todeskampf war Stakis ein nicht zu unterschätzender Gegner. Als Rakhi an ihn herantrat, um den Leichnam zu untersuchen, packte Stakis ihn und fiel über ihn her; dabei übertrug er die Essenz seines Blutes auf Rakhi. Als Lagula wiederum sah, dass sein Bruder mit einem »Toten« um sein Leben kämpfte, machte er sich mit einer Machete über Stakis her und enthauptete ihn – wobei er auch dessen Egel eine tödliche Wunde zufügte, der in ebendiesem Augenblick durch die Kehle seines Wirtes zu fliehen versuchte. Sterbend stieß der Egel ein Ei aus, das in Lagula eindrang. Derart wurde Lagula zum Wamphyri gemacht, und sein Bruder würde bald ein Vampir sein. Zwei Fliegen auf einen Streich!

So weit hatte Lord Shaitan die Geschichte von seinem Spion unter Stakis' Knechten erfahren. Der Rest – wie die Ferenczys sich in den finsteren Wäldern verbargen und den Schlaf der Verwandlung schliefen und sich in der folgenden Nacht daranmachten, so viele der einstigen Zirescus zu »rekrutieren«, wie sie nur finden konnten; wie sie sich anschließend alle gemeinsam zurück zur Sternseite aufgemacht hatten – war uninteressant. Die

Regeln des Spiels waren simpel, Shaitan selbst hatte sie gemacht. Nicht der Weg war wichtig, das Einzige, was zählte, war, auf die Sternseite zu gelangen.

Nun, sie waren dorthin gelangt; seitdem sorgten sie dafür, dass Shaitan sie auch wahrnahm ... ungefähr so wie einen Stachel im Fleisch! Er war sich sicher, dass sie gegen ihn arbeiteten oder dies bei der nächsten Gelegenheit tun würden, und war froh, dass sie über keine nennenswerten telepathischen Kräfte verfügten. Selbstverständlich war dies auch der Grund, weshalb sie keine Ahnung hatten, was hier vor sich ging.

Und nun kam dieser Neuling hier an und hatte, wie es aussah, noch eine Rechnung mit ihnen offen. Alles in allem eine höchst interessante Situation, die es zu schüren galt. Denn solange der Neuankömmling und die Ferenczys einander an die Kehlen gingen, blieb ihnen keine Zeit, sich gegen Shaitan aufzulehnen. Darum machte er nun einen Vorschlag, wie das Problem mit Radu anzupacken sei:

Lasst mich ausreden!, sagte er. *Entscheiden wir uns im Zweifelsfall doch zu seinen Gunsten! Er sagt, er werde eure Verluste ersetzen. Wohlan, sollte er sich nicht an sein Versprechen halten, habt ihr immer noch genügend Zeit, euch alles –* alles –, *was er bis dahin angehäuft hat, zurückzuholen. Allerdings werden wir ihn fortan nicht mehr »er« nennen. Unter den Wamphyri gibt es nur einen, den man* Er *nennt, und zwar mich, den Ersten der Wamphyri und Lord aller Lords. He, du, Fremder, erkennst du das an? Wenn ja, dann verrate uns deinen Namen und erkläre uns, wie du hierhergelangt bist!*

Ich habe nur einen einzigen Wunsch, entgegnete Radu: *Von meinesgleichen als gleichwertig anerkannt zu werden! Und da du offensichtlich der Größte unter den Wamphyri bist, kannst du gewiss sein, dass ich mit allem, was du vorschlägst, einverstanden sein werde – vorausgesetzt natürlich, du lässt mir genug, um ein standesgemäßes Leben zu führen! Du willst wissen, wer ich bin? Lord Radu Lykan, der in den Sümpfen fern im Westen mit einem Egel verschmolz.*

Das will mir nur recht und billig scheinen, erwiderte Shaitan, erpicht darauf, die Höflichkeitsfloskeln endlich hinter sich zu bringen. *Nun gut, wir wollen dir trauen – aber Vertrauen gegen Vertrauen. Gesetzt den Fall, ich gewähre dir eine Audienz in Shaitanshöhe: Würdest du mich in meiner Stätte aufsuchen und aus eigenem freien Willen eintreten?*

Bislang war der psychische Äther von einem unterdrückten,

aber doch sehr realen Stimmengewirr beherrscht. Doch kaum sprach Shaitan seine Einladung aus, verstummte es und wich einem erwartungsvollen Schweigen, beinahe so, als hielte ein jeder den Atem an. Radu hatte den Eindruck, dass die Frage nach dem freien Willen von eminenter Bedeutung für die Lords war – und für ihn ebenfalls, obwohl er nicht genau zu sagen wusste, weshalb. In der Tat stellte Lord Shaitan ihn auf die Probe (oder forderte er ihn heraus?), und von Radus Antwort hing nun alles ab:

Mein Lord, du brauchst mir bloß zu sagen, wann du mir die Audienz gewährst. Ich verlange bloß freies Geleit und freien Abzug und dass du mir eine Route nennst ...

Ich höre ziemlich viel »bloß«!, entgegnete Shaitan. *Aber ... so sei es!* Und so sollte es auch kommen ...

Die Zeit war festgesetzt: drei Stunden vor Morgengrauen. Shaitan hatte es so gewollt, und selbstverständlich hatte er den Zeitpunkt so gewählt, dass dieser für ihn vorteilhaft war. So kurz vor Sonnauf konnte er sichergehen, dass es nicht allzu lange dauern und die Gemüter darum auch vergleichsweise kühl bleiben würden. Denn natürlich handelte es sich um weit mehr als lediglich eine Audienz – es war gewissermaßen bereits ein Empfang für den frisch aufgestiegenen Lord Lykan. Shaitan hatte Radu gegenüber nicht erwähnt, dass auch die anderen maßgeblichen Lords – und mindestens zwei der Ladys – anwesend sein würden. Sie würden auf einer Einladung bestehen, nach außen hin wegen des Protokolls, in Wirklichkeit aber, um sicherzustellen, dass Shaitan nicht ohne ihr Wissen irgendwelche Abmachungen mit dem Fremden traf. Misstrauen gehörte bei den Wamphyri einfach zum Leben dazu ... oder vielmehr zum Untod.

Radu wusste noch immer nicht allzu viel über sie. Da Hengor anscheinend nicht vorhatte, seinem Leutnant einen weiteren Flugrochen zu schicken, nutzte Radu die langen Nachtstunden dazu, Emil Hagismann eingehend zu befragen, um sich mit den Sitten und Gebräuchen der Vampire vertraut zu machen. Seltsamerweise sagte ihm beinahe alles zu, was er über sie in Erfahrung brachte; nun, vielleicht nicht ganz so seltsam, schließlich war er selbst auch ein Wamphyri! Im Wesentlichen entsprachen sie tatsächlich dem, was er erwartet hatte – er war ja nicht anders beziehungsweise würde, wenn die Zeit reif war, ebenfalls so sein.

Sie waren stark, stolz, eitel, habgierig und heimtückisch, benahmen sich bestialischer als jedes Tier, grausamer als jeder Mensch und waren blutgieriger als der schlimmste Schlächter. Das wohl Merkwürdigste an ihnen war ihre Eitelkeit und wie sehr sie von sich eingenommen waren. Ein jeder von ihnen hielt sich für den »Größten« und »Schönsten« und sah sich selbst als absolut makellos – zumindest ohne nennenswerten Makel –, und Fehler begingen sie schon gar nicht! Jedwede Unzulänglichkeit schoben sie auf ihren Egel oder ihr »wertloses« Ei, während jeglicher Erfolg, so gering er auch sein mochte, natürlich ihren eigenen Anstrengungen entsprang. All dies in völligem Widerspruch zum sogenannten »Gesetz des freien Willens«, das ihr ganzes Tun und den Umgang mit ihresgleichen, ihren Knechten, Bestien und Opfern bestimmte. Da die Wamphyri selbst über keinen freien Willen verfügten, hatte die Ideologie beziehungsweise Vorstellung von der Freiheit und Selbstbestimmung anderer eine enorme Bedeutung für sie. Wenn schon ein schwacher Mensch Herr über sein eigenes Schicksal war, dann doch gewiss auch ein mächtiger Lord der Wamphyri? Das verstand sich doch von selbst ...!

Die Wamphyri waren blutgierige Bestien. Das Blut war das Leben, und das Leben konnte, soweit bekannt, ewig währen. Blut und Jugend gingen Hand in Hand. Wenn ein Lord wollte, konnte er sein »gutes Aussehen« bewahren, den Jahren ein Schnippchen schlagen und seine Manneskraft auf ewig behalten. Geringere Männer würden, nein, *mussten* unter seinem Biss zusammenschrumpfen und den wahren Tod erleiden, sofern nicht etwas von seiner Substanz in ihren Organismus gelangte. Geschah dies, standen sie als untote Vampire und Sklaven ihres Lords wieder auf; dieser hingegen brauchte keinen Wandel zu fürchten, es sei denn den, stärker zu werden (durch das, was seine Knechte einbüßten). Denn was seine Opfer verloren, war stets sein Zugewinn.

Menschen, die Szgany der Sonnseite und das, was sie hervorbrachten ... waren nur dazu da, benutzt zu werden, nichts als Marionetten, leere Gefäße, aus denen, als sei dies rechtens, alles, was das Leben zu bieten hatte, und das Leben selbst ebenfalls wohlfeil geholt beziehungsweise, was häufiger der Fall war, nach und nach ausgesaugt wurde. Die Wamphyri konnten keinerlei Unrecht begehen, zumindest nicht in ihren eigenen, blutroten und gierigen Augen, schließlich hatten sie so gut wie kein

Gewissen! Vielleicht hatten sich die ersten paar Lords – mit Ausnahme von Shaitan – nach ihrer Verwandlung hin und wieder die Frage gestellt, wie es denn kam, dass sie, die doch einst Szgany gewesen waren, sich nun von ihren einstigen Verwandten ernährten und diese in Angst und Schrecken versetzten. *Vielleicht* machten sie sich Gedanken darüber ... allerdings nicht sehr oft. Denn solange sie unter dem Einfluss ihrer Parasiten standen, war der Wirtskörper nur das Werkzeug seines Egels und tat, was immer ihm dieser befahl ...

Als Nächstes erfuhr Radu einiges über die jeweiligen Lords und Ladys:

Über Shaitan den Ungeborenen, dessen Name daher stammte, dass er weder Vater noch Mutter hatte (jedenfalls erinnerte er sich nicht an sie) und anscheinend einfach den Vampirsümpfen entsprungen war ... Und warum auch nicht, schließlich war er der Stammvater aller Vampir-Lords! Nie zuvor hatte es ein Geschöpf wie ihn gegeben und auch nachher nicht, es sei denn, es oder dessen Schöpfer waren von ihm geschaffen oder in seinem Gefolge aus den von Sporen nur so wimmelnden Sümpfen des Westens gekommen. Eigenem Bekunden zufolge war er verstoßen worden, doch von wo oder wann dies geschehen war, wusste er nicht zu sagen; seine Verfolger hatten ihn all seiner Erinnerungen an sein früheres Leben beraubt! Doch er nahm an, dass sein »Verbrechen« in seinem Stolz und seiner atemberaubenden Schönheit bestanden hatte; er hatte sich unterstanden, schöner zu sein als die Gebieter jenes Ortes, von dem er nichts mehr wusste, und dies konnten sie ihm nicht verzeihen.

Shaitans Äußeres war in der Tat anziehend, er war so »schön«, wie man sich einen Vampir-Lord nur vorstellen konnte. »Aber urteile selbst«, sagte Emil Hagismann, »wenn du ihn in seiner Stätte aufsuchst. Er ist so verteufelt schön, dass man einfach weiß, dass er der Schlimmste von allen sein muss! Er macht kein Hehl daraus und nennt es ›die Perfektion des Bösen‹: Wenn die äußere, sichtbare Erscheinung einen derartigen Höhepunkt erreicht, muss die Verderbnis wohl unsichtbar im Inneren vor sich gehen. Und Lord Shaitan ist durch und durch verderbt, schon vom ersten Augenblick seiner Existenz an!«

Shaitan war hier der Herrscher, der ungekrönte König dieser Kreaturen. Doch diejenigen, die ihm am nächsten waren (er würde es niemals zulassen, dass jemand sich als seinesgleichen bezeichnete), hegten allesamt den Verdacht, dass er eben eine solche Krone und einen Thron anstrebte. Darum hatte er, weil er so mächtig war, nur wenige Verbündete. Vielleicht schien er deshalb so versessen darauf, Radu aufzunehmen ... als zukünftigen Bundesgenossen? Doch wie dem auch sein mochte, Lord Lykan würde gut daran tun, in Shaitanshöhe auf der Hut zu sein.

Was nun die übrigen Wamphyri betraf, lauschte Radu Emil Hagismann zwar durchaus gebannt – insbesondere wo es um die Ferenczys ging –, doch nachdem er von Shaitan gehört hatte, klang alles, was er über ihr Äußeres, ihre Eigenarten und Herkunft erfuhr, irgendwie enttäuschend.

Da war Hengor, seines Körperumfangs, seiner plötzlichen Wutanfälle und seines donnernden Gelächters wegen auch Sturmwind genannt. Nicht dass er besonders fröhlich gewesen wäre; seine Wutausbrüche waren oftmals nicht minder heftig als sein Frohsinn, seine vampirische Gier – auf alles Ruchlose – hingegen ebenso groß wie sein Wanst. Hengor war im Grunde kein richtiger Hagi; seinen Beinamen hatte er von den Szgany Hagi entliehen, dem ersten Stamm der Sonnseite, den Shaitan der Ungeborene auf seiner Erkundungsreise, die ihn von den westlichen Sümpfen zur Sternseite führte, heimsuchte. Bei den nichtsahnenden Hagis verführte der Vampirfürst ein Mädchen, das später unter anderem auch Hengor verwandeln sollte, ehe der Stammesführer, Heinar Hagi, ihr ein Ende bereitete. Hengor war nur ein Jahr nach Shaitan auf die Sternseite gekommen. Sein Turm stand der Shaitanshöhe in nichts nach und war von ebenso ungeheurer, wenn auch makabrer Pracht. Und die Szgany Hagi ... gab es mittlerweile wahrscheinlich nicht mehr.

Klaus Lankari war ein Mann aus den Bergen, ein Einzelgänger und tumber Tor, der die Sümpfe erkunden wollte ... und als er davon zurückkehrte, war er kein Mensch mehr gewesen. Er kannte nicht so viele »Skrupel« wie Shaitan und die anderen; die meisten seiner Knechte waren Trogs, die er in Höhlen unter den Grenzbergen rekrutiert hatte. Er hielt sich Trogfrauen als Odalisken und brüstete sich damit, während seiner Jahre in der Wildnis mit weit Schlimmerem Verkehr gehabt zu haben.

Was nun Theresa »die Dreiäugige« Lugosi anging – man hätte sie wohl in jeder Welt als derbe Laune der Natur angesehen! Sie war eine Missgeburt und hatte als Sonnseiten-Kind Glück gehabt, mit dem Leben davonzukommen. In jenen Tagen hatten die Szgany auch ohne die zusätzliche Last, für monströse Kinder sorgen zu müssen, genug damit zu tun gehabt, alles, ihren gesamten Alltag neu zu organisieren. Doch ihre Eltern waren für sie eingetreten, und widerwillig hatte man ihnen das Recht zugestanden, sich um sie zu kümmern. Dennoch fürchteten sie um Theresas Leben und zogen sich als Einsiedler in die Ausläufer des Gebirges und die Bergpässe zurück. Niemand außer Theresa wusste, was sie schließlich verseuchte und zum Vampir werden ließ. Aber man brauchte kein Hellseher zu sein, um zu wissen, dass ihre Eltern die Liebe zu ihrer verwachsenen Tochter teuer bezahlten – denn sie trug ihre Zähne und Fingerknochen an einer Goldkette um den Hals!

Theresa hatte zahlreiche Missbildungen. Die eine Schulter schien völlig zu fehlen, dafür zog sie die andere hoch, sodass es aussah, als habe sie einen Buckel. Ihr linker Arm war von normaler Länge, aber der rechte baumelte bis zum Knie herab. Ihre Brüste waren unterschiedlich große, schlaffe Zitzen, und ihre ganze Haut war übersät von bläulich-roten Flecken und Muttermalen.

Der schlimmste Makel jedoch war ihr drittes Auge. Sie war mit einer zusätzlichen Augenhöhle am Hinterkopf zur Welt gekommen, in der sich ein rudimentäres, von Haut überzogenes Auge befand. Seit ihrer Verwandlung hatte Theresa diese Abnormität zu einem regelrechten optischen Sinnesorgan weiterentwickelt, zu einem Auge, das lidlos, ausdruckslos von der rasierten Stelle an ihrem Hinterkopf starrte. Daran ließ sich vielleicht ermessen, wie monströs sie wirklich war. Mithilfe ihrer Wandlungskunst wäre es ihr ein Leichtes gewesen, sich ein neues Aussehen zu verschaffen; doch sie zog es vor, hässlich zu bleiben, weil es ihr so *gefiel!* Und sie prahlte auch noch damit, dass sie als Einzige unter den Wamphyri in der Lage sei, stets ein Auge auf ihren Rücken zu haben ...

Dann gab es noch Lady Rusha Basti. Nach allem, was man so hörte, war sie einfach zauberhaft. Doch woher hatte er das eigentlich? Soweit Emil Hagismann wusste, hatte sie noch nie jemand völlig ... nun, nackt gesehen. Noch nicht einmal die Liebhaber, die sie sich von Zeit zu Zeit nahm! Rusha hatte flammend rotes Haar, länger als ihr üppiger Körper, und sie trug es stets zu sinnlichen Frisuren drapiert, mal strategisch in Knoten geknüpft, mal mit Klammern in Form gehalten, um je nach Laune ihre diversen Körperteile zu bedecken oder zu zeigen. Manchmal ließ sie eine Brust entblößt, hin und wieder auch den Rücken und die Pobacken oder die langen, verführerischen Beine ... *niemals* jedoch ihr Gesicht. Vielleicht war sie ja doch hässlich wie die Nacht; es gab Gerüchte, dass sie ihre Augen abstoßend fand – die natürlich ebenso rot waren wie ihr Haar – und ihre Nase ebenfalls. Letztere war unten viel zu breit und so sehr gekräuselt, dass selbst ihre vampirische Wandlungskunst dies nicht mehr zu kaschieren vermochte. Es war eine Seltenheit, dass Rusha diese kleineren Mängel tatsächlich eingestand – oder vielmehr auch nicht, schließlich musste sie sie ja verbergen. Mit ein bisschen Glück hatte Radu vielleicht Chancen bei Lady Rusha Basti. Mit Ausnahme von Lord Shaitan dem Ungeborenen, der es vorzog, absolute Kontrolle über seine Odalisken zu haben, und Hengor Hagi, dessen Ausmaße einem Esel zur Ehre gereicht hätten, was Rusha sich keinesfalls antun wollte, hatte sie bereits alle nennenswerten Lords ausprobiert. Sie ging mit ihnen ins Bett und dann verließ sie sie einfach wieder!

Andererseits ... war Rusha keineswegs so leicht zu kriegen, wie man auf den ersten Blick annehmen könnte. Sie war erst vor vier oder fünf Jahren von der Sonnseite entführt worden und kurz danach aufgestiegen. Und der junge Lord, der sie geraubt hatte ... wo befand er sich nun? Sie hatte sein Ei, gewiss, und was war mit seinem Kopf? Glaubte man Rusha, war er in ihren Armen einem plötzlichen Schwächeanfall erlegen. Falls dies stimmte, war er wahrscheinlich glücklich gestorben – glücklich, aber eindeutig *tot!* Emil Hagismann hatte von Spinnenarten gehört, bei denen das Weibchen ... aber er hatte genug gesagt, und Radu versicherte ihm, dass er nicht weiterzureden brauche.

Außerdem waren da noch die beiden Drakuls, Karl und Egon. Sie zählten mit zu den Ersten, die sich auf der Sternseite etabliert hatten. Als jüngere Blutsöhne der in den Sümpfen vampirisierten Familie eines Einzelgängers waren sie beinahe von Kindesbeinen an gezwungen gewesen, für sich selbst zu sorgen. Denn die Familie der Drakuls hauste im Gebirge, wo sie ein armseliges Dasein fristen konnten, solange sie sich auf der der Sternseite zugewandten Seite der Gipfel aufhielten.

Damals trieben angeblich Hunde-Lords ihr Unwesen in den Bergen – Männer wie Radu, allerdings steckte mehr von einem

Wolf in ihnen, und sie waren bei Weitem nicht so intelligent. Mit diesen lagen die Drakuls in Fehde. Eines Nachts hetzten diese Wölflinge den Vater der Drakuls, dessen Frau und seinen ältesten Sohn, als bereits der Morgen graute, auf die Sonnseite hinüber. Und da sie keinen Unterschlupf finden konnten, kamen sie um, als die Strahlen der aufgehenden Sonne sie mit voller Kraft trafen. Zurück blieben die beiden Säuglinge – Zwillinge, was bei den Szgany nichts Ungewöhnliches war. Teils wurden sie von den wilden Hunde-Lords, teils von einem Rudel ganz gewöhnlicher grauer Brüder aufgezogen.

Als sie alt genug waren (selbst jetzt waren sie noch blutjunge Männer, höchstens siebzehn oder achtzehn Jahre alt, von ihrer Entwicklung her allerdings wesentlich weiter), stiegen sie zur Sternseite hinab, um inmitten der Felstürme der Wamphyri eine eigene Stätte zu errichten. Beide konnten sie kämpfen wie der Teufel, und beide waren sie geradezu besessen davon, ihr Revier zu schützen, mehr noch als sonst bei den Wamphyri üblich. Vielleicht war dies nur natürlich, schließlich hatten ihre Eltern als in den Bergen lebende Einsiedler nie etwas an Besitz gehabt. Zurzeit bewohnten beide Brüder die Drakhöhe, die Egon allerdings für sich beanspruchte, weshalb sein Zwilling sich bereits in der nahe gelegenen Karlspitze zu schaffen machte. Beide Türme waren riesige Festen, gemeinsam könnten sie darin Vampirarmeen beherbergen, die alles übertrafen, was Shaitan je hervorgebracht hatte. Die Raffgier der Drakuls war Shaitan nicht entgangen, und es braucht wohl kaum betont zu werden, dass die beiden nicht gerade zu seinen Günstlingen unter den niederrangigen Lords zählten. Im Grunde waren sie bei niemandem beliebt, denn selbst nach den Maßstäben der Wamphyri waren sie finstere Zeitgenossen ...

Zu guter Letzt erzählte Sturmwinds Leutnant Radu noch von Turgo Zolte, Shaitans sogenanntem »Sohn«. Als Shaitan Turgo bei einem schmutzigen Verrat erwischte, wurde er aus der Stätte seines »Vaters« geworfen, um fortan sein Leben zwischen dem Geröll und Schutt und Staub der Findlingsebene zu fristen. Es hieß, er hause jetzt auf der Sonnseite, schlafe tagsüber in tiefen Höhlen, wo die Sonne ihn nicht erreichen konnte, und befände sich ständig auf der Flucht vor den Szgany. Falls dies stimmte, konnte er in der Tat von Glück reden – und zwar weit eher als seine Mitverschwörer. Den einen von ihnen hatten sie in das Tor auf der Sternseite geworfen und derart in die unbekannten Höllenlande verbannt; der andere lag untot in einem Grab tief unter der Findlingsebene und wartete darauf, dass er allmählich zu Stein erstarrte ...

Was nun die geringeren Lords und Ladys anging, präsentierten sie sich nicht minder vielfältig als die bisher Genannten, und Emil Hagismann wäre in seinen Beschreibungen liebend gern fortgefahren, hätte Radu es nur gewünscht. Doch angesichts seines eben erst gewonnenen Vertrauens in die eigenen Kräfte und Fähigkeiten, um nicht zu sagen: angesichts seiner neu gewonnenen Überheblichkeit, zeigte er keinerlei Interesse an den niederen Chargen. Manches jedoch verwirrte ihn immer noch, nicht zuletzt die Tatsache, dass er bislang nichts von den Wamphyri, die hier lebten, gewusst hatte.

»Lange, lange Zeit ernährten sich die Lords von Trogs«, klärte sein Informant ihn auf, »so lange, bis sie endlich ihre Stätten errichtet hatten. Und es ist noch gar nicht so lange her, dass Lord Shaitan seine ersten Flieger und Kampfkreaturen schuf und so die anderen dazu veranlasste, es ihm gleichzutun. Doch nun ... kommen sie um einiges schneller voran. Östlich des Großen Passes haben sie sich Stämme unterworfen, die nun Kampfhandschuhe für sie fertigen, und andere, die nichts liefern als ... Fleisch. Sie holen sich ihren Tribut von den armen Kerlen; so kam auch ich hierher. Raubzüge westlich des Passes sind selten, denn einige Szgany-Stämme setzen sich zur Wehr! Vor allem die Lidescis verteidigen die Sonnseite äußerst verbissen! Du sagst, du lebtest als Einzelgänger allein in den Bergen und hieltest dich von den Menschen fern? Das sieht man, denn du hast etwas von einem großen Wolf an dir. Das Grenzgebirge ist groß, da wundert es mich nicht, dass du nie einen Wamphyri zu Gesicht bekamst, so selten sind ihre Überfälle. Frag dich doch einmal selbst: Weshalb sollten sie westlich des Passes auf Jagd gehen, wo es im Osten so leichte Beute für sie gibt? Außerdem hatten sie es nicht eilig, sich zu zeigen. Was bedeutet Zeit schon für sie? Doch das ist nun vorbei, heute ist alles anders. Sie werden immer öfter über die Sonnseite herfallen ...«

Es gab noch einen weiteren Punkt:

»Was hat es mit ihrem Mentalismus auf sich?«, wollte Radu wissen. »Verfügen sie alle darüber? Wer ist der gewiefteste Gedankendieb, auf wen muss ich am meisten achten? Und wer hat das geringste Talent unter ihnen, sodass ich seinen Geist ausspähen kann?«

»Dafür würden sie mich töten!«, widersprach Emil Hagismann. »Ich habe ohnehin schon zu viel gesagt!«

»Und weshalb?«

»Es liegt wohl an deinen Augen, an deinem durchdringenden Blick. Vielleicht auch an deiner ganzen Haltung, die so offen, so ... ›arglos‹ ist. Du behandelst mich wie einen Mann und nicht als Sklaven. Wahrscheinlich liegt es daran, dass dies alles noch so neu für dich ist – ah, aber schon recht bald wirst du ein wahrer Lord sein! Wer weiß, vielleicht verfügst du ja über weit mehr als bloßen Mentalismus? Es heißt, Rusha Basti sei auch eine Betörerin.«

»Eine Betörerin? Hypnotismus?« Das hatte Radu noch gar nicht bemerkt, jedenfalls nicht an sich selbst.

»Deine Stimme wirkt irgendwie einschläfernd auf mich«, erwiderte sein Gegenüber. »Sie macht mich müde und entlockt mir einfach so die Worte.«

Radu packte ihn und blickte ihm tief in die Augen, die ebenso tierhaft waren wie die seinen, allerdings ohne den blutroten Mittelpunkt. »Dann sprich weiter und verrate mir, was ich wissen möchte.«

Und Emil Hagismann verriet es ihm – das heißt, er wollte es. Aber in diesem Moment kam einer von Radus Knechten angestürzt. Indem er von seinem Beobachtungsposten herabkletterte, deutete er stammelnd über die Schulter: »Lord Lykan! Dort, am Himmel rings um die mächtigsten Türme – fliegende Kampfkreaturen und Flugrochen, die Männer in Rüstungen tragen! Sie sind dabei auszuschwärmen, womöglich haben sie es auf uns abgesehen!«

Sekunden später waren Radu und Sturmwinds Leutnant zu einer als Aussichtspunkt dienenden Nische emporgeklettert, von wo sie durch einen breiten, gezackten Spalt in der Außenwand des Felsens freien Blick nach oben auf die Ansammlung in den Himmel ragender Felstürme hatten. In einem Punkt hatte Radus Knecht sogar recht: Eine ganze Schar Männer samt Kreaturen hatte sich um eine der mittleren Festen versammelt. Allerdings kamen sie nicht von dort, sondern sie griffen sie an.

»Shaitanshöhe!«, stieß Emil Hagismann hervor. »Shaitan, der Fürst der Vampire persönlich, wird angegriffen!«

Radu blickte ihn an. »Mein Treffen mit ihm ist in zwei Stunden anberaumt. Doch nun scheint mir ... es wird nicht stattfinden!«

»Wahrscheinlich hat seine Einladung an dich dies ausgelöst«, entgegnete der andere, während er seine Augen vor dem Nordlicht abschirmte, um auszumachen, wessen Gestalten dort um die Shaitanshöhe kreisten.

»Oh? Wieso das?«

»Jetzt ist er abgelenkt. Der ideale Zeitpunkt für einen Schlag gegen ihn! Was denn, ein Empfang in Shaitanshöhe? Nun, die Lords sind alle damit beschäftigt, sich in Schale zu werfen, von den Ladys ganz zu schweigen! Eitel, aye, das sind sie! Und der Eitelste von allen ist Shaitan – seine Stätte muss glänzen. Oh, sie kommen nicht oft zusammen, diese Vampir-Lords, aber wenn sie dies tun ... dann werfen sie sich in Pose und jeder will den anderen übertreffen, ob nun in Worten, Gesten oder in seinem Gehabe!«

»Und all dies nur wegen mir?«

»Nein, für sie selbst! Versteckte Drohungen und Sticheleien, Anspielungen und Herausforderungen, daran ergötzen sie sich. Aber bei einem Empfang sind keine Waffen erlaubt. Sie können Reden schwingen, sich aufplustern und sich nach Herzenslust austoben, und niemandem geschieht etwas. Erst hinterher, vielleicht!«

»So, wie du das sagst, klingt es, als seien sie nichts als ein Haufen ... Narren!?«

»Solange sie unter sich sind, mag das oftmals so scheinen – schließlich ist jeder dem anderen gewachsen. Nun, mehr oder weniger. Und es sind ja auch keine Menschen dabei. Oh, nein! Wenn Bären in den Ausläufern des Gebirges auf der Sonnseite miteinander spielen, passiert ja auch nichts. Aber würden sie das mit einem Menschen anstellen, würde der sich dabei jeden einzelnen Knochen brechen.« Emil sah etwas und deutete aufgeregt mit dem Finger. »Ah, *sieh nur!*«

»Was denn?«

»Noch mehr Flieger steigen auf ... von Kirkspitze, Antonshöhe und Warzenstatt. Verstärkung! Und dort, ein verkrüppelter Flugrochen kommt auf uns zu! Eine von Lord Ehrigs Kreaturen. Ich kann mich nicht irren, denn auf der Flanke trägt sie sein Wappen. Lord Shaitans Feinde sind ... Kirk Nunosti, Anton Zappos und Ehrig die Warze!«

»Allesamt niederrangige Lords?«

»Aye!« Vor lauter Aufregung nickte Emil nur. »Allesamt niederrangig – und jetzt haben sie sich gegen Shaitan verbündet. Und scheitern!«

»Sie scheitern?«

»Er wird mit ihnen fertig!« Radus Blick folgte Emils ausgestrecktem Finger.

Mit stotternden, spotzenden Stoßdüsen erhoben sich aus den Landebuchten von Shaitanshöhe einige Kreaturen in die Lüfte. Selbst auf diese Entfernung wirkten sie weitaus furchteinflößender als die Wesen, die gegen sie ins Feld geführt wurden. Aus weiteren Buchten quollen Flugrochen, auf denen Leutnante oder Knechte saßen; ihre auf Hochglanz polierten Lederrüstungen und eisernen Waffen schimmerten bläulich im Glanz der Sterne. Als Shaitans Streitkräfte wutentbrannt über ihre Feinde herfielen, stoben diese auseinander und wurden in alle Winde zerstreut. Kaum zwei Minuten später befanden sich die vernichtend geschlagenen Truppen der Lords Nunosti, Zappos und Ehrig die Warze im freien Fall, trieben ziellos dahin oder trudelten langsam zur Findlingsebene hinab.

Ein paar Überlebende – ziemlich wenige, nur eine Handvoll in äußerst üblem Zustand – wandten sich, unentwegt bedrängt von Shaitans überlegenen Kräften, zur Flucht nach Kirkspitze, Antonshöhe und Warzenstatt, heim in ihre kleinen Festen. »Sollten die abtrünnigen Lords überlebt haben«, hauchte Emil, »wird Shaitan sie in silbernen Ketten an seinen Wällen aufhängen und sie im goldenen Feuer des Sonnaufs verbrennen lassen.«

Mit einem Mal wurde es in den Landebuchten der übrigen Stätten und Festen lebendig. Hatten die mächtigeren Lords bislang nur zugesehen, womöglich noch Wetten über den Ausgang der Rebellion abgeschlossen, hatten sie es nun eilig, ihre Solidarität mit Shaitan zu bekunden. Flugrochen schwangen sich in die Luft, und »besorgte« Wamphyri-Lords und -Ladys machten Anstalten, ihren Herrscher aufzusuchen. Doch der lehnte dies rundweg ab.

Radu zuckte von seinem natürlichen Guckloch zurück, als laute, donnernde Gedanken in seinem Geist (und in dem der übrigen Vampire ebenfalls) widerhallten: *Bleibt weg! Wer es jetzt wagt, hierherzukommen, tut dies auf eigene Gefahr! Meine Wut ist entfacht! Man hat mich verraten! Wer weiß, welcher feige Aufrührer hinter diesem Aufstand steckt und auf wessen Geheiß mich diese Stümper angriffen? Gibt es denn keine Ehre mehr unter den Wamphyri?*

Natürlich gab es die nicht, und das wusste Shaitan auch ... und er wusste ebenfalls, dass die anderen diese Unterstellung, ja, Anschuldigung weit von sich weisen würden. Doch noch ehe sie ihren Protesten Luft machen konnten, erscholl Shaitans »Stimme« erneut:

Zurzeit hat niemand Zutritt zur Shaitanshöhe! Ich werde es nicht dulden, dass irgendjemand meine Stätte betritt. Hiermit widerrufe ich alle Einladungen und Verabredungen. Und nun werde ich den angerichteten Schaden – und meine nicht unbeträchtlichen Gewinne – in Augenschein nehmen! Zunächst jedoch verlange ich, dass ihr mir eure Ergebenheit bekundet. Antwortet mir jetzt: Steht ihr auf meiner Seite? Erkennt ihr Shaitan als euren wahren und einzigen Lehnsherrn an?

Radu antwortete, ohne zu zögern: *Ich, Radu Lykan, stehe auf Shaitans Seite!* (In Wirklichkeit war es ihm ziemlich gleichgültig, auf wessen Seite er sich befand, solange er ohne größere Schwierigkeiten akzeptiert wurde.)

Für einen Augenblick herrschte Schweigen ... bis der Vampirfürst sagte: *Wer nicht für mich ist, ist dann naturgemäß gegen mich ...*

Darauf plapperte alles durcheinander, von überallher erschollen albtraumhafte Stimmen, jeder versuchte, ihm seine Ergebenheit zu versichern. Denn falls sie dies nicht taten, dann war es durchaus möglich, dass Shaitan sie einen nach dem anderen fertigmachte. Und was ein schwaches Bündnis wert war, nun, das hatten sie ja gesehen!

Das mentale Gequassel wurde lauter, bis Shaitan es abermals unterbrach:

Radu Lykan – Lord *Lykan, der du jetzt ja bist – du warst der Erste, der für mich Partei ergriff. Und da ich, wie es nun aussieht, hier das Sagen habe, bestätige ich hiermit deinen Aufstieg ... du* bist *Lord Lykan! Mehr noch, wer von nun an die Hand gegen dich erhebt, erhebt sie auch gegen mich.* Er hielt kurz inne. *Allerdings ... wage ich aufgrund deines wölfischen Verhaltens und des Bellens in deinem Geist die Vermutung, dass du ein Hunde-Lord bist?* Nach einem weiteren Zögern und einem geistigen Achselzucken: *Hm, perfekt! Die Hunde der Szgany sind ihren Herren treu ergeben, dieselbe Treue erwarte ich auch von dir. So sei es ...*

Was?, fielen die übrigen Lords ein. *Er ist aufgestiegen? Einfach so? Dieser freche Dieb, dieser Wolf von der Sonnseite?*

Darauf lachte Shaitan. *Aye,* erklärte er ihnen, *und was er sich genommen hat, wird er auch behalten – ohne dass er jemandem etwas zurückzahlen oder dass irgendjemand Vergeltung üben wird! Weshalb auch? Euer Verlust ist nur gering. Denkt einfach daran, was ihr verlieren könntet, sollte ich gewisse ... Nachforschungen anstellen. Wie es im Moment steht, wurde der Aufstand niedergeschlagen. Diejenigen Lords, die Blut an ihren Händen haben, werden dafür bezahlen, und damit ist das Ganze erledigt. Shaitan lässt Gnade walten ...*

Als im psychischen Äther Schweigen einkehrte, meinte Radu zu Emil Hagismann: »Nun kannst du deinen Flugrochen nehmen und zu Sturmwind zurückkehren. Wenn er dich fragt, was vorgefallen ist, sag ihm, du hättest mir nichts erzählt. Von mir wird niemand etwas erfahren. Und sollte Hengor Hagi irgendwann etwas zustoßen, weißt du, dass es hier bei mir einen Platz für dich gibt. Sag mir nur noch eines, bevor du gehst!«

»Was denn?« Man merkte Emil Hagismann die Erleichterung deutlich an.

»Bislang habe ich noch kein einziges Wort von den Ferenczys vernommen. Können sie etwa keine Gedanken lesen?«

»Anscheinend nicht.« Emil schüttelte den Kopf. »Wie alle Fähigkeiten der Wamphyri wird sich zweifellos auch dieses Talent mit der Zeit entwickeln – selbst wenn es bei manchen länger dauert als üblich. Im Augenblick jedoch sind die Gebrüder Ferenczy, was die Kunst der Telepathie angeht, so gut wie taubstumm.«

»Das heißt, sie haben keine Ahnung, dass ich hier bin?«

»Oh, das wissen sie, dessen kannst du gewiss sein. Allerdings haben sie keine Ahnung, wer du bist. Aber das werden sie schon bald erfahren, denn die anderen werden es ihnen mitteilen. Bleibt noch die Frage nach den Knechten, die du Lagula geraubt hast. Allerdings stehst du unter Shaitans Schutz – wenigstens fürs Erste.«

»Ist er denn so wankelmütig?«

»Wie der Wind, der aus den Eislanden herüberweht, aye!«

»Wie der Wind aus den Eislanden ...«, wiederholte Radu mit einem nachdenklichen Nicken, indem er seine Mähne zurückstrich. Doch dann grinste er auf seine wölfische Art und schlug Emil auf die Schulter. »... und im Moment weht er zu deinen Gunsten!«, bellte er. »Also ab mit dir nach Hengshöhe, und richte Sturmwind einen Gruß von mir aus. Sag ihm, ich habe sein

Wortspiel genossen und dass ich gerne wieder einmal ein Wortgefecht mit ihm austragen würde ...«

So geschah es also, dass Radu Lykan in jenen frühen Tagen der Wamphyri aufstieg und zum Herrn der Wolfskuppe wurde ...

Der Rest ist bekannt.

Radu stieg in den Reihen der Wamphyri weiter auf und erwarb alle »natürlichen« monströsen Instinkte eines Lords, beinahe so, als sei er als Vampir geboren. Irgendwann zog er Shaitans Zorn auf sich, doch da kam er an Ansehen bereits den größten der untergebenen Lords gleich, und die Wolfskuppe war bereits zu klein für seine Streitmacht. Raffgierig wie er war, schielte er nach den übrigen Felsenburgen – die nun alle besetzt waren –, *insbesondere* aber hatte er ein Auge auf Ferencspitze geworfen!

Die Blutkriege konnten beginnen!

Radu verbündete sich mit Hengor Hagi, Klaus Lankari und Theresa Lugosi gegen die Ferenczys, deren Zahl mittlerweile Legion war. Lagula hatte einen Blutsohn gezeugt, Nonari den Derben, und eine Tochter, Freyda Ferenc, und beide waren selbst wiederum aufgestiegen und hatten jeweils eigene Stätten inne. Rakhi Ferenczy war ebenfalls aufgestiegen, wenn auch zu einem geringeren Lord; denn mit seinem letzten Biss hatte Petre Stakis ihm in der Tat alles, was einen Vampir ausmachte, übertragen und ihn derart infiziert. Kurzum, Rakhi hatte einen eigenen Egel ausgebildet.

Dennoch fiel er als Erster. Radu enthauptete ihn, riss ihm seinen Parasiten aus dem Leib und verschlang diesen. Rakhis Männer und Bestien wurden unter den Siegern verteilt. Sie zogen Strohhalme um die Rakhöhe, die an Sturmwind ging, der die Stätte sofort ausplünderte. Nun wandten Radu und dessen Verbündete sich der Ferencspitze, Nonzacke und Freydastatt zu. Doch Freyda, eine sogenannte »Vampirmutter«, war nicht mehr. Sie war umgekommen, als sie gleich eine ganze Flut an Eiern hervorbrachte, von denen alle bis auf eines krank waren und gleichfalls verschieden.

Die Ferencspitze fiel, und schließlich musste auch Lagula Ferenczy – der letzte Überlebende der Schar, die einst Radus unschuldige Schwester vergewaltigt hatte – für seine Tat bezahlen. Einhundertsiebzig Jahre waren seither vergangen, aber Radu hatte weder etwas vergessen noch ihm vergeben. Wamphyri verzeihen niemals. Radu durchtrennte Lagulas Sehnen, um dessen Gelenke unbrauchbar zu machen, legte ihm eine Schlinge aus Silberdraht um den Hals, spießte seine Glieder an eisernen Haken auf und ließ ihn zwischen auseinanderstrebende Flieger hängen und vierteilen, sodass sein Blut und seine Einzelteile als roter Schauer auf die Findlingsebene niedergingen ...

Eigentlich wäre die Sache damit erledigt gewesen. Doch Lagulas Blutsohn, Nonari Grobhand, schwor Radu und dessen Kindern und Kindeskindern und allen, die von ihm abstammten, ewige Rache. Es war der leidenschaftliche, nicht mehr zurückzunehmende Eid eines Lords der Wamphyri, und sie hätten es auch sofort ausgetragen, wäre nicht eine größere Gefahr erwachsen, um alle Lords gegen einen noch unbarmherzigeren Gegner zu vereinen, selbst Radu und Nonari – gegen einen Feind namens Shaitan!

Bislang hatte sich der Fürst der Vampire aus den Blutkriegen herausgehalten. Doch als endlich alle geschwächt waren, machte Shaitan sich über die kleineren Stätten her und verleibte sie sich in einem wahren Eroberungsrausch ein, bis zu guter Letzt nur noch zwei Lager übrig blieben: Shaitan auf der einen und seine Erzrivalen auf der anderen Seite.

Shaitan war Herr über zahllose Türme; Fleisch von seinem Fleisch, seine Blutsöhne und -töchter wohnten darin. Doch einer von ihnen (Shaitans »wahrer« Sohn beziehungsweise Ei-Sohn, der einstmals aufstrebende Turgo Zolte, seit Langem aus der Verbannung zurückgekehrt und mittlerweile zu einer Macht auf der Sternseite geworden) tat sich nun im bislang längsten und blutigsten aller Blutkriege, den Shaitan letztlich für sich entscheiden sollte, mit den Feinden seines Vaters zusammen.

Danach kam die Abrechnung. Hengor Hagi, Klaus Lankari und Theresa Lugosi wurden lebendig weit draußen in der Findlingsebene begraben, wo sie allmählich zu Stein erstarren konnten, und Turgo Zolte in die nördlichen Eislande verbannt; allerdings widersetzte er sich seiner Strafe und floh durch die Große Rote Wüste, bis er den Herrschaftsbereich seines Vaters hinter sich ließ und wahrscheinlich den Tod fand. Die Drakuls, Nonari Grobhand und Radu wurden mit einer Handvoll überlebender Knechte und ihnen dienstbarer Szgany in das Tor zu den Höllenlanden geworfen; viele von ihnen kamen in einem Land heraus, das dessen römische Besatzer Dakien nannten, an einem großen Fluss namens Donau, in einer Welt, die eine ganze Dimension von der Sternseite entfernt lag. Dort schrieb man das Jahr 371 n. Chr.

In der Nähe eines Hafens kamen sie wieder zum Vorschein, wo römische Kaufleute und die Soldaten, die sie beschützten, mit den dort lebenden Dakern zusammenkamen, um miteinander zu feilschen, Waren zu tauschen und mit Sklaven zu handeln. Und weil sie im Schein des vollen Mondes dort eintrafen, war es eine glückliche Zeit für Radu und die Seinen, in der sie ungehindert über die Einwohner des nur spärlich besiedelten Landes herfallen konnten ...

Die Drakuls zogen sich mit den Ihren ins Gebirge zurück (das man später »die Karpaten« nennen sollte), um sich eine Stätte zu suchen beziehungsweise eine Feste zu errichten. Nonari »Grobhand« Ferenczy floh vor Radus Zorn nach Osten und nahm einen neuen Namen an; und Radu überquerte den Fluss mit seinem Gefolge, das sich schließlich über das ganze Gebiet ringsum ausbreitete. So wurde in einem sagenumwobenen Zeitalter eine Legende geboren – eigentlich sogar mehrere: der Mythos des Vampirs und des Werwolfs und weiterer Wesen der Finsternis.

Der Ort, an dem Radu wieder auftauchte, jenes Handelslager von Römern und Dakern, sollte im Lauf der Jahrhunderte viele Namen erhalten. Unter der abergläubischen Landbevölkerung jener Region hingegen, die vieles im Gedächtnis bewahrte, hieß er stets nur Radujevac: »der Ort von Radus Ankunft« ...

FÜNFTES KAPITEL

Radu träumte seine verblassenden Träume aus alten Zeiten und versuchte, sie neu vor seinem geistigen Auge entstehen zu lassen. Er träumte von vergangenen Zeitaltern und dem Leben, das er damals geführt, und von den vielen Leben, die er seither genommen hatte. Blutige Träume davon, wie er in einer fernen Vampirwelt zum Mann geworden war, und von seiner monströsen Verwandlung in etwas gänzlich anderes während seiner Verbannung. Er träumte von seinem unvergänglichen Durst nach Rache (den er bald zu stillen gedachte) an jenen, die ihm das Wenige, was er einst geliebt, geschändet und genommen hatten.

Aye, seine Träume verblassten bereits – würde er sie sich nicht stets aufs Neue ins Gedächtnis rufen, um sie in albtraumhafter Deutlichkeit vor sich zu sehen. Denn mit der Zeit verliert alles an Kontur, und alles gerät in Vergessenheit, doch an diese Dinge wollte Radu sich ewig erinnern. Während seines jahrhundertelangen Schlafes war dies seine einzige Zuflucht gewesen, die einzige Möglichkeit, seinen Hass aufrechtzuerhalten, solange er untot auf seine Auferstehung wartete.

Er rief sich Namen aus seiner ihm mehr und mehr entweichenden Vergangenheit in Erinnerung, Namen, die er in alle Ewigkeit verfluchte. Die Zirescus zum Beispiel: Giorgio, Ion und Lexandru. Dann waren da noch die Ferenczys, Lagula und Rakhi, einstmals Lords auf der Sternseite. Aber sie alle waren seit Langem, Langem tot, gestorben in einer anderen Welt – und zwar von seiner Hand, aye!

Radu schwelgte in Erinnerungen, die in ihm aufstiegen, daran, wie er es ihnen gegeben hatte, und malte sich aus, wie es sein würde, wenn er sich *demnächst* mit jedem, der noch am Leben war, mit jedem ihrer Abkömmlinge befassen würde, wenn er aufs Neue in dieser Welt umging, in der seine Träume endlich Wirklichkeit werden sollten.

Zugegeben, Blutfehden aus grauer Vorzeit beizulegen, war nur ein kleiner, allerdings ... köstlicher Teil des Planes, den er in seinem nun schon seit undenklichen Zeiten währenden Schlaf ausgeheckt hatte! Und jedem von ihnen, der womöglich noch lebte, würde es nicht anders ergehen als seinerzeit seinen Vorfahren. Vielleicht auch schlimmer!

Sein »seit undenklichen Zeiten« währender Schlaf ...

Nun, keiner von denen, die er zurückgelassen hatte – ob tributpflichtige Szgany oder Knechte, die sich um ihn kümmern sollten, wenn es so weit war –, war noch am Leben. Nur er! Radus Träume und Erinnerungen bedurften zwar ständiger Auffrischung. Dennoch stellten sie die einzig wirklich feste Verbindung zu seiner immer undeutlicher werdenden Vergangenheit dar und seine einzige nach vorn weisende Richtschnur ... in eine sich immer weiter vor ihm ausbreitende Zukunft, die noch immer blutrot erschien! Vor seinem geistigen Auge nahm alles Gestalt an – wie es damals, in einer fremden Welt, gewesen war und wie es nun bald auch hier geschehen würde:

Giorgio, dieser grausame alte Bastard! *Bah!* Er hatte einen viel zu leichten Tod gehabt ... *Hilflos hin und her zappelnd hatte er in dem aus der klaffenden Wunde in seiner Kehle und seinem durchbohrten Wanst strömenden Blut gelegen. Pfeifend entwich in hellroten Blasen der Atem aus seiner durchtrennten Luftröhre und blieb als grauer Schaum in seinem Bart hängen. Verzweifelt rang er nach Luft. Doch der purpurne Strahl verebbte und seine Bewegungen wurden langsamer, während das Leben rasch, viel zu rasch, aus ihm schwand.*

Und Giorgios Sohn, Lexandru, *der Radus Schwester vergewaltigt und sich Magdas Körper, als sie bereits im Sterben lag, mit seinem Bruder Ion und den Ferenczys geteilt hatte. Auch Lexandru war viel zu schnell gestorben. Mit einem Bolzen aus Radus Armbrust in seinem schwarzen Herzen hatte er ungläubig Radus Namen gestammelt, während ihm das Blut aus dem Mund schoss.*

Und schließlich Ion, der Letzte und Widerwärtigste dieser abscheulichen Sippe:

Ion, mit einem Bolzen im Arm und einem weiteren in der Schulter, der ihn an einen Baum nagelte. Radu hatte sich geschworen, dass diesmal die Strafe angemessen sein würde, *ebenso* grausam wie das Verbrechen selbst. Sie hatten Magda vergewaltigt, bis sie an ihren Wunden starb, und ihr die Unschuld geraubt, ihr die Jungfernschaft mit Gewalt entrissen. So sei es ...

Wehrlos hing Ion an seinem Armbrustbolzen, während Radus Klauenhand beinahe zärtlich über seinen empfindlichsten Körperteil strich. Dann ... legte Radu all seinen Zorn und die ungeheure Wut eines Wamphyri in seinen Griff!

In diesem Augenblick nahm er Ion Zirescu buchstäblich alles; zerfetzt baumelten die Adern und Röhren aus Ions Unterleib nutzlos herab!

Keineswegs überraschend hatte Ion das Bewusstsein verloren und blutete so heftig, dass absehbar war, dass er nie wieder aufwachen würde. Doch Radu hasste Verschwendung. Solange am Hals seines Opfers noch ein Puls zu spüren war, trieb er ihm seine Reißzähne in die Kehle, um ihm auch das letzte bisschen Leben auszusaugen. Ah, und wie er seinen grässlichen Durst gestillt hatte, ohne etwas von sich zu geben, bis zur Neige.

Blut! Das war es, was Radu, was sein Vampiregel brauchte. Es war der Nektar des Lebens ...

Einst *war* es das Leben gewesen, und das würde es auch wieder sein, wenn er erst einmal erwacht und aus seinem klebrigen, zähflüssigen Grab heraus war! Nein, es war kein Grab, eher eine Zuflucht, die ihm Schutz bot vor den Menschen und seinen Feinden aus grauer Vorzeit, die alles andere als Menschen waren, Schutz auch vor der Zeit selbst. Vor allem aber bewahrte sie ihn vor dem schlimmsten aller Gegner, der ihm schließlich zum Schicksal geworden war – einem düsteren Gegner, den man den Schwarzen Tod nannte, ebenso schwarz wie die Schwärme von Ratten, mit denen er aus dem Osten gekommen war ...

Was nun die Menschen betraf – sie waren unbedarft wie Kinder gewesen, als Radu und die anderen von der Sternseite über sie kamen. Was sie über Naturwissenschaften wussten, steckte noch in den Kinderschuhen. Sie waren abergläubisch und ihr Blut ebenso süß wie dasjenige auf der Sonnseite jener fernen Vampirwelt, in der Radu seine Jugend verbracht hatte. Trotzdem waren ihre Waffen tödlich und ihr Mut schier unglaublich. Während der ersten ein-, zweihundert Jahre ging es Vampiren und Werwölfen gut. Festen und Stätten wurden errichtet oder in die Berge getrieben, und die Menschen mieden die bewaldeten Ausläufer der südlichen Karpaten und die umliegenden Gegenden.

Anfangs unternahmen Radu und seine diversen Rudel weite Streifzüge. In deren Verlauf machten sie sich über die römischen Siedlungen nördlich der Donau her und gingen sogar so weit, immer wieder eine Garnison anzugreifen, in der ständig drei Kohorten stationiert waren, um die befestigten Stellungen zu bemannen, die sich zum Schutz der Handels- und Nachschubwege vom Fluss bis hin zum Gebirgsrand erstreckten. Die Garnison bot ein leichtes Ziel. Es handelte sich um einen kleinen Rest der XIII. Legion, die früher hier stationiert gewesen war. Deren Soldaten hatten das Land ringsum besiedelt und waren mittlerweile genauso zu Einheimischen geworden wie die Daker selbst.

Aber obwohl es sich nur noch um drei Kohorten der einstigen Legion handelte, nannte man sie immer noch »die Dreizehnte«, und da Radu ihnen so sehr zusetzte, gewannen sie schon bald einen Beinamen, den sie nicht mehr loswurden: »die glücklose Dreizehnte«. Von dieser Zeit an wurde die Zahl dreizehn, ähnlich wie auf der Sonn- und Sternseite, bei den Römern und andernorts und schließlich auf der ganzen Welt zu einer Unglückszahl.

Sich mit den Legionären entlang des Flusses und in den dakischen Weilern nächtliche Gefechte zu liefern – ah, was für ein großartiges, aber auch gefährliches Vergnügen! Einmal wurde Radu sogar in einer Tierfalle gefangen.

... Er erhielt einen Schlag auf den Kopf, der ihn beinahe umbrachte, und als er wieder zu sich kam, befand er sich auf einem römischen Schiff auf der Donau, mit Kurs auf das Schwarze Meer, unterwegs nach Rom, zweifellos zu den Spielen! Mehrere Angehörige seines Rudels waren bei ihm, gemeinsam mit ganz normalen Wölfen hatte man sie in Netzen und Gruben gefangen. Wahrscheinlich hielten die Männer, die sie einfingen, sie für eine unbekannte Tierart! Nun, gewissermaßen war es ja auch so. Das Schiff hatte Bären in Käfigen und wilde Eber aus den Wäldern des östlichen Pannonien geladen, Kisten voller daumengroßer Goldklumpen aus Dakien, Fässer mit Gewürzen und jede Menge Wein in übereinander gestapelten Amphoren. Eine wahrhaft bunt gemischte Fracht.

Aber Wölfe sind listenreich, und Werwölfe noch weitaus listenreicher; die bloße Körperkraft eines Lords der Wamphyri hingegen ist ... beängstigend! Unter Radus Fingern zerbrachen die Eichenstäbe der Käfige wie dürre Zweige. Und an Deck sah er hoch am Himmel den Vollmond über Dakien dahingleiten, und die Nacht war noch lange nicht vorüber ...

Unweit von Zimnicea lief das Schiff auf den Strand; die Mannschaft und eine Handvoll Legionäre, deren Dienstzeit um war und die zurück in ihre Heimat wollten, fand man später nackt, bleich und blutleer an den Füßen von der Takelung hängend. Doch obwohl die Körper regelrecht aufgeschlitzt und ihnen die Kehlen zerfetzt worden waren, war so gut wie kein Blut zu sehen. Die Einwohner eines nahe gelegenen Dorfes, eines kleinen Weilers am Rand des Gebirges, die für ihr aufrührerisches Wesen bekannt waren, mussten dafür büßen. Die Bevölkerung wurde mit dem Schwert getötet, der Ort selbst dem Erdboden gleichgemacht.

Radu amüsierte sich immer noch, wenn er daran dachte, wie er die wilden Kreaturen befreit hatte, damit sie an Land schwimmen konnten, einen Großteil des Weines geraubt und das, was nicht fortgetragen werden konnte, vernichtet hatte. Und was das Gold anging ... nun, in gewisser Weise war auch Lord Radu damals noch reichlich unbedarft. Auf der Sternseite war Gold so gewöhnlich gewesen, dass er nicht begriff, welchen Nutzen das schwere Zeug haben sollte; seine Knechte hatten gleich ein ganzes Vermögen über Bord geworfen! Dort ruhte es, soweit er wusste, seit über fünfzehnhundert Jahren immer noch im Schlick einer Untiefe. Sollte es ihn je wieder in diese Gegend verschlagen, würde er wissen, wo es zu finden war.

Dafür gab es zwei weitere Frachtposten, die Radu brennend interessierten und an die er sich Jahre später erinnern sollte: mehrere mit einer klebrigen, gold schimmernden Flüssigkeit gefüllte Amphoren, deren Inhalt er zunächst für Honig hielt, und eine Kiste voller ... gelber Steine? Bei Ersterem handelte es sich um Harz, das im gesamten Mittelmeerraum als Konservierungsmittel für Wein benutzt wurde; bei Letzterem um *versteinertes* Harz, von der Ostsee zu glänzenden Bernsteinkieseln rund gewaschen. Und Lord Radu – ursprünglich ein ungebildeter Nomade, kaum mehr als ein Wilder aus den Wäldern einer Paralleldimension, schließlich ein verwandelter Lord auf der finsteren Seite ebenjener Welt und in dieser Welt zu guter Letzt ein Werwolf – erkannte den Zusammenhang zwischen beidem. Gut möglich, dass er einer der Ersten war, die dies sahen.

Denn auf der Sternseite pflegten gewisse Lords der Wamphyri besiegte Feinde lebendig (oder vielmehr untot) zu begraben, weit draußen auf der Findlingsebene, damit sie in ihren tiefen Gräbern, aus denen es kein Entrinnen gab, allmählich zu Stein erstarrten und mit dem umgebenden Erdreich verschmolzen. Hier war der Fall jedoch anders gelagert – hier war das umgebende Harz erstarrt und was immer darin eingeschlossen war, blieb unversehrt. In den durchsichtigen, sanft schimmernden Steinchen waren nämlich Mücken und Käfer in den abgesonderten Lebenssäften seit unzähligen Jahren toter, von der Erdoberfläche verschwundener Nadelwälder gefangen.

Radu hatte zwar keine Ahnung, wie viele Äonen vergehen

mussten, bevor aus Harz Bernstein wurde, nichtsdestotrotz versetzte ihn das Prinzip in Erstaunen. Insbesondere als er sich einige der im Bernstein eingeschlossenen Exemplare genauer betrachtete – eine vollkommen erhaltene Libelle zum Beispiel oder eine Ameise mit dem noch deutlich sichtbaren Stück eines Blattes zwischen den Kieferzangen. Diese Kreaturen waren tot, gewiss, nach menschlichen Maßstäben seit einer Ewigkeit. Doch was, wenn ein Lord der Wamphyri auf den Gedanken kommen sollte, sich derart zu konservieren? Ein metamorpher Vampir, dessen Fleisch sich selbst regenerierte? Seit dieser Zeit trug Radu ein Stück Bernstein an einem dünnen Goldkettchen um den Hals. Das darin eingeschlossene Insekt war unversehrt ...

Bernstein – das absolut letzte Produkt, zu dem Harz schließlich wurde.

Harz – das Blut gewaltiger Kiefern ... die vor fünfzehnhundert Jahren, ja, noch lange danach, wie das Winterfell einer riesigen Bestie die Berghänge bedeckten, nicht allein die Granitfelsen des unwirtlichen Schottlands, sondern noch weit entlegenere Regionen ferner Länder. An Harz gab es keinen Mangel, oh nein! Zweihundert Jahre nach Radus Ankunft hatten die Griechen des Mittelmeerraums das Zeug gleich tonnenweise benutzt, nur um ihren Wein haltbar zu machen! Und wenn Radus »Altersgenossen«, die Drakuls beispielsweise, daran gedacht hatten, Heimaterde aus ihren Stätten auf der Sternseite hierher mitzunehmen, nur um in *dieser* Welt eine Schlafstatt zu haben – weshalb sollte er dann nicht in einem Bett aus Bernstein liegen, um die Jahrhunderte zu überdauern?

Lange Zeit, unzählige Jahre, hatte Radu diesen Gedanken mit sich herumgetragen, ohne überhaupt zu ahnen, dass er da war. Doch als es schließlich so weit war ...

Harz – ein Konservierungsstoff, der zugleich wie ein Heilmittel wirkte. Ein Schutz vor den Auswirkungen der Zeit. Vielleicht vermochte es sogar, gegen den schrecklichen Fluch zu helfen, der in dieser Welt eine ebenso schlimme Plage war wie auf der Sternseite die Lepra. Nun, für Letzteres hatte er zwar noch keinen Beweis, aber ...

Was war das ...?

Radus Träume glichen mittlerweile beinahe bewusstem Denken. Durch die Wände seines Sarkophages und die nahezu feste Masse seines Harz-Kokons hindurch spürte er eine leichte Erschütterung.

Er spürte etwas. Da war jemand! Oder war es nur der Berg gewesen, dessen Grundgestein sich setzte? Seit sechshundert Jahren lag er nun hier und nahm die Bewegungen des Gebirges wahr. Er hatte seinen Ruf noch nicht ausgesandt, oder? Die Zeit war noch nicht reif. Bald, aber noch war es nicht so weit! Demnach ... hatte etwa seine in ihrem gewaltigen Bottich zu grässlichem Leben heranwachsende Kreatur sich gerührt? Schon möglich. Er würde es durchaus »spüren«, wenn sie sich regte, schließlich waren ihr Fleisch und ihr Geist sein Werk.

Ruhig, mein Kleines, ruhig, sandte Radu schläfrig aus. *Deine Zeit wird bald kommen, dessen kannst du gewiss sein ... aber erst bin ich an der Reihe. Also hab keine Furcht, denn dein Gebieter wird da sein, um dich zur Welt zu bringen ...*

Radu erhielt keine Antwort. Aber er hatte auch nicht mit einer gerechnet. Ein Beben war durch diese alten, geborstenen Felsen gelaufen, das war alles. Er konnte sich wieder seinen Träumen widmen, von Menschen und Ungeheuern träumen, von der Zeit und der Pest und davon, wie er sich all dem letztlich entzogen hatte.

Von den Menschen ...

Den Römern! Doch das Imperium stand bereits kurz vor dem Untergang. Aye, denn die Goten befanden sich auf dem Vormarsch, und sie waren nur ein kleiner Teil dessen, was sonst noch kommen sollte. Ah, was für Kriege, was für Schlachten, so viel Blut! Das Blut war das Leben! Und welche *Vielfalt* an Blut es in dieser neuen Welt gab! Kein Wunder, dass ihnen diese Höllenlande anfangs wie der Himmel, wie ein wahres Paradies für Wamphyri vorkamen.

Aber waren sie dies auch wirklich ...?

Die Menschen und ihre Kriege ... (Allmählich versank Radu wieder in seinen bereits Jahrhunderte währenden Schlaf.)

In den langen Jahren der Umwälzung zogen sich die Wamphyri auf die Berghöhen zurück und verteilten sich in die umliegenden Gebiete, selbst in fremde Länder jenseits des Meeres breiteten sie sich aus, eigentlich an jede Küste des Mittelmeers mitsamt seiner Inseln. Sie erkannten nämlich, wie dumm sie sich nach ihrer Ankunft verhalten hatten; sie waren zu wagemutig vorgegangen und zu Legenden geworden, die kaum noch aus dem Gedächtnis der Menschen zu tilgen waren. Doch wenn sie hier am Leben bleiben wollten, mussten sie sich dieser Welt und ihren Bewohnern anpassen oder zumindest diesen Eindruck erwecken. Jedenfalls durften sie nicht auffallen. Und langsam, aber sicher gelangten sie zu einer Übereinkunft: In dieser blutigen, von Kriegen erschütterten Welt wollten sie den Krieg nach Kräften als Deckung nutzen. Eine solche hatten sie auch bitter nötig!

Denn es zeigte sich bereits, wie die Menschen auf die Ankunft der Wamphyri reagierten: zunächst voller Angst, in einer von Aberglauben beherrschten Welt – doch dann wehrten sie sich, nicht anders als die Szgany der Sonnseite! Denn einem Mann mag man zwar sein Land nehmen, seine Kinder auffressen und seine Frau verführen, doch irgendwann, wenn er nichts mehr hat, hat er auch nichts mehr zu verlieren! Und dann dürfte wohl jeder kämpfen!

Es verhielt sich folgendermaßen: Die fremden Invasoren hatten im Sinn, wie auf der Sonn- und Sternseite auch, eine Schreckensherrschaft zu errichten. Doch selbst dort geschah nicht alles so, wie sie es wollten. Während scheinbar endloser Tage verwehrte die Sonne ihnen den Zutritt zur Sonnseite, und während der finsteren, nebelverhangenen Nächte verbargen sich die Szgany, und fanden sie kein Versteck, griffen sie zu den Waffen. Und in dieser Welt war es nicht anders, allenfalls schlimmer. Hier gingen die Nächte so schnell vorüber, dass den Vampir-Lords gar keine Zeit blieb, sich darauf einzustellen; und die Tage ... waren einfach grauenhaft! Die glühende Sonne zog direkt über sie hinweg, und nirgends ein Grenzgebirge, um die sengenden Strahlen fernzuhalten oder sie vor der Wut rachsüchtiger Menschen zu schützen.

Oh, es gab durchaus Gebirgszüge – und was für welche! Das gewaltige Hufeisen der Karpaten im Osten und die mächtigen Alpen im Westen; aber anders als die Grenzberge der Sternseite stellten sie kein Hindernis für das Rund der Sonne dar, und wenn der Glutball am höchsten stand, brannte er unterschiedslos auf alles und jeden hinab. Zu jener Zeit fegten riesige Armeen nomadisierender Stämme über Europa hinweg, und wo sie einen Gebirgszug nicht zu erklimmen vermochten, konnten sie ihn immer noch umgehen ...

Es waren Krieger, Männer, die wussten, wie man einen Feind abschlachtet, auch die Wamphyri, und völlig vernichtet: Ein Bolzen oder eine Lanze ins Herz hatte noch jeden getötet, und indem sie den *Kopf* des Gegners auf eine Lanze spießten, konnten sie *sichergehen,* dass er auch wirklich tot war ... und wenn man anschließend seine Feste mitsamt allem, was sich darin befand, niederbrannte, blieb nichts von ihm und den Seinen zurück. Dies hatten Krieger schon immer getan, und so sprangen sie nicht nur mit den Wamphyri und deren Gefolgschaft um. In den meisten Fällen hatten die Invasoren – erst die Ostgoten, später die Westgoten und Awaren – nämlich nicht die geringste Ahnung, dass sie es mit Wamphyri zu tun hatten! Nein, sie ermordeten lediglich reiche dakische Landbesitzer in deren düsteren Burgen oder töteten seltsame graue Wilde, Mischwesen, in deren Festen und Höhlen am Rand des Gebirges.

Gerade weil es nun einmal eine Zeit des Umbruchs und gewaltsamer Umwälzungen war – mithin der Untergang der antiken Welt –, geriet der noch junge Mythos von den Wamphyri, die Legenden über blutgierige Vampire und Werwölfe, *beinahe* in Vergessenheit. Wozu Mythen über grausame Ungeheuer, wo doch die ganze Welt ein einziges Blutbad war? Vierzig Jahre nach Radus Ankunft plünderten die Westgoten Rom, und weitere fünfundvierzig Jahre später fiel es den Vandalen in die Hände; allerdings war Radu diesmal mit von der Partie. Denn nicht anders als die meisten anderen von Shaitan von der Sternseite verbannten Wamphyri auch konnte Radu nicht widerstehen, wenn es um Blut ging, schon gar nicht, wenn es in solchen Strömen floss.

Der Krieg zog ihn an wie ein Magnet. Von dem, was hier vorging, konnte man auf der Sternseite nur träumen. Noch nicht einmal die mächtigsten der Alten Lords hatten solche Kriege geführt! Während der folgenden Jahre und Jahrzehnte kämpfte Radu mit Begeisterung als Söldner, den es mal hier-, mal dorthin verschlug. Er nutzte seine Gabe der Traumdeutung – unter Hunde-Lords keineswegs ungewöhnlich – dazu, in die Zukunft zu blicken, um vorherzusehen, welcher Seite er sich in den großen Kriegen, die noch bevorstanden, anschließen sollte. Gleichzeitig hielt er die Ohren offen, ob er nicht etwas von seinen Erzfeinden hörte, die mit ihm durch das Tor in die Höllenlande gekommen waren. Hin und wieder verfluchte Radu sich selbst dafür, dass er sie damals, an der Schwelle zu dieser neuen Welt, als sie am Ende ihrer Kräfte waren, nicht gleich erledigt hatte. Allerdings war ja auch er damals vorübergehend geschwächt gewesen.

Schließlich erreichten ihn Gerüchte. Er kämpfte als Söldnerführer für den Vandalen Geiserich (der ihm den Beinamen

»Radu, Hund der Nacht« verlieh, weil Radu am liebsten nachts, im Schein des vollen Mondes zuschlug), da erfuhr er vom Tod eines Provinz-Senators, eines gewissen Onarius Ferengus (was, er war Römer?), den vor zehn Jahren angeblich Piraten in seiner Villa bei Odessa am Schwarzen Meer ermordet hatten. Dies erzählte ihm ein numidisches Sklavenmädchen, Ulutu, die ihre Freiheit erlangte, als Geiserichs Streitmacht Rom plünderte. Einst hatte sie Onarius gehört, aber in der Nacht, in der er getötet wurde, war es ihr gelungen, vor dem Feuer und den Kämpfen zu fliehen. Und so, wie Ulutu ihren einstigen Gebieter beschrieb ...

... hegte Radu keinerlei Zweifel daran, dass es sich um niemand anderen handelte als um Nonari den Derben Ferenczy!

Unter Radus Obhut geriet Ulutu völlig in den Bann ihres neuen Gebieters, der die Tage mit seinem Rudel unter den *Colli Albani*, zwölf Meilen außerhalb von Rom, verbrachte. Umgekehrt erlag Radu, wenngleich in geringerem Ausmaß, auch ihrem Zauber, und die beiden wurden ein Liebespaar. Doch da er in den Bergen Dakiens, die nun gotisches Territorium waren, bereits genug »Welpen« und außerdem die Erfahrung gemacht hatte, dass Anonymität und Abgeschiedenheit gleichbedeutend mit einem langen Leben waren, achtete er darauf, dass Ulutu ihre Menschlichkeit nicht einbüßte. Mit anderen Worten: Er drang zwar in sie ein, sah aber zu, dass sie nicht mit seiner Substanz in Berührung kam. Manchmal, wenn sie erschöpft auf ihrem Lager aus gegerbten Fellen lagen, stellte Radu ihr Fragen nach ihrem früheren Gebieter, und sie erzählte ihm alles Mögliche.

Wie genau Nonari Grobhand es im Lauf der über achtzig Jahre, die seit der Ankunft der Wamphyri in Dakien verstrichen waren, geschafft hatte, in den Rang eines Senators *in absentia* erhoben zu werden, wusste eigentlich niemand. Aber so, wie das Mädchen seine Burg beschrieb, an einen gewaltigen Steilhang gelehnt, mit auf der der Sonne abgewandten Seite stets im Schatten liegenden Privatgemächern und Dienern, die »bleich wie Nebelschleier über einem blubbernden Sumpf dahinglitten, und wenn sie lächelten, entblößten sie kräftige, weiße Zähne ... sie schwebten geradezu, beflissen, Onarius zu Diensten zu sein, und doch erschauderten sie, wenn er sie berührte, so kalt und drohend; die Finger seiner rechten Hand waren miteinander verschmolzen, sodass diese aussah wie ein Knüppel ...«

Er hatte sie »seine kleine Trog« genannt und ihr erzählt, er habe auch früher schon Trogs gekannt, in den feuchten Höhlen einer fernen, verbotenen Welt. Allerdings seien dies ledrige Kreaturen mit schlurfendem Gang gewesen, Ulutu hingegen war voller Anmut und ihre Haut samtweich. Es hatte ihn stets in Erstaunen versetzt, dass sie zwar von der Sonne gebräunt, »aber doch nicht verbrannt sei!« Onarius' Odalisken waren jedoch weiß – Araberinnen, Britannierinnen und Syrerinnen –, und er wollte seine Zeit nicht mit Trogs verschwenden, selbst wenn sie so wunderschön waren wie Ulutu. Also hatte sie Wasser geschleppt und Onarius' Gemächer gereinigt und war dafür noch dankbar gewesen. Denn sie wusste, wie er mit Frauen umsprang, mit denen er seine Zeit »vergeudete«. Oder vielmehr, sie wusste es *nicht,* weil er nämlich vor neugierigen Blicken auf der Hut war.

Aber sie hatte gesehen, welche Auswirkungen seine Leidenschaft hatte. Man erkannte es an den tierhaft gelben Augen seiner Sklaven, ob nun Männer oder Frauen, und daran, wie sie schon nach nur kurzer Zeit in seinen Diensten »dahinglitten, regelrecht schwebten«; selbst einigen der Kinder in der Villa sah man es an, sie waren ... ungeschlacht. Sie hatte mitbekommen, wie rasch seine Odalisken alterten und wie erschöpft seine Knechte aussahen – »ausgesaugt, bis sie tot waren« –, und wenn sie starben, begrub er sie tief in der Erde, wo das felsige Gelände zum Meer hin abfiel und das donnernde Getöse der Brandung jedes *andere* Geräusch übertönte.

Onarius hatte einen Sohn im Gebirge, weit im Norden, in einer Gegend namens Korwatei in Moldawien. (An dieser Stelle merkte Radu auf. Was, ein Ferenczy, der noch *am Leben* war?) Er hieß Belos Pheropzis (nicht Ferengus? Nein, natürlich nicht, nicht wenn man seinen wahren Sprössling verbergen wollte!) und bewohnte ein gewaltiges Schloss in den Bergen, direkt an der Grenze des Imperiums. Vor den Römern und vorbeiziehenden Invasoren gleichermaßen verborgen, sollte dieser Ort Onarius als Zufluchtsstätte dienen, falls er je eine brauchte.

Woher Onarius' »kleine Trog« all dies wusste? Als dieser Belos zu Besuch bei seinem Vater weilte, hatte sie schreckliche Angst vor ihm gehabt, weil er sie so merkwürdig ansah – er sah alle Frauen so komisch an, selbst die Sklavinnen seines Vaters! Gleichzeitig war sie jedoch fasziniert von ihm gewesen: Er war dunkel und sah gut aus, hatte die Gesichtszüge eines Falken und war von kräftiger und doch wohlproportionierter Gestalt. Darauf bedacht, sich nicht sehen zu lassen, lauschte sie ihren Gesprächen, hauptsächlich um sicherzugehen, dass er nicht nach ihr fragte. Denn hätte er nach ihr verlangt, wäre sie weggelaufen.

Doch als Radu eines Tages von ihr wissen wollte, weshalb sie sich zu diesem Belos hingezogen fühlte, erwiderte Ulutu, die lang gestreckt zwischen seinen Beinen lag und seine nunmehr schlaffe Rute liebkoste, indem sie ihn, seine Hoden zwischen ihre dunklen Brüste gezwängt, auf die Spitze seines Gliedes küsste:

»Nein, mein Lord, vielleicht habe ich einen falschen Eindruck erweckt. Was ich empfand, war nicht so sehr Faszination als vielmehr Furcht. Dieser Belos war wie eines der riesigen Schlachtrösser, welche die Römer vor ihre Streitwagen spannen ... und ich nur eine winzige schwarze Stute! Ich war lediglich eine Sklavin, und wenn es den Sohn von Onarius nach mir verlangt hätte ... Ich glaube, mein Körper wäre zu klein gewesen, um ihn in mich aufzunehmen!« Sofort erkannte sie ihren Fehler, denn Radu war ausgesprochen eitel. »*Doch* anscheinend irrte ich mich, denn bei dir habe ich ja auch keine Schwierigkeiten! Aber wie dem auch sein mag, dieser Belos jagte mir Angst ein. Er wirkte eher wie ein Tier als ein Mensch!«

»Was, so wie ich? Ich habe auch mehr von einem Tier an mir als von einem Menschen!« Radu langte hinab und streichelte ihre weichen Brüste. Mühelos zog er Ulutu auf seinen Bauch hinauf, um ihre dunklen, runden Hinterbacken besser packen zu können.

»Du bist halb Mensch, halb Wolf«, entgegnete sie. »Das habe ich gesehen. Belos hingegen ist ... anders!« Radu spürte, wie sie ein leichter Schauder durchfuhr.

Aye, Ulutu hatte recht: Belos war in der Tat »anders«. Radu hatte nicht den geringsten Zweifel, dass es sich um Onarius' (beziehungsweise Nonaris) Ei-Sohn handelte. Einen Wamphyri! Das erklärte sein Aussehen und seine Begierden und mochte auch der Grund dafür sein, weshalb er und sein verfluchter Vater einander so nahestanden. Aber vielleicht rührte Letzteres auch von den Kriegswirren her: Das Römische Reich war in seinen Grundfesten erschüttert, stand womöglich vor dem Untergang. Denn eine Beziehung zwischen Wamphyri, und mochte sie noch so gut sein, konnte man wohl kaum als »nah« bezeichnen, jedenfalls nicht unter normalen Umständen. Doch dies einmal außer Acht gelassen, hatte dieser ... *Mistkerl* von der Sternseite hier, in dieser Welt, ganz offensichtlich einen Sohn gezeugt! Nonari hatte einen Ei-Sohn! Er war ein Ferenczy!

Nun, so sei es. Dies bedeutete lediglich, dass Radu Jagd auf einen weiteren Ferenczy machen würde, wenn die Kriege erst gewonnen und die Zeit reif und in die Welt wieder Ruhe eingekehrt war. Und was diesen sogenannten Onarius Ferengus anging ... Er sollte also tot sein? Das konnte Radu nicht glauben. Wahrscheinlich handelte es sich dabei nur um ein abgekartetes Spiel, einen finsteren Plan Nonaris, um eine Zeit lang zu verschwinden und später unter neuem Namen und einem anderen Deckmantel wieder aufzutauchen. Der Gedanke hatte etwas für sich; vielleicht sollte Radu dies irgendwann einmal, wenn jemand der Meinung war, er habe schon viel zu lange gelebt, selbst ausprobieren ...

Radus Träume versetzten seine Körpersäfte in, wenn auch reichlich träge, Wallung. Im Traum durchlebte er noch einmal seinen unsterblichen Hass auf die Ferenczys und seine morbide Kampfeslust auf dem Schlachtfeld. Vor allem aber suchte ihn die Erinnerung an Ulutu heim.

Ah, Ulutu! Sie hatte sein Glied genossen, und es war ihm schwergefallen, sein Sperma zu kontrollieren, wenn er sich in sie ergoss. Aber wäre sie schwanger geworden ... hätte er sie töten müssen! Denn anders als Nonari legte Radu keinen Wert darauf, überall Vampirnachkommen zu hinterlassen, die ihm eines Tages das Leben schwer machen würden. Seine Welpen waren ihm mehr als genug. Sie hatten seinen Biss erfahren und trugen seinen Fluch weiter – den Fluch des Mondkindes, des Gestaltwandlers, des Werwolfs –, nicht jedoch seinen Samen. Irgendwann würde die Zeit reif sein für Blutsöhne und schließlich auch einen Ei-Sohn. Später, wenn er die Zeit erübrigen konnte, sie auszubilden, zu kontrollieren und seinem Willen gemäß zu formen. Doch in jener barbarischen Welt vor fünfzehnhundert Jahren hatte Radu Lykan die Kontrolle über rein gar nichts! Noch nicht einmal Könige oder Kaiser beherrschten irgendetwas! Das Einzige, was wirklich regierte, waren die Kräfte der Natur und des Wandels, das Chaos ...

Und Ulutu? Radu hatte sie gebissen, während er mit ihr schlief, ein Liebesbiss, allerdings viel zu tief. Sie würde niemals eine Wamphyri werden – nun, zumindest auf lange, lange Zeit nicht, sollte sie so lange leben –, aber jetzt war sie ein Wolfling und Radu hörig als seine Sklavin. Nun gut, sie konnte als seine Gefährtin mit dem Rudel mitlaufen, solange es eben ging. Leider sollte dies nicht mehr allzu lange währen. Geiserichs Ratgeber, die zu Beginn des Feldzugs Radus Rudel als »Krieger ohnegleichen – Männer, die wie wilde Hunde kämpfen!« willkommen geheißen hatten, gaben ihrem Gebieter nun einen anders lautenden Rat. Oh, zunächst hatte es wie eine einzigartige Ironie ausgesehen, wie ein großartiger Witz, dass eine riesige, durch zwei von Wölfen aufgezogene Brüder gegründete Stadt mithilfe eines wölfischen Mannes, jenes sogenannten »Hundes der Nacht«, und seiner Horde heulender Berserker in die Knie gezwungen werden sollte. Doch nun war die Stadt gefallen und Radu mit seinem Haufen entlohnt worden. Und, wer weiß, womöglich hatte man sie ... zu gut bezahlt?

Denn was waren sie denn schon? Im Grunde nichts als Söldner. Doch gemessen an der eigentlichen Streitmacht der Vandalen auch nur eine kleine Handvoll. Sie hätten Geiserich nichts entgegenzusetzen, sollte dieser sich dazu entschließen, zurückzuholen, was er ihnen gezahlt hatte. Aye, überdies hielten sie sich eine ganze Anzahl äußerst ansehnlicher Frauen, die sie aus Rom geraubt hatten, und große Mengen besten Rotweins, gleichfalls aus der geplünderten Stadt, den sie in ihrer Höhle in den Bergen gemeinsam mit ihrer übrigen Beute aufbewahrten ...

Eines frühen Abends kam ein Gefolgsmann Geiserichs zu Radu mit der Nachricht, im Norden formiere sich eine Legion, und römische Galeeren aus den östlichen Teilen des Reiches setzten südlich des Tiber Männer und Wurfmaschinen an Land. Geiserichs Befehl lautete folgendermaßen:

Radu sollte ein Drittel seiner Leute aussenden, um das Gebiet im Norden zu erkunden, während er selbst mit dem Rest seiner Männer die Truppen, die von See her landeten, an der Flussmündung angriff; noch in derselben Nacht machte er sich dazu auf ... nur um festzustellen, dass es überhaupt keine derartige Verstärkung für die verwüstete Stadt gab! Nirgends auch nur eine Spur von Truppen. Da entsann er sich, dass seine Träume sich in letzter Zeit um Verrat gedreht hatten, und als er zu seinem Bau unter dem Gebirge zurückeilte, musste er feststellen, dass sie wahr geworden waren. Feuer und Rauch drangen aus den Öffnungen der gewaltigen Kaverne, und vor dem Höhleneingang lagen die geschändeten Leichen der zum Rudel gehörenden

Frauen im Gras. Auch Ulutu! Das Blut unter ihren Fingernägeln zeugte davon, dass sie sich bis zuletzt gewehrt hatte.

Radu musste an sich halten, um nicht lauthals loszuschreien. Nicht weil sie tot war – hätten die Umstände es erfordert, hätte er sie auch selbst umgebracht. Aber die Art und Weise ihres Todes rief die Erinnerung an die Vergewaltigung und Ermordung seiner Schwester in ihm wach, daran, wie sie auf der Sonnseite, in einer anderen Welt, von den Händen der Zirescus und der Ferenczys, dieser Mistkerle, gestorben war.

Schließlich schrie er doch, allerdings war es eher ein an- und abschwellendes Geheul, das zum untergehenden Mond hinaufhallte. Zum untergehenden Vollmond ...

In den Anhöhen rings um die Höhle und dem zum Eingang führenden Hohlweg wimmelte es von Vandalen. Sie waren davon ausgegangen, dass er erst, wenn es hell war, zurückkehren würde, was ihnen zum Vorteil gereicht hätte, denn er war bekannt dafür, dass er bei Nacht kämpfte. Doch hier war er, wenn auch erschöpft von dem nutzlosen Marsch an die Küste und wieder zurück. Verglichen mit Geiserichs Schar, die im Hinterhalt lag, waren Radus hundert Mann ein winziger Stoßtrupp. Geiserichs Krieger waren ihnen vier zu eins überlegen, genug, um eine kleine Stadt zu stürmen.

Aber obwohl die Vandalen zahlenmäßig überlegen waren und die Höhen besetzt hatten, war ihr Vorteil keineswegs so groß wie man annehmen könnte. Nicht gegen wutentbrannte, nach Rache dürstende Männer, die zudem noch Werwölfe waren! Die Schlacht begann, und sie war blutig ...

Sie begann im Morgengrauen, in jenem für Menschenaugen so trügerischen Zwielicht, das dem Tagesanbruch vorausgeht. Wölfe hingegen sehen im Dämmerlicht ebenso gut wie bei Nacht. Außerdem stiegen mit einem Mal Dunstschleier auf ... ein Vampirnebel, den Radu aus seinen Poren und der knochentrockenen Erde heraufbeschwor. Doch vergebens! Das Rudel war von Anfang an zum Scheitern verurteilt, denn Radus Männer mussten bergauf kämpfen, während die Vandalen ihre Schläge nur abwärts zu führen brauchten. Radus Halbwölfe kämpften in zerlumpten Kleidern, mit Stöcken, Messern, Äxten, bloßen Händen und Zähnen. Die Vandalen hingegen trugen lederne Rüstungen und hatten Lanzen, Bögen und primitive Armbrüste. (Letzteres war geradezu ein Witz, schließlich waren die Wamphyri diejenigen gewesen, die die ersten Armbrüste von der Sternseite mitgebracht hatten. In ihrer Welt hatten die Traveller Armbrüste benutzt, hier dagegen verfügten die Vampirlords weder über die Fähigkeit noch die Geduld, derartige Waffen selbst herzustellen. Die wenigen noch rein menschlichen Szgany-Knechte, die sie hierher mitgenommen hatten, waren mittlerweile in alle Winde und Völker zerstreut. Aye, und ihre Fertigkeiten mit ihnen. Daher kam es, dass die Vandalen über Armbrüste verfügten).

Zwar erschlug jeder von Radus Welpen drei Gegner, dennoch gab es immer noch einen vierten, der angriff. Von Lanzen und gefiederten, blutströmenden Bolzen durchbohrt, fielen sie einer nach dem anderen. Ihr Sold war ihnen gestohlen, ihre Frauen vergewaltigt und abgeschlachtet worden, und zu guter Letzt raubten die Vandalen ihnen auch noch das Leben ...

Als die Sonne aufging, brannte sie auf einen Hang hinab, von dem Schweiß, Urin und Verderbtheit in Schwaden aufzusteigen schienen, all das Blut, das hier vergossen worden war. Vierhundertundzehn Leichen verfaulten unter der sengenden Sonne. Aber Radu und zwei seiner Leutnante hatten überlebt. Als sie sahen, dass alles verloren war, krochen sie im Schutz von Radus Nebelschleiern davon und suchten bis zum Anbruch der Nacht Zuflucht in einem tiefen, düsteren Felsspalt.

In seinem nasskalten Versteck wie eine Schlange zusammengerollt, zwang Radu seinen Egel dazu, seine zahllosen Wunden zu heilen, und schwor einen Wamphyri-Eid – nicht allein gegen Geiserich und die Vandalen, sondern gegen die gesamte Menschheit. Bisher hatte Radu für einen Lord immer sehr viel »Milde« gezeigt und als Einziger dieser unmenschlichen Schar Menschlichkeit bewiesen. Doch damit war es nun vorbei. Die Wamphyri und treulos, was? *Hah!* Denn nun erschienen Radu diese alten Lords von der Sternseite wie Waisenknaben, wenn es um Verrat ging! Und was ihre Grausamkeit betraf ...

Die Begierden eines Vampirs standen denjenigen der Menschen in nichts nach und wurden durch seinen Parasiten um ein Zehnfaches verstärkt. Vergewaltigte er, dann weil er dies *musste!* Seine Leidenschaften, sein Zorn, seine Sinnesfreuden waren zügellos. Von einer wohlgeformten Frau konnte er sich ebenso wenig abwenden wie ein Säufer von einem Weinschlauch. Unwiderstehlich wie die glühende Sonne zog Blut ihn an wie frischer Mist eine Schmeißfliege oder der Mond Ebbe und Flut. Denn das Blut war das Leben! Die Menschen *dieser* Welt hingegen – ganz gleich ob Römer oder Barbaren – vergossen es lediglich, weil es da war; nicht weil sie davon angezogen wurden, sondern weil es das Recht des Eroberers war. Dem Sieger gehörte die Beute!

Während Vampire oftmals Leben schufen – oder vielmehr den Untod –, zerstörten die Menschen *dieser* Welt es unweigerlich. Radu hatte gesehen, was geschehen war, als Geiserich und seine Vandalen Rom stürmten, wie unmenschlich sie vorgegangen waren. Und was nun die »zivilisierten« Römer anging: Im östlichen Teil ihres Imperiums kreuzigten sie einen schon, wenn man nur einen Laib Brot stahl!

Nun, bisher hatte Radu sich irgendwo dazwischen angesiedelt, zumindest hatte er sich gern so gesehen – als Wolf und Mensch gleichermaßen, aber *mehr* Wolf als Vampir. Den Menschen aufgrund seiner bloßen Körperkraft und beängstigenden Vampirfähigkeiten überlegen und den Wamphyri ebenfalls, weil er sich noch einen letzten Rest an Menschlichkeit bewahrt hatte! Ein Widerspruch in sich, gewiss, aber eine Tatsache. Ach, wirklich? Abermals *hah!* Mit seiner Menschlichkeit war es aus! Dies war die letzte, die *wahre* Verwandlung, der berühmte Tropfen, der das Fass zum Überlaufen brachte und einen Mann zum gnadenlosen Ungeheuer werden ließ.

Wie naiv er doch gewesen war, damals auf der Sonnseite! Wenn er so zurückblickte, war ihm klar, dass er es jederzeit mit den Ferenczys und den Zirescus hätte aufnehmen können. Aber er war jung gewesen und unerfahren. Und in seiner Stätte auf der Sternseite, so unbedarft: Anzunehmen, dass er gegen Shaitan den Ungeborenen auch nur den Hauch einer Chance haben könnte, und doch hatte er sich gegen ihn gestellt. Zu guter Letzt auch in dieser Welt: ach, wie naiv! Das Gold hatte er in den Fluss geworfen, weil er es für wertlos hielt – während jeder Mensch schon allein dafür getötet hätte! Dann war er mit einem Rudel Werwölfe umhergezogen, wo es doch besser gewesen wäre, für sich zu bleiben. Überdies hatte er sich auch noch an einen Kriegsherrn verkauft und geglaubt, dieser würde ihn für seine Dienste tatsächlich entlohnen und als seinesgleichen akzeptieren!

Als seinesgleichen! Was, Radu Lykan? Wo ihm von all diesen sogenannten »Kriegern« doch keiner gleichkam. Das Einzige, was sie ihm voraushatten, war, dass sie Menschen waren und als solche hier leben durften. Ah, aber auf lange Sicht arbeitete die Zeit für Radu. Er würde sie allesamt überleben ... sofern sie dies zuließen!

Radu schob jede Vorstellung von »Ehre«, »Vertrauen« und »Glauben« für alle Zeit beiseite. Jetzt verfolgte er eine andere Strategie. Von nun an würde er weder Mensch noch Kreatur *ehren*, nur noch das, was er persönlich geschworen hatte. Er würde niemandem mehr *trauen*, noch nicht einmal seinen Welpen, sondern stets seinen Willen durchsetzen und dafür sorgen, dass sein Wort Gesetz war. Und *glauben* würde er nur noch an sich selbst und an das Blut, welches das Leben war. Vor allem jedoch wollte er sich von den Menschen fernhalten und auf der Hut sein. Niemand sollte wissen, wer er war, oder ihn unerwartet überraschen.

Vielleicht hatte der gute alte Onarius Ferengus es ja richtig gemacht. Vielleicht sollte Radu sich ebenfalls eine hohe Stellung besorgen, zusehen, dass er weiter aufstieg, unterwegs in Höhlen und Grotten Schlupfwinkel anlegen und jemanden zurücklassen, der sich in seiner Abwesenheit darum kümmerte. Dann könnte er sich wie Nonari Grobhand Ferenczy erneut wie zuvor in die Welt hinauswagen und seinen Leidenschaften frönen wie *nie* zuvor, doch immer in dem Bewusstsein, dass es eine Zuflucht für ihn gab, sollte es nötig werden, oder falls seine Jahre eine so hohe Zahl erreichten, dass er sich besser eine Zeit lang »zurückzog«.

Womöglich schätzte er Nonari aber auch falsch ein. Vielleicht war Nonari seit seiner »Ermordung« als römischer Senator gar nicht untergetaucht, sondern strich fröhlich umher und tat sich in den allgemeinen Wirren gütlich. Falls dies der Fall war, würde Radu zweifellos irgendwann wieder auf ihn aufmerksam werden, wenn die Zeit reif war und er in einer anderen Gegend zu Ansehen gelangte. Und, wer weiß, wenn diese Zeit kam, war vielleicht auch Onarius reif, für immer zu verschwinden. Desgleichen sein Ei-Sohn, dieser Belos Pheropzis.

Dies in etwa ging Radu durch den Kopf, während er sich tagsüber in einem Erdloch verbarg ...

Schließlich kam die Nacht. Einer von Radus Welpen starb – zu viele Schnitte im Leib, aus denen sein Blut strömte. Er verblich, ohne zu klagen, kauerte einfach da und wurde starr und steif.

Der Felsspalt würde ein gutes Grab abgeben. Radu und der andere Mann, der Geiserichs Verrat überlebt hatte, wälzten von hoch oben Steine hinab, um den Spalt zu versperren und gewöhnliche Wölfe und wilde Hunde vom Leichnam ihres einstigen Gefährten fernzuhalten.

Danach machten sie sich unter dem noch vollen Mond auf in die Nacht und strebten nach Norden, auf die sich über die gesamte Länge Italiens erstreckenden Anhöhen des Apennin zu. In einem Land, in das die Vandalen eingefallen waren, stellte dies den sichersten Weg nach draußen dar.

Werwölfe sind schnelle Läufer. Schon in der folgenden Nacht trafen die beiden, hoch oben im Gebirge, auf weitere Überlebende, Männer, die zu der Meute gehörten, die Radu nach Norden gesandt hatte, um die Legion auszukundschaften, die dort angeblich aufmarschiert war. Sie erzählten, wie es ihnen ergangen war: Keine dreißig Kilometer flussaufwärts waren sie nördlich von Rom in einen Hinterhalt geraten. Zweiundvierzig von ihnen waren gefallen, nur acht hatten Glück gehabt. Irgendwie war es ihnen gelungen, über den Fluss zu schwimmen und sich in Sicherheit zu bringen, während Geiserichs bis an die Zähne bewaffnete Schar ihnen in ihren schweren Rüstungen nicht zu folgen vermochte. Anschließend hatten sie versucht, die Berge zu erreichen, weil ihnen klar war, dass sie verraten worden waren.

Nun waren sie also zu zehnt! Zehn von einhundertfünfzig. Hm, und das musste genügen, denn Radu würde eine geraume Zeit lang keine Werwölfe mehr erschaffen ...

Er schreckte hoch ... nur ein nervöses Zucken seiner Glieder, das sich in der Masse des ihn umgebenden Harzes verlief. Es weckte ihn noch nicht einmal wirklich auf, reichte aber aus, sein Unterbewusstsein in Gang zu setzen, sodass er sich verträumt fragte:

Was ...? Ist da jemand? Kommt da wer?

Er glaubte, etwas gehört zu haben, nur was? Schritte etwa? *Schritte,* in diesem durchlöcherten Felsen, in dem sich bis auf verstohlen umherkriechende Spinnen oder das leise Flattern von Fledermausschwingen seit undenklichen Zeiten nichts gerührt hatte? Wahrscheinlich hatte sich ein Stein aus der Decke gelöst und war heruntergefallen, und das Getöse des Aufpralls hatte ihn von einem vergangenen Zeitalter träumen lassen, in dem er Felsbrocken auf den Leichnam eines toten Gefährten gehäuft hatte

... und das Herabfallen weiterer Steine hatte ihn aufgeschreckt? Ja, das musste es sein.

Jaaa. Das musste ... es ... sein ...

Nach Rom hatte Radu seine reichlich dezimierte Schar nordwärts an die Donau geführt, von dort in östlicher Richtung durch die Wälder und das Gebirge und schließlich hinab in das Land der Daker, in dem sie sich auskannten. Nur dass sich hier mittlerweile Lombarden, Ostgoten und Hunnen tummelten; südlich des Flusses jedoch bestand die Bevölkerung überwiegend aus Christen. Radu selbst kannte keine Religion, das Einzige, woran er glaubte, war Blut. Der Aberglaube der hier lebenden Daker interessierte ihn nicht; aber er wusste, dass es sicherer war, durch Länder zu reisen, die sich in christlicher Hand befanden, als durch von Barbaren beherrschte Gegenden.

Jedenfalls hatte er nicht die Absicht, auf der Südseite des Flusses zu bleiben, und zog schließlich wieder nach Norden ins Gebirge, in eine Gegend, die irgendwann, wesentlich später, den Namen Wallachei bekommen sollte. Denn er ging davon aus, dass er hoch oben in den Bergen eine Zeit lang von den Kriegswirren verschont bleiben würde, die über das fruchtbare Tiefland hinwegfegten.

Damit hatte er recht. Die Berge waren öde und ungastlich, und da sich dort so gut wie nichts von Wert fand, lockten sie auch keine Eindringlinge an. Radu wusste, das er die an Entbehrungen gewöhnten Landbewohner gefahrlos zum Bau einer Burg heranziehen konnte, einer eigenen Stätte, so hoch oben und unzugänglich wie nur möglich.

Dazu brauchte er natürlich Geld. Aber er hatte eine wertvolle Erfahrung gemacht: Wein und Frauen mochten einem Mann zwar verdammt guttun, doch noch viel besser war Gold. Auf seinem Weg von Rom nach Dakien hatte er nicht versäumt, entsprechende Mittel anzuhäufen. Es gab Römer, die vor dem Gemetzel, das die Barbaren anstellten, flohen; Radu hatte sie abgeschlachtet und ihnen ihre Habe abgenommen. Er metzelte Vandalentrupps nieder, die sengend und brennend durchs Land zogen, und raubte ihnen, was sie zuvor anderen geraubt hatten. An der Donau war er zu guter Letzt noch auf eine Handvoll römischer Händler und Kaufleute gestoßen, die er um ihr Gold und ihr Blut erleichtert hatte.

Nachts war er unterwegs, tagsüber fand er gegen Bezahlung in christlichen Feldlagern und Dörfern Unterschlupf, wo er den Gerüchten lauschte und zum allerersten Mal ein Wort hörte, das für die Landbewohner gleichbedeutend mit dem Teufel und allem Bösen war. In Wirklichkeit jedoch handelte es sich um einen Namen, der von weit jenseits der Berge über die Pässe bis hierher gedrungen war. Um den Namen einer Sippe – nun eher ein Fluch –, den Radu nur zu gut kannte:

Drakul!

Einst waren Karl und Egon Radus Verbündete gegen Shaitan den Ungeborenen gewesen; Nun hingegen stellten sie eine riesige Bedrohung für ihn dar, da sie nicht davon abließen, die Menschen innerhalb des Hufeisens, das die Berge Dakiens bildeten, zu plagen, und so unnötige Aufmerksamkeit auf sich lenkten. Im Gegensatz zu Radu – der eine gewisse Widerstandsfähigkeit gegen schwache Sonneneinstrahlung entwickelt hatte, bis er es sogar ertragen konnte, sich mit Kapuze und Umhang ins Freie zu wagen – waren die Drakuls wahre Kinder der Nacht; das Licht der Sonne würde sie auf der Stelle töten. Dafür hatten sie ihre Wandlungskunst in einem solchen Maß ausgebildet, dass sie wie Shaitan der Ungeborene die Gestalt einer Fledermaus annehmen und in die Nacht hinausfliegen konnten, um ihre Beute zu jagen. Nichts anderes hatten sie seit jeher getan. Überdies waren sie auf der Sternseite auch noch von Wölfen aufgezogen worden. Sie kannten sich aus mit ihnen und hielten sich in dieser Welt graue Brüder als Vertraute. Die Wölfe der Wildnis hielten Wache für sie, darum befanden sich die Drakuls in ihrer Feste in Sicherheit und brauchten keinen Menschen zu fürchten.

Im Augenblick stand es gut für sie, daher die Gerüchte, die Radu nun zu Ohren kamen. Denn die barbarischen Invasoren, die sich in der Ebene nördlich der Berge niederließen, waren nicht minder abergläubisch als die ländliche Bevölkerung, die sie unterwarfen. Wenn ihre Frauen und Kinder unverhofft starben oder mitten in der Nacht auf geheimnisvolle Weise verschwanden, wussten sie, wer dahintersteckte – der geflügelte Dämon hoch oben in seiner Bergfeste. Der »Obour«, »Viesky« oder Vampir – der Drakul! Schon vor langer Zeit hatten die beiden Brüder eine, wenn nicht mehrere Burgen im Niemandsland errichtet, von denen eine auf einem Felsvorsprung über einem Abgrund thronte.

So viel erfuhr Radu, mehr nicht. Genug jedenfalls, dass er den Entschluss fasste, nicht den Fehler zu begehen, sich ins Rampenlicht zu drängen. Unablässig rief er sich in Erinnerung: Solange er unbekannt blieb und niemand wusste, wer er war, konnte er ewig leben! Die Drakuls hingegen waren mittlerweile schon legendär. Wenn der Krieg eines Tages vorüber und Dakien wieder als ein Stamm oder Land vereint war, würden die Menschen sich ihrer entsinnen und sich auf die Suche nach diesen Ungeheuern machen. Doch selbst wenn die Einheimischen sie vergessen sollten, würde Radu Lykan sich stets an sie erinnern, dessen konnten sie gewiss sein. Die Wamphyri wachen eifersüchtig über ihr Territorium, aye, und in dieser Gegend war Radu in diese Welt gekommen!

Außerdem hatte er Karl und Egon ohnehin noch nie so recht ausstehen können.

Lächelnd, wenn auch nur für sich, und rachsüchtig wie eh und je hing Radu seinen Träumen nach ...

SECHSTES KAPITEL

Wer damals überleben wollte, fand wahrscheinlich im Hochgebirge die besten Voraussetzungen dazu. Und der Werwolf Radu Lykan hatte fürs Erste genug vom Krieg. Im letzten Viertel des Jahres 467 n. Chr. überwinterte er mit seinem kleinen Rudel in einer Höhle, die ihnen während der folgenden sechzig Jahre als Unterschlupf dienen sollte.

Ihr Bau war eine riesige Kaverne in den Bergen des westlichen Moldawien unweit einer »Stadt« namens Krawlau, eigentlich eher ein Dorf oder vielmehr ein behelfsmäßiges Flüchtlingslager, dessen einhundertfünfzehn Bewohner aus allen Himmelsrichtungen stammten und von denen jeder eine andere Muttersprache hatte.

Radu hatte vielfältige Gründe, sich ausgerechnet für diesen Ort zu entscheiden. Zum einen waren die Höhen unwirtlich und nahezu unzugänglich. Sich nach und nach dort niederzulassen, war eine Sache, ein etwaiger Eindringling würde niemals auf den Gedanken kommen, hier einen Angriff zu wagen ... zum andern handelte es sich bei seiner »Feste« lediglich um einen hohlen Felsen, der, anders als eine Burg oder Bergfestung, nicht die Aufmerksamkeit eines Angreifers auf sich zog. Zudem hatte er auf der Rückseite tief unten Spalten, die sich zu einem großen, eiskalten See hin öffneten. Sollte wider Erwarten doch ein Angriff erfolgen, konnte Radu ohne Weiteres mit einem Boot ans jenseitige Ufer entkommen. Denn die Zeiten mochten zwar vergleichsweise ruhig sein, doch würden immer wieder Eroberer aus dem Osten kommen – Radu träumte unentwegt davon ...

Drittens hätte er selbstverständlich am liebsten eine richtige Feste als dauerhafte Wohnstatt gehabt, aber eine solche zu errichten, war einfach unerschwinglich. Für die Kaverne hingegen wurden keine Außenkonstruktionen, also keine Bauarbeiten im eigentlichen Sinn benötigt, lediglich das Innere musste ein bisschen ausgebaut werden. Die Gelder, die Radu angehäuft hatte, legte er besser beiseite, da er nicht wusste, was die launenhafte Zukunft noch bringen mochte, schließlich waren seine Vorahnungen keineswegs immer zuverlässig. Viertens war ein kompletter Arbeitstrupp, mit dessen Hilfe der Felsen bewohnbar gemacht werden konnte, in Gestalt der Einwohner von Krawlau bereits zur

Hand. Diese einstigen Bauern – die der Krieg und der Zusammenbruch der östlichen Grenzen des Imperiums, in das nun asiatische Horden einfielen, ins Gebirge getrieben hatte – verfügten über keine Arbeit. Ähnlich wie Radu versuchten sie nur, die schlechten Zeiten zu überstehen. Um zu überleben, hatten sie sich aufs Wildern verlegt. Um nicht zu verhungern, jagten sie in den Bergen und fingen Fische im See. Darum war Radu für sie, als er zu ihnen stieß, zunächst ein wahres Gottesgeschenk.

Zunächst, aye ...

Nachdem er sich dort eingerichtet hatte ... sahen sie in ihm fast so etwas wie eine Gottheit! Oh, es lag an seiner Haltung, wenn er sich unter ihnen bewegte, an seinem durchdringenden Blick und seiner gebieterischen Art zu sprechen, an seiner Kleidung und seinem Großmut. Mit dem dunklen Teint und seinem guten, beinahe wölfischen Aussehen – er war schlank und hoch gewachsen, ein Mann wie ein Baum – war er ganz offensichtlich kein ungebildeter, polternder, auf dem Acker geborener Bauer, sondern ein adliger Landbesitzer, ein *Boyar*, von denselben wilden Horden von seinem Besitz vertrieben, die auch sie vertrieben hatten. Außerdem besaß er Gold und genügend Verstand, aus einem nackten Felsen eine Festung zu machen! Sein Geld war im Augenblick nichts wert – nicht in diesen öden Bergen, wo es dafür nichts zu kaufen gab –, doch das würde sich ändern, sobald wieder Ruhe eingekehrt war. Was nun Radus Höhle betraf: Wenn die Arbeiten daran beendet waren, würden sie in harten Wintern allesamt Zuflucht darin finden.

So lautete sein Versprechen.

Oh, Radu wusste sehr wohl, dass er sich nicht zu sehr in den Vordergrund spielen durfte, aber hier in diesen Bergen war alles andere nahezu ein Ding der Unmöglichkeit. Aber wer außer diesen Geringgeborenen in ihren mit Grassoden gedeckten Holzhütten sollte ihn und die Seinen hier denn schon sehen oder mitbekommen, was sie vorhatten? Radu heuerte sie gleich zu Dutzenden an und bestimmte Männer, die sie überwachen sollten, während sie die gewaltige Höhle in einen Bau, eine Stätte verwandelten. Wenn ein Mann sich ihm anschloss, stellte er ihm seinen Lohn in Aussicht und versprach ihm eine zusätzliche Summe, sollte er sich später dazu entschließen, seiner Wege zu gehen, vielleicht zurück zu seinen verwüsteten Feldern, um von vorn zu beginnen.

In jenem ersten Winter, als der Schnee immer höher fiel, taten viele genau dies: Sie kamen zu Radu und erzählten ihm, dass sie in Moldawien Familie hätten und nun zurückkehren wollten, um zu sehen, ob ihre Angehörigen noch lebten ... und falls ja, wollten sie mit dem Geld, das Radu ihnen gezahlt hatte, und der Summe, die er ihnen noch schuldete, für sie sorgen. Radu verlangte von jedem, dass er ihm noch einen Tag dienen sollte, ehe er ihn ausbezahlte, wünschte den Leuten Glück und verabschiedete sie in der Abenddämmerung. Doch kaum brach die Nacht endgültig herein, sandte er ihnen Männer seines Rudels nach, um sicherzugehen, dass niemand von ihm und seinem Treiben erfuhr – und dass auch sein Geld hier in diesen Bergen blieb.

Weil Tag für Tag neue Flüchtlinge eintrafen und andere weg wollten, herrschte ein stetes Kommen und Gehen. Es gab keinen Mangel an Arbeitskräften und auch nicht an ... Vorräten. Und auch Radus finanzielle Mittel nahmen keineswegs ab.

Allmählich nahm die Feste Gestalt an. Er ging zwischen den Arbeitern umher und gab ihnen Anweisungen, damit jeder Stein genau so eingefügt wurde, wie er es sich vorstellte (damit alles so aussah wie in der Wolfskuppe auf der Sternseite, in einer anderen Welt). Sie passten gewaltige Holzbalken in die zahlreichen »Pforten« ein, die Radu offen ließ, und türmten Felsbrocken in die Öffnungen, die Radu zu schließen wünschte, fügten Schlusssteine in Mauerbögen, um die von Fäulnis zerfressenen Tropfsteindecken zu stützen, und legten steinerne Treppen an, die zu Felssimsen, kleineren Höhlen oder hoch gelegenen Beobachtungsposten in den unbehauenen Außenwänden führten. Er überwachte das Einebnen der Fußböden und das Verlegen zwar ungleichmäßiger, dafür jedoch unverwüstlicher Schieferplatten ebenso wie die Herde und Feuerstellen und das Errichten der Kamine, die den Rauch zum rückwärtigen Teil des Felsens leiteten, wo er inmitten der vom See aufsteigenden Dunstschleier abziehen konnte.

Während all diese Arbeiten in Gang waren, um die Kaverne bewohnbar, um nicht zu sagen: »behaglich« zu machen, vernachlässigte Lord Radu auch die Verteidigungsanlagen nicht.

Draußen, zwischen den natürlichen Vorsprüngen des Felsens, errichtete er beängstigende Durchgänge, die für einen etwaigen Eindringling zu Todesfallen geraten würden. Darüber ließ er, hoch oben, Felsblöcke hinter Baumstämmen auftürmen, die von

Keilen gehalten wurden, die man im Falle eines Angriffs einfach beiseite schlagen konnte. Zu guter Letzt sah Radu, dass sein Bau sicher war. Außerdem handelte es sich ja nicht um irgendwelche mickrigen Burgmauern, die beim ersten Ansturm eines Rammbocks einstürzen würden, sondern um den gewachsenen Fels des Berges selbst!

Sobald die Außenanlagen fertig waren, tarnte Radu alles, damit es aussah wie das umgebende Gestein. Im Innern hingegen stützte er das Mauerwerk an strategischen Stellen mit starken Holzbalken ab, was manchen seltsam vorkam, denn offensichtlich würden die Streben nicht so lange halten wie die Steine. Doch Radu ging davon aus, dass er, sollte einst die Zeit kommen, seine Bergfeste verlassen musste, einfach ein paar Feuer zu entzünden brauchte, um alles zum Einsturz zu bringen oder zumindest in den ursprünglichen Zustand zurückzuversetzen. Schließlich war er ein Wamphyri und eifersüchtig auf sein Territorium bedacht. Darum war ihm der Gedanke, dass ein anderer eine Stätte bewohnen sollte, die er selbst mit eigenen Händen errichtet hatte, unerträglich! Aus demselben Grund war ihm allerdings auch klar, dass er, sollte er je den Wunsch verspüren, zurückzukehren, über das Wissen und die Fertigkeiten verfügte, alles wieder in Ordnung zu bringen.

Radus »Welpen« arbeiteten Seite an Seite mit den Männern aus Krawlau, ohne auch nur ein einziges Mal ihre wölfische Natur zu offenbaren, außer vielleicht in ihrem Schweigen und der tierhaften Intelligenz, die aus ihren Blicken sprach. Die einstigen Bauern maßen dem keine besondere Bedeutung bei; schon lange bevor Radu auf der Bildfläche erschien, hatten sie Welle um Welle schlitzäugiger (auch gelbäugiger, sogar gelbhäutiger) Männer gesehen. Radu und seine Söldner stammten eben aus einer fernen Gegend, das war alles. Dieser hochgewachsene *Bojar* in seinen Pelzstiefeln und der Pelzjacke mit dem langen, ihm bis zum Kragen reichenden grau-weißen Haar und den goldenen, wie Mondsicheln geformten Ringen in den fleischigen Ohren war offenkundig ein reicher Exilant. Auf jeden Fall nannten ihn seine Männer »Lord« Radu!

Und er war überaus gerecht. Wenn seine Jäger des Nachts loszogen und ein Schwein erlegten (obwohl es ein Rätsel blieb, wo man hier oben in diesen Bergen auf eine derartige Beute stoßen konnte), dann gab es auch für die gemeinen Arbeiter entbeintes

Fleisch, dessen konnte man gewiss sein. Und Lord Radu lachte und scherzte mit ihnen, während sie an dem saftigen, dampfenden Fleisch kauten.

Radu »rekrutierte« die Stärksten von ihnen – im Licht des vollen Mondes, allerdings nicht als Arbeiter! Zwar hatte er sich dazu entschieden, vorerst keine weiteren Werwölfe mehr zu erschaffen, dennoch war er stets auf der Suche nach Männern, mit denen er etwas anfangen konnte; und diejenigen, die er sich unter diesen ehemaligen Bauern ausgewählt hatte, waren die Härtesten der Harten. Sie würden großartige Leutnante abgeben, wenn er wieder in die Welt hinauszog ...

So also verfuhr der Hunde-Lord.

Ein langer, harter Winter kam und ging vorüber, desgleichen noch etliche weitere, ehe die »Wolfskuppe« endlich zu Radus Zufriedenheit fertiggestellt war. Doch außer Radu und den Seinen wusste niemand, welchen Namen er seiner Stätte gab.

Mittlerweile war die Anzahl der Männer aus Krawlau stark geschrumpft, und sie fingen an, sich Sorgen darüber zu machen, dass nicht einer ihrer Gefährten, kein Einziger, der Radus Dienste verlassen hatte, zurückgekehrt war. Angeblich stiegen sie von den Bergen in die Steppe hinab, aye, aber dass kein Einziger wiederkam ... Nicht einer!? Und dieser sogenannte »Lord« in seiner Höhle, die eher einem Bau glich – mehr denn je wirkte er wie ein Wolf! Und seine Männer ... nun, *die* ebenfalls. Mit ihren weit ausgreifenden Schritten sahen sie aus wie aufrecht gehende Hunde!

Die drei, vier einstigen Bewohner Krawlaus, die jetzt zu Radu gehörten und bei ihm in seiner großen Kaverne lebten – auch sie hatten sich sichtlich verändert! Einfach so unterschieden sie sich mit einem Mal nicht mehr vom Rest seiner Söldner. Wie sie mit langem Haar und wildem Blick umhersprangen ... nachts leuchteten ihre Augen tierhaft ... und wenn sie grinsten, zogen sie dabei die Oberlippe zurück und kräuselten sie, sodass es aussah wie das Zähneblecken eines Wolfes!

Hundert Jahre alte Legenden, die bereits fast vergessen waren, wurden plötzlich neu belebt.

Radu hörte das Geflüster der Männer von Krawlau, die geduckt umherschlichen und letzte Hand an seine Höhle legten. Sollten sie ruhig flüstern; er hatte andere Sorgen. Der nunmehr sechste Winter stand bevor, die Vorräte gingen zur Neige, und der

Hunde-Lord hatte keine Verwendung mehr für derartige Trottel ...

Nun ja, vielleicht doch! Eine Sache fiel ihm da schon noch ein ...

Es gab einen Grund, weshalb sie sich der Gefahr, in der sie sich befanden, so plötzlich bewusst wurden beziehungsweise Verdacht schöpften: Radu hatte gewisse Einschränkungen, die er sowohl sich als auch seinen Welpen auferlegt hatte, schleifen lassen, bis sie sich beinahe so gaben wie ihre »Natur« es verlangte; und nun war für jeden deutlich zu sehen, dass es sich keineswegs um normale Menschen handelte, sondern vielmehr um etwas ... Widernatürliches. In mancherlei Hinsicht hingegen verhielten sie sich nur allzu natürlich.

Jahrelang hatten sie ohne Wein und Frauen auskommen müssen und ohne all die anderen kleinen Annehmlichkeiten, an die Männer – auch Söldner – sich nur zu leicht gewöhnen, wenn sie keine richtige Beschäftigung haben. Radu wusste sehr wohl, was seine Männer brauchten, denn er hatte die gleichen Bedürfnisse. Doch nun, wo er sich eingerichtet hatte ...

Seit Jahrzehnten beherrschten die Hunnen die moldawische Steppe, und Radu fragte sich, wie es um ihre Vorherrschaft stand. Darum hatte er vor ein paar Monaten Kundschafter nach Osten geschickt, um die Lage zu erkunden, und auch nach Westen hatte er Männer gesandt, über die Pässe und entlang der Berggrate, die sich zu beiden Seiten in der Form eines Hufeisens dahinzogen, außerdem einen Spion in eine Handvoll Dörfer, die sich nicht allzu fern von der Wolfskuppe an die Berghänge schmiegten. Bei Letzteren handelte es sich um kleine, abgelegene Siedlungen, die sich weitgehend selbst versorgten. Doch sollte Radus Plan auf lange Sicht aufgehen, würden sie mit der Zeit auch für seinen Unterhalt aufkommen. Nun wartete er nur noch darauf, dass seine Kundschafter zurückkehrten und ihm Bericht erstatteten ...

Als der erste Schnee fiel, stieg Radu persönlich nach Krawlau hinab, um das letzte halbe Dutzend seiner einstigen Arbeitskräfte zum Überwintern in die große Höhle zu bitten. Sie dankten ihm, wenn auch etwas ängstlich, und sagten, sie würden sein Angebot gerne annehmen ... Vielleicht morgen? Radu blieb eine Weile bei ihnen am Feuer sitzen – lange genug, dass sie das blutrote Innere seiner Augen und auch seine Klauenhände bemerkten; er machte sich jetzt nicht mehr die Mühe, sie zu verbergen –, und als alle in Schweigen verfielen, ging er.

Keine Stunde später befanden sich die zerlumpten Überlebenden aus Krawlau auf der Flucht. Schnaufend schleppten sie ihre spärliche Habe auf behelfsmäßigen Schlitten hinter sich her. Doch ihre Tage waren gezählt. Kaum erreichten sie den ersten Pass ... stießen sie auf Radu und dessen Rudel, die sie bereits erwarteten. Das Rudel brauchte Vorräte ... und für ungefähr eine Woche würden sie schon reichen. Mindestens.

Nach und nach, während der Winter seine weiße Decke über das Land breitete, kehrten Radus Kundschafter zurück. Sie waren dem Hunde-Lord vollkommen hörig und hatten ihn weder durch Wort noch Tat verraten. Dafür brachten sie einige Neuigkeiten mit und jede Menge Gerüchte.

Zunächst die Neuigkeiten:

Entlang des Flusses, im Osten, dort, wo er sich Richtung Iasi schlängelte, waren Fallensteller unterwegs, mindestens vier Gruppen. Gute, anständige Leute, die hart arbeiteten und gute Rekruten abgeben würden ... oder auch gutes Fleisch, je nachdem, wie Radu sich entscheiden sollte. Sie hatten ihre Winterlager aufgeschlagen, und da es in der Steppe Moldawiens noch immer gefährlich war, hatten sie ihre Familien – insbesondere ihre Frauen – mitgebracht!

Da gab es einen Mann mit zwei Söhnen – aye, und einer hübschen, dicken Tochter. Dann ein Paar mit zwei erwachsenen Mädchen, die beim Häuten und Gerben halfen und bei allem, was sonst noch so anfiel. Oh, und da waren noch weitere, sie ernährten sich von Wild und trieben mit den Fellen Handel. Radus Kundschafter hatte diese Leute von der Baumgrenze oberhalb des Flusses aus beobachtet, festgestellt, wo sie sich aufhielten und ihre primitiven Hütten zwischen den Felsen ausgemacht, aber nichts unternommen, um sie auf sich aufmerksam zu machen. Sie befanden sich nur wenige Kilometer entfernt, zehn, elf, schätzungsweise. Noch in dieser Nacht könnte er einen Trupp dorthin führen ...

Radu führte den Überfall persönlich an, und endlich gab es Frauen in der Höhle des Hunde-Lords. Selbstverständlich nahm er das Recht der ersten Nacht wahr, nahm all diejenigen, die es wert waren, und behielt die, die ihm am besten gefiel, für sich – fürs Erste jedenfalls. Sie war die Einzige, die versucht hatte, ihm die Augen auszukratzen. Die Übrigen überließ er seinen Männern. Natürlich stritten sie sich um die Frauen, aber es war ja auch nichts anderes zu erwarten. Voller Interesse verfolgte Radu das wilde Gerangel, um herauszufinden, wer von ihnen am besten kämpfte. Immerhin handelte es sich um seine Leutnante ...

Ein weiterer Kundschafter traf ein.

Als Bettler verkleidet hatte er die Bergdörfer durchstreift und gesehen, wie leicht man sie einnehmen oder auch zerstören konnte. Ihre Einwohner waren so verweichlicht, dass sie sich zweifellos ohne Weiteres wie Vieh zusammentreiben ließen! Abgeschieden und friedliebend, hatten sie sich abgeschirmt und waren von der Außenwelt, von den Kriegswirren in Dakien und den großen Schlachtfeldern am Fuß der Berge so gut wie abgeschnitten.

Radu konnte ihnen dies kaum zum Vorwurf machen; außerdem hatte er ja gar nicht vor, sich ihre Dörfer einzuverleiben ... höchstens auf sehr subtile Weise. Nein, diese Menschen brauchten keinen Eroberer, sondern einen Heiland! Er würde sie nicht töten, vorerst zumindest nicht, sondern ihnen seine Dienste als Krieger anbieten, als *Wojwode*, und ihnen Schutz vor jedem etwaigen Angreifer gewähren, der in diese Berge eindrang. Ein großartiger Plan, und noch dazu absolut sicher; denn wie es aussah, hatte der Hunde-Lord recht. Dieses Gebirge schien in der Tat uneinnehmbar. Kaum dreißig Jahre zuvor hatte Attila persönlich sein Feldlager am Fuß ebendieser Berge aufgeschlagen – doch selbst er umging sie, um weiter nach Westen vorzustoßen!

Was war geschehen, seit Radu mit dem Bau der Wolfskuppe begonnen hatte? Sechs Jahre waren mittlerweile vergangen, und nicht ein Fremder hatte sich in diese Höhen vorgewagt. Oder ... war es mit der Bedrohung aus dem Osten zu guter Letzt womöglich vorbei? Seine unruhigen hellseherischen Träume sagten ihm: »Nein, noch nicht!« Allerdings lag Radu mit seinen Träumen nicht immer richtig. Oh, sie zeigten ihm durchaus, was kommen würde, aber oftmals traf es anders ein, als er dachte. Die Zukunft war ein tückisches Ding, und überhaupt, *wann* sich etwas ereignen würde, vermochten seine Träume ihm auch nicht zu sagen.

Schließlich kehrte auch der Letzte von Radus Kundschaftern wieder, und auch der Mann, den er in die Steppe hinabgesandt hatte, um zu sehen, wie dort die Dinge standen, war zurück. Nun hatte Radu Klarheit: Die Hunnen hatten sich wieder nach Osten verzogen oder siedelten in den Ebenen im Norden. Vorerst waren die Kämpfe, zumindest hier, in dieser Gegend, vorüber. Die Zeit schien günstig, seinen Einflussbereich auszudehnen. Nun konnte er seinem Wamphyri-Streben nach einem eigenen Revier freien Lauf lassen.

Diese Berge gehörten offenkundig niemandem. Hin und wieder mochte sie irgendjemand, dieser oder jener Herrscher, für sich beanspruchen, aber niemand herrschte hier wirklich. Man könnte behaupten, dass sie den Dakern, den Ungarn oder den Römern gehörten, wem auch immer; doch wer war schon hier, um diesen Anspruch durchzusetzen? Niemand ... abgesehen von Radu Lykan! Was war ein Gebirge denn anderes als eine Feste? Und erst recht diese Berge, die wie ein gewaltiges Bollwerk gegen alles, was aus dem Osten kam, in den Himmel ragten.

Wie unwirtlich sie waren! Nicht anders als die ungeheuren Felstürme der Sternseite. Ah, aber was hieß schon unwirtlich? Verglichen mit der Sternseite gab es hier alles im Überfluss. Und sie waren unzugänglich. Aye, für jedweden Eindringling – nicht jedoch für einen Mann, der sich hier bereits niedergelassen hatte. Und Radu war dieser Mann.

Nun gut, Weiler für Weiler, Dorf für Dorf, Siedlung für Siedlung würde er diese dakischen Berge, die bislang noch nie jemand erobert hatte, unter seine Herrschaft bringen. Zunächst würde er nur der Wojwode Radu sein, später dann ein kleiner Fürst und schließlich König eines eigenen Landes – *dieses* Landes! Wenn es fünfzig Jahre dauerte oder auch länger, was bedeutete das schon für Radu? Er war ein Wamphyri und lebte bereits seit Jahrhunderten, und ungezählte Jahre lagen noch vor ihm. Seine Männer von einst, die Knechte und Leutnante, die mit ihm durch das Tor gekommen waren – wo waren sie nun? Unter der Erde, tot und begraben, oder auf irgendeinem Schlachtfeld in stinkenden Rauch aufgegangen! Selbst die zähesten von ihnen lebten seit zwanzig Jahren nicht mehr. Radu hingegen ... Er sah aus wie Anfang dreißig, jünger, wenn er es wünschte! Ein Leben im Verborgenen? *Bah* ... fürs Erste nicht mehr! Und Abgeschiedenheit? Oh, *ja!* Er würde diese Berge schützen und sie ihn.

So sei es ...

Gerüchte. Einem von Radus Kundschaftern war zu Ohren gekommen, dass ein Ferenczy gemeinsame Sache mit den Vandalen machte. *Hah!* Dann mal viel Glück, welcher es auch sein mochte, ob nun Nonari Grobhand – falls er tatsächlich noch am Leben war – oder sein Sohn, jener Belos Pheropzis. Denn wenn dieser Mistkerl Geiserich mit all seinen Söldnern so umsprang wie mit Radu ... nun, ein Ferenczy weniger, den er dann jagen musste!

Und was die Drakuls betraf:

Sie wohnten in Burgen, wahren Festungen (»Stätten« natürlich) an der westlichen Grenze Dakiens – in den Zarundului-Bergen und den Nordkarpaten. Vielleicht waren sie mittlerweile untereinander verfeindet; zumindest hielten sie einigen Abstand voneinander! Umso besser für Radu. Wenn die Zeit kam, sich um die beiden zu kümmern, konnte er sie einzeln erledigen. Da sie sich ins Gerede gebracht hatten und zu »Legenden« geworden waren – als *viesky* oder *vrykoulakas*, die nächtens wie Fledermäuse umherflogen, um ihren Opfern das Blut auszusaugen oder Frauen und Kinder zu rauben –, dürfte es wohl nicht schwerfallen, eine Streitmacht aus Einheimischen aufzustellen, um ihre Burgen anzugreifen. Oh, Radu konnte es kaum noch erwarten! Doch alles zu seiner Zeit.

Vorerst hatte er anderes zu tun ...

Radu war davon ausgegangen, dass er fünfzig Jahre brauchen würde, um sich zum Herrn oder vielmehr »König« über das Hufeisen-Gebirge aufzuschwingen. Fünfzig Jahre vergingen, doch noch war es nicht so weit. Denn das Schicksal, der Lauf der Geschichte und alte Feindschaften kamen ihm dazwischen. Allem, was er sich selbst geschworen hatte, zum Trotz machte er von sich reden, wurde bekannt und somit angreifbar.

Fünfzig Jahre, um sich jeden Weiler, jedes Bergdorf und jede Siedlung zu unterwerfen. Ein halbes Jahrhundert, um zum Wojwoden der Hufeisen-Berge aufzusteigen – des östlichen Teiles zumindest –, und dies zu einer Zeit, in der das Letzte, was diese Gegend brauchte, ein Kriegsherr oder Möchtegern-Fürst war. In jeder Siedlung hatte er einen seiner Leutnante untergebracht, allesamt Werwölfe, und jeder von ihnen hatte Dutzende von Knechten zu seiner Unterstützung. Radu kannte jeden Pass, jeden Pfad und jede Abkürzung im östlichen Teil des Gebirges und konnte seine Männer in Windeseile von einem Ort an den anderen verlegen. Warum auch nicht, schließlich trugen sie alle das Erbe eines Wolfes in sich. Radu und sein Rudel waren in der Tat furchterregende Krieger ... oder vielmehr, sie hatten das Zeug dazu. Lediglich an einem Krieg mangelte es ihnen hier oben!

Überdies lag Radu vollkommen falsch in seiner Annahme, die Drakuls seien in der Bevölkerung verhasst. Natürlich wurden sie gehasst – von denjenigen, denen sie etwas zuleide taten; die anderen hingegen verehrten sie geradezu! In der Tat hatten sie während einhundertfünfzig Jahren die Bewohner der westlichen Gegenden des Gebirges unterwandert und korrumpiert und in einem solchen Ausmaß zu Vampiren gemacht, dass mittlerweile ganze Siedlungen unter ihrem Bann standen, einschließlich *eines jeden* Weilers, der die Zugänge zu ihren Bergfesten säumte.

Mehr noch, die Drakuls hatten zahllose Knechte rekrutiert und als ihre Diener oder »Abgesandten« (oder vielmehr Spione) in die Welt hinausgesandt. Diese waren zu Wanderern geworden, zu Zigeunern, »Travellern«, nicht anders als auf der Sonnseite einer fernen, anderen Welt. Schon vor hundert Jahren hatten die Drakuls sich dies ersonnen, als das Imperium noch die Vormachtstellung in diesem Teil Dakiens innehatte. Gefolgsleute der Drakuls hatten sogar die Grenze überschritten, um treue Bürger Roms zu werden – anders ausgedrückt: »Schläfer« in den sogenannten »zivilisierten« Regionen einer barbarischen Welt. Sie waren zu Römern geworden, aye ... beziehungsweise Romani? *Romany!* Der Ursprung noch einer weiteren Legende.

Und so waren die Drakuls nahezu unverwundbar geworden, unangreifbar außer vielleicht in der Mittagshitze eines heißen Sommertages, wenn sie tief in den Gewölben ihrer Burgen in ihrer »Heimaterde« schliefen, die sie von der Sternseite mitgebracht hatten.

Doch davon hatte Radu keine Ahnung, jedenfalls damals noch nicht.

Er wusste zwar, wo sie sich aufhielten, aber nicht, wie mächtig sie geworden waren. Dabei hätte er es durchaus ahnen können;

denn als die fünfzig Jahre vorüber waren, die er sich selbst zugestanden hatte, sandte er Späher aus, mitten hinein in das Gebiet der Drakuls, um die Lage zu erkunden ... und nicht einer von ihnen kehrte zurück. Aber Radu selbst war ebenfalls zu einer Macht geworden, so mächtig, dass er sich für unverwundbar hielt. Vielleicht hatte ihn dies nachlässig gemacht ...

Unterdessen blieb die Zeit nicht stehen. In der Welt jenseits der Berge, jenseits der Donau, außerhalb Dakiens ging das Leben weiter. Das Weströmische Reich war untergegangen, in Italien hatten die Ostgoten ihr Königreich errichtet; lediglich Ostrom, das Reich der Byzantiner mit seiner Hauptstadt Konstantinopel, hatte weiterhin Bestand. Er hatte davon gehört, denn natürlich erreichten ihn Nachrichten von außen; womöglich trauerte er sogar ein bisschen all dem Blut hinterher, das auf den zahllosen Schlachtfeldern so nutzlos vergossen worden war. Allerdings ohne ihn, denn er war nicht dabei gewesen.

Geiserich der Vandalenkönig war seit über vierzig Jahren tot und vergessen, und mit ihm auch Radus Racheschwur, denn auch daran hatte Radu *keinen* Anteil gehabt! Oh, es war zum Verrücktwerden! Zu diesem Zeitpunkt wurde ihm klar, wie sehr er sich langweilte. Nun, das sollte ein Ende haben! Er gelobte sich, dass er wieder als Krieger in die Welt ziehen würde. Erst jedoch musste er das *ganze* Gebirge in seine Gewalt bringen, nicht nur dessen östlichen Teil.

Darum war es jetzt erst einmal an der Zeit, sozusagen als Übung für das, was danach kommen sollte, einen Feldzug nach Westen zu unternehmen – gegen die Drakuls!

Allerdings kamen die Drakuls ihm zuvor ...

Es geschah nicht ohne Warnung. Rückblickend, als er in seinem »Grab« aus halb festem Harz so seinen unruhigen Träumen nachhing, war es Radu vollkommen klar: In den zahllosen Außenposten, die sich entlang der Hufeisen-Berge nach Norden und Süden erstreckten, hatte es besorgniserregende Vorkommnisse gegeben ...

Der Herrschaftsbereich des Wojwoden Radu (den man gelegentlich auch »den Wolf« nannte) reichte von dem Dorf Rakhov im Norden der Karpaten bis hin nach Turnu Rosu im Süden, wo sich die wilden Wasser des Oltul auf ihrem Weg zur Donau, die sich über hundertsechzig Kilometer weiter südlich befand, vor undenklichen Zeiten ihr Bett durch die Berge gegraben hatten. Selbst viele Kilometer innerhalb dieser weit gesteckten Grenzen – tief im Kernland des Wolfes – hatten seine Außenposten Schwierigkeiten bekommen. Es war nicht schwer zu erraten, welcherart diese Schwierigkeiten waren.

Er schickte sich an, zwei Trupps in Marsch zu setzen, einen nach Iacobani im Norden und einen nach Ruckar im Süden, um zu sehen, was dort noch zu machen war. Den Trupp, der nach Süden zog, wollte Radu persönlich anführen; er sollte aus knapp vierzig seiner Männer bestehen sowie aus hundert weiteren, die er unterwegs zusammenziehen wollte. Zwei seiner tapfersten Leutnante – »Welpen«, echte Werwölfe also – sollten nach Norden Richtung Iacobani aufbrechen und unterwegs ebenfalls eine kleine Streitmacht zusammenscharen. Diese beiden Abteilungen von Radus Söldnertruppe, deren Hauptmacht sich noch immer in der Wolfskuppe und den umliegenden Weilern befand, dürften genügen, um mit dem Problem fertig zu werden. Das Problem war Folgendes:

In Ruckar, Iacobani und den benachbarten Siedlungen holte sich der *viesky*, der Drakul, die Dorfbewohner, deren Frauen und Kinder einen nach dem anderen, indem er sich nächtens aus dem Himmel auf seine Beute stürzte. Mehrere Leute – hauptsächlich Frauen, hin und wieder aber auch Kinder – verschwanden spurlos; andere Opfer wurden ohne einen Tropfen Blut im Leib aufgefunden. Unter gemurmelten Gebeten wurden sie hastig verscharrt ... doch sie blieben nicht in ihren Gräbern! Radus in den befallenen Orten stationierte Leutnante wussten sehr wohl, wie sie gegen diese untoten »Hinterlassenschaften« der Drakuls vorgehen mussten – mit Pfahl, Schwert und Feuer; den nächtlichen Überfällen hingegen standen sie ratlos gegenüber. Schließlich waren sie Werwölfe und damit erdgebunden, während die Drakuls zu fliegen vermochten und aus dem Himmel herab zuschlugen!

Wie sich zeigte, war die Vorgehensweise der Drakuls das genaue Gegenteil von Radus Strategie. Obschon er nicht länger »im Verborgenen« lebte, hielt er die Tatsache, dass er ein Vampir war – und zwar ein Wamphyri, insbesondere ein Lykanthrop –, doch geheim, während die Drakuls sich in aller Öffentlichkeit ihre Opfer suchten und sich an ihrer Macht berauschten. Während er seine militärische Stärke und Erfahrung einsetzte, um die

Menschen, die in seinen Einflussbereich und unter seine Herrschaft gerieten, unter seine Knute zu zwingen, verbreiteten sie schlicht und einfach Angst und Schrecken. Radu rekrutierte nur so viele Männer wie er brauchte, um das Rudel wieder aufzufüllen, und tötete ausschließlich Fremde, Vagabunden und Ausgestoßene oder die Tiere der Wildnis für seine Vorratskammern – nie jedoch Menschen, die unter seinem »Schutz« standen, und wenn, dann nur selten, wenn sie sich gegen ihn stellten oder ihm offen misstrauten. Die Drakuls hingegen rekrutierten nicht nur wahllos Knechte, sondern benutzten ihren Vampirismus auch noch dazu, das Lager des Feindes zu unterwandern und so jeden Widerstand von innen zu brechen, sodass ihr scheinbar plumpes Vorgehen in Wirklichkeit doch recht raffiniert war: Zunächst verwandelten sie Radus Gefolgschaft, und war die Grundlage seiner Macht erst vernichtet ... dann konnten sie ihn angreifen!

Dies in etwa ging Radu durch den Kopf, und vor seinem geistigen Auge sah er geradezu, wie die Drakuls allmählich nach Osten vorrückten, sich seine Siedlungen und Dörfer einverleibten, bis sie zu guter Letzt als Anführer zweier gewaltiger Vampirhorden ihre Kräfte vereinten, um schließlich seine Höhlenstätte, die Wolfskuppe, zu stürmen ... in der Radu und der klägliche Rest seines Rudels dann in der Falle säßen.

Und dann ...

... Vielleicht lag es an Radus makabren Erinnerungen (denn auch eine Kreatur, die mit der Zeit zu etwas unsagbar Bösem geworden ist, mag in ihrem Unterbewusstsein vor Angst erschauern, wenn sie von Albträumen aus ihrer Vergangenheit heimgesucht wird; selbst das schrecklichste Wesen vermag noch, Entsetzen zu empfinden), jedenfalls überlief ihn unwillkürlich ein Schauder. Inmitten des halb festen Harzes in seinem Bottich begann er zu beben.

Oder hatte etwas das Harz erschüttert?

Was? Ein Laut! Ein Widerhall, ganz schwach nur – oder verstohlen? Die Drakuls kamen ...!!!

Nein, nein, das war doch nur ein Traum aus ferner Vergangenheit! Was er gehört hatte hingegen ... befand sich hier, bei ihm. Eine Bedrohung! Diesmal irrte er sich nicht. Da war jemand! Oder ... war jemand unterwegs zu ihm? Aber natürlich, irgendwann würde sie kommen. Sie war einfach wunderbar, und sie kam jedes Mal. War es das: Vorfreude? Vielleicht auch Wunschdenken? Was er sich so alles vorstellte!

Oh, jaaa! Aber es war doch viel zu früh ... Es würde noch eine ganze Weile dauern, bis sie kam.

Vorfreude, jaaa. Aber noch nicht ... noch musste er warten ...

Nein, noch nicht ... aber bald ...

Langsam ließ Radus Anspannung nach und wich erneut seinen lebhaften Träumen, die seine Besorgnis verdrängten. Sein Geist kehrte, wenn auch zögernd, widerstrebend in jenen tiefen Schlaf zurück, in dem er die vergangenen Jahrhunderte noch einmal durchlebte ...

***

Damals, in den Bergen Moldawiens, hatte Radu kaum mitbekommen, in was für einer prekären Lage er sich befand. Das allmähliche Vorrücken der Drakuls über die Berge Transsylvaniens hinweg nach Moldawien nahm er als ebendas wahr, was es auch war: allmählich. Dabei hatten sie etwas ganz anderes im Sinn. Sie wollten es keineswegs langsam angehen und hatten auch nicht vor, lediglich ihren Herrschaftsbereich zu erweitern. Sie führten einen Vernichtungsfeldzug.

Ihr Ziel war Radu. Sie wollten ihn ausschalten, und zwar sofort!

Zum Teil lag es an der Feindschaft, die zwischen allen großen Vampiren besteht, an einem Hass, der existierte, seit auf der Sternseite die ersten Festen errichtet wurden. Die Blutkriege einer Parallelwelt hatten ihn geschmiedet, und auch in dieser Welt würde er niemals enden, jedenfalls nicht solange noch jemand lebte, um ihn weiterzutragen. Tief in seinem schwarzen Herzen wusste ein jeder Lord der Wamphyri, dass er, wollte er am Leben bleiben, andere seiner Art töten musste, ehe sie ihn umbrachten.

Aus der Sicht der Drakuls kam noch etwas anderes hinzu: Sie mussten Radu beseitigen, um den Weg für ihre Eroberungen frei zu machen. Denn eines stand für sie fest, nämlich dass sie bewiesen hatten, dass man auch hier als Vampir leben konnte, ohne sich ständig zu verbergen. Anonymität war nicht länger vonnöten und keineswegs mehr gleichbedeutend mit einem langen Leben – Unbesiegbarkeit dagegen schon!

Die Drakuls waren zwar keine Seher, aber sie planten alles bis ins Detail. Im Augenblick erschienen einem diese in den Himmel ragenden Berge noch riesig. Doch was würde die Zukunft bringen? Wäre dann immer noch Platz genug für alle Wamphyri, seien sie nun von einem Weib geboren oder aus der Übertragung eines Eies oder verseuchten Blutes hervorgegangen? Wer von ihnen sollte über dieses karge, düstere Gebirge herrschen? Die Ei- und Blutsöhne edler Drakuls oder die elende Brut erbärmlicher Hunde-Lords? Und was war mit den Ferenczys? Nun, vorerst waren sie noch kein Teil dieser Gleichung, Radu hingegen ganz gewiss ...

Radus Stoßtrupps waren bereit. Er war im Begriff, sie westwärts, über die hohen Pässe zu schicken, als ihm ein Gerücht zu Ohren kam – ein Gerücht, das in seiner Fantasie Wurzeln schlug und ihn nicht mehr losließ. Darauf sandte er das für Iacobani bestimmte Kontingent nach Norden und führte seinen eigenen Trupp in die Steppe hinab, nach Bacau, wo das Gerede seinen Ursprung hatte. Dort erfuhr er, was los war: Kaiser Justinian hatte eine Flotte unter dem Befehl von General Belisarius damit beauftragt, die Vandalen auch jenseits des Mittelmeers, in Nordafrika und anderen Gegenden, anzugreifen und ... das weströmische Reich zurückzuerobern.

Die Vandalen! Und Radus Eid von einst war noch nicht erfüllt! Mehr noch, unter diesem Abschaum befand sich auch noch ein Ferenczy! Der alte Geiserich lebte nicht mehr, er war den Weg allen – oder doch des meisten – Fleisches gegangen. Aber wenigstens gab es noch einen Ferenczy! Selbst nach all den Jahren betrachtete Radu jeden noch lebenden Angehörigen der Ferenczy-Sippe, jeden Nachkommen der Mistkerle, die ihm einst, in einer anderen Welt, in einem anderen Zeitalter, das Liebste genommen hatten, als seinen Erzfeind. Ihm kam es immer noch so vor, als sei alles erst gestern geschehen.

Augenblicklich kochte er vor Wut und ging im Geist seine Möglichkeiten durch: Er könnte sich den Byzantinern unter Belisarius als Söldner anschließen, sich auf dem Schlachtfeld auszeichnen und irgendwann in diese trostlosen Berge zurückkehren, dann jedoch als Wojwode ganz Dakiens – und mit dem Segen des Kaisers! Dann könnte er sich um die Drakuls kümmern, womöglich mit einer ganzen Legion im Rücken.

Großartige Aussichten, aber ... nein, so ging es nicht! Er hatte bereits andere Pläne und war fest entschlossen, diese auch umzusetzen. Außerdem, wer vermochte schon zu sagen, wie die

Byzantiner aus diesem Abenteuer hervorgehen würden? Was, wenn sie besiegt wurden? Im Grunde würde dies Radu nur zum Vorteil gereichen (insbesondere dann, wenn er sich ihnen nicht anschloss), denn er verteidigte sein Hochland viel lieber gegen irgendwelche Vandalen als gegen die wiedergeborene, neu formierte Macht Roms!

Hin- und hergerissen kehrte Radu in seine Berge, in die Wolfskuppe zurück. Oder vielmehr in das, was einst die Wolfskuppe gewesen war. Nun jedoch ...

Der Ort war nicht wiederzuerkennen. Dafür erkannte Radu den Fehler, den er gemacht hatte, zumindest zum Teil. Er hatte davon geträumt, in diesen Bergen Krieg zu führen, allerdings gegen Invasoren aus dem Osten und nicht gegen die Drakuls; gegen Horden von Reitervölkern statt gegen Scharen von Vampiren! Unter dem bewölkten, grauen Himmel eines vorzeitig einbrechenden Winters gab es keine Sonne zu fürchten. Am helllichten Tag waren sie hierhergeflogen, und in der Nacht erfolgte der Angriff. Wäre Radu nicht in die Ebene hinabgestiegen, wäre er zur Stelle gewesen. Doch allein das *Ausmaß* der Zerstörung zeigte ihm, dass selbst er dies nicht überlebt hätte.

Seine Durchgänge und Fallen waren unterminiert worden und zusammengebrochen. In der Höhle hatte an mehreren Stellen die Decke – und sogar die Wände des Felsens, die Bergspitze selbst – nachgegeben und war eingestürzt. Schwarzer Rauch quoll aus dem Felsen, und hin und wieder schoss eine Flammenzunge empor. Was Radu in fünfzig Jahren geschaffen hatte, lag nun in Trümmern. Es sah aus wie nach einem Vulkanausbruch; Radus Herz war schwer.

Die Drakuls! Es war unübersehbar, dass sie es gewesen waren; aber es war nicht alles so verlaufen, wie sie es sich vorgestellt hatten. Im frühen Dämmerlicht des Morgens stand ein halbes Dutzend gemeiner Knechte mit leerem Blick wie die Ölgötzen an den Hängen der ausgebrannten Wolfskuppe herum, während eine Handvoll grimmiger, von Kopf bis Fuß mit Blut besudelter Leutnante, die das Ganze überlebt hatten, damit beschäftigt war, die Leichen verstümmelter Vampire in Schächte hinabzuwälzen, aus denen noch immer Flammen schlugen. Inmitten all des Gestanks ging ihr Atem schwer und stoßweise.

Ah, Radus Traum war so lebhaft, dass auch er witternd die Luft einsog ... im Geist *zumindest, denn seine riesigen Wolfsnüstern waren mit Harz verstopft – und einen Augenblick lang war ihm, als könne er das verbrannte Fleisch regelrecht riechen …*

… bis er von etwas anderem Witterung bekam!

Er roch – hörte – spürte etwas!

Eine Präsenz! Da war jemand!

Diesmal war es ausgeschlossen, dass er sich irrte. Schritte, ein eiliges Laufen. Ein Mund, aus dem der Atem stoßweise kam. Ein Herz, das schlug.

Auch Radus Herz schlug, aber nur einmal, ein einziges, gewaltiges Pochen in seiner Brust, das ihn endlich weckte …

Schwer atmend näherte sich Bonnie Jean dem Ort, an dem ihr Gebieter lag. Im Geist sah sie noch immer das einen Spalt breit geöffnete, so fremdartige Auge der Kreatur im Bottich vor sich, und sie fragte sich, weshalb sie eigentlich hier war. Es war nicht das erste Mal, dass sie sich diese Frage stellte, und würde mit Sicherheit auch nicht das letzte Mal sein. Aber brachte dies ihre Entschlossenheit nicht ins Wanken? War sie überhaupt würdig, hierherzukommen? Natürlich! Schließlich gehörte es zum Ritual; es ging nicht allein darum, ihren Gebieter, sondern auch ihren Glauben an ihn zu bewahren. Immerhin stammte sie, wie entfernt auch immer, von ihm ab.

Und das Wesen im Bottich? War es ebenfalls einer seiner Abkömmlinge? Bonnie Jean wusste, dass es sich so verhielt, und erneut fragte sie sich, *was* für eine Zukunft dies wohl sein mochte, wenn er wiederauferstand, um die Menschheit auf seine Stufe zu erheben. Welche Rolle war einer derartigen Kreatur wie dem Wesen im Bottich in der künftigen düsteren, mörderischen Welt, die ihrem Gebieter vorschwebte, zugedacht? Die eines Leibwächters? Aber weshalb, wo doch nichts die Macht des Hunde-Lords überstieg?

Am äußersten westlichen Rand der Stätte wurde ihr klar, wo sie sich befand. Sie blieb stehen und versuchte, ihre Atmung wieder unter Kontrolle zu bringen. In ihrem jetzigen erregten Zustand konnte sie ihn unmöglich aufsuchen, es würde nur ihre Zweifel verraten. Je mehr sie ihm zu *gleichen* begann, desto größer wurde auch ihre Angst …

… *Angst?* Das gab ihr zu denken. Was denn, Bonnie Jean Mirlu, die von Geburt an zu seinem Gefolge zählte, und Angst? Auch noch vor ihm? Einfach lächerlich! Es lag an diesem Ort, der an ihren Nerven zerrte und ihr Trugbilder vorgaukelte, an der Kreatur in ihrem Bottich voller Harz; es war ... die Anspannung, genau! Dass Harry Keogh aufgetaucht war, und dann noch dieser Spitzel in Edinburgh, überhaupt alles, was in letzter Zeit vorgefallen war. Vor allem jedoch lag es daran, dass das Erwachen ihres Gebieters immer näher rückte, an dem Bewusstsein, dass er bald wieder unter den Lebenden weilen würde und große Veränderungen bevorstanden. Ihren Lebensstil, an den sie sich seit Langem gewöhnt hatte, müsste sie *zwangsläufig* ändern, um sich an ihn anzupassen.

Im Augenblick war er zwar ihr Gebieter, aber nur *in absentia*, und sie die »kleine Mistress«. Doch ... wie viel Einfluss würde Bonnie Jean wohl behalten, wenn er wieder da war? Ist die Katze aus dem Haus, tanzen die Mäuse auf dem Tisch. Ein wahres Wort. Aber was werden erst Welpen anstellen, die um einiges größer sind, wenn der Wolf weg ist? Ob ihr Gebieter sich derartigen Überlegungen hingab, oder war dies unter seiner Würde? Dachte er überhaupt in Seinem Jahrhunderte währenden Schlaf? Und weshalb ging ihr so etwas durch den Kopf? Hielt sie ihm noch die Treue, oder hatte sie ihn bereits verraten, wenn auch nur im Geist, in Gedanken? Nein, Bonnie Jean glaubte nicht; und wenn, dann nicht ernsthaft und *auf gar keinen Fall* in böser Absicht!

Andererseits würde sie bald eine Wamphyri sein! Und die Wamphyri waren stolz und wachten eifersüchtig über ihr Territorium ... und seit nahezu zweihundert Jahren war dies ihr Revier!

Was!?

Mit solchen Gedanken im Hinterkopf durfte sie keinesfalls zu ihm gehen! Sie hatte nicht vorgehabt, so etwas zu denken. Es lag an diesem Ort. Er schlug ihr aufs Gemüt, und dann fragte sie sich, wie es mit ihr weitergehen würde, wo doch das Einzige, womit sie sich befassen sollte, sein Wohlbefinden war!

Wie würde es wohl sein, wenn Er wiedererwacht war? Was wäre ihr erlaubt und was untersagt?

Männer? Oh, im Lauf der Jahre hatte sie so einige gehabt. Aber das hieß nicht, dass sie ihm untreu gewesen wäre. Ja, er hatte sogar *verlangt,* dass sie sich mit Männern abgab, damit sie Erfahrungen sammelte. In der düsteren, zukünftigen Welt, die ihm vorschwebte, wünschte er keine alte Jungfer an seiner Seite, sondern eine reife Frau. Keine naive Unschuld vom Lande, die bei jedem Wort rot wurde, sondern eine Gefährtin, die sich in allem auskannte, was Männer betraf. Denn je mehr ein Mann (oder eine Frau, oder auch ein den Mythen und Legenden der Vergangenheit entsprungenes gestaltwandlerisches Wesen) über seine Feinde wusste, desto leichter fiel es ihm, sie zu beseitigen.

Wissen ...

Aye, Wissen, das war es! ... Sie musste Informationen über die Welt dort draußen sammeln, und zwar um seinetwillen. Über Informationen zu verfügen, hieß, klug zu sein, und klug war es, so manches infrage zu stellen. Zählten dazu nicht auch die Fragen, die Bonnie Jean sich selbst stellte? Das bedeutete noch lange nicht, dass sie an Verrat dachte. Niemals.

Informationen? ... Eine Präsenz? ... Bonnie! Bonnie Jean! (Ein Knurren, beinahe so, als habe jemand Schmerzen, doch dann lag Wiedererkennen darin, und es erscholl in ihrem Geist!)

B. J. wankte, als sei sie gegen eine Wand gelaufen, als ihr klar wurde, dass die Worte in ihrem Kopf nicht von ihr, sondern von ihm stammten. *Sie* brachte ihm Informationen, *sie* war die Präsenz, die er meinte; ihr Gebieter spürte, dass sie da war! Aber wie lange lauschte er schon ihren ... ihren Gedanken?

Sie klärte ihren Geist, mit einem Mal waren ihre Gedanken wie weggeweht, und sei es auch nur vor lauter Verwirrung. »Hier bin ich, mein Gebieter«, stieß sie atemlos hervor, indem sie sich nur noch auf Ihn konzentrierte.

Bonnie! Bonnie Jean!!!, hallte es in ihrem Kopf wider. Ein Grunzen, das zu einem Knurren und schließlich zu einem Seufzen wurde. Dann ein lautes, grässliches Schnüffeln wie von einem großen Hund – *dem* Großen Hund –, als er durch die erbebenden Gewölbe ihres Geistes ihrer Essenz nachspürte. *Ich hatte schon geglaubt, du seist ein ... Eiiindriiiingling!*

Mittlerweile hatte sie ihre Fassung wiedergewonnen. »Nein, kein Eindringling.« Sie schüttelte den Kopf und hob den Blick, um die Umrisse des gewaltigen steinernen Sarkophages in sich aufzunehmen, der wie ein Altar am höchsten Punkt eines Haufens aus Granitblöcken thronte. Von dorther rührten die Gedanken, Seine Gedanken. »Ich bin es nur, mein Gebieter. Kein Eindringling.«

Erneut ein grollendes Seufzen, und sie nahm Seine Gedanken deutlicher wahr, als Er Seine Aufmerksamkeit nun voll auf sie richtete und die mentale Verbindung zwischen ihnen stärker wurde. *Ahhhh! Bonnie Jeeeean! Aber ... habe ich dich gerufen? Mir scheint, es ist ... noch zu früh?*

»Du hast mich nicht gerufen, mein Gebieter.« Bonnie Jeans Atmung hatte sich normalisiert. Sie hatte die Situation wieder im Griff und wählte ihre Worte – und Gedanken – sehr sorgfältig. »Ich bin vor der Zeit zu dir geeilt. Sollte ich dich gestört haben, bitte ich um Entschuldigung, doch die Ereignisse ...«

Ereignissssse?

»Ja«, nickte sie, während sie die Stufen erklomm, die sich in irrsinnigen Winkeln übereinandertürmten. »Es sind gewisse Dinge ... vorgefallen. In Edinburgh hat uns jemand beobachtet – womöglich ein Späher – und ein geheimnisvoller Fremder ist aufgetaucht. Vielleicht hat es ja nichts zu bedeuten, aber ich hielt es trotzdem für das Beste, dir Bescheid zu geben.«

Ebenso rasch wie Bonnie Jean sich wieder unter Kontrolle hatte, war Radu nun völlig erwacht. Als sie den Fuß auf die Plattform seines Sarkophages setzte, spürte sie durch die steinernen Platten des Sarges hindurch die Intensität seiner Gedanken, sein geistiges Stirnrunzeln. *Ein Späher, in Edinburgh?* (Seine »Stimme« klang schneidend, streng.) *Und ein geheimnisvoller Fremder? Und dennoch hieltest du es für angebracht hierherzukommen? Willst du mich etwa in Gefahr bringen, Bonnie Jean?*

»Niemals, mein Gebieter!« Seine scharfe Erwiderung ließ sie zurückweichen. »Schließlich bin ich deine Hüterin, und besteht meine Aufgabe nicht darin, über dich zu wachen? Und ich habe sorgsam Wache gehalten. Ich bin dir treu ergeben; mein Blut ist in dir, und das deine in mir! Doch nun brauche ich einen Rat, und an wen sollte ich mich sonst wenden?«

Radus Antwort bestand lediglich in einem Brummen. Er schien zu überlegen. *Zunächst ... erzähle mir mehr über diesen Späher, diesen heimlichen Beobachter. Könnten es womöglich ...* Sie ... *sein? Glaubst du, sie befinden sich auf der Suche nach mir?*

»Ich glaube, sie sind es, ja«, erwiderte sie und erzählte ihm, was sie von Harry Keogh erfahren hatte. Es war nicht viel, dennoch beunruhigte es ihn. Als sie geendet hatte, sagte er:

Was, wenn sie dir auf dem Weg hierher gefolgt sind? Woher willst du wissen, ob deine Sicherheitsvorkehrungen ausreichen? Mindestens ein Drakul ist noch am Leben, das glaube ich wenigstens, denn ich habe es geträumt. Aye, und mehr als nur ein Ferenczy! Und hier bin ich, ein schwaches, verschrumpeltes altes Ding wie ... nun, wie eine Mücke in

Bernstein! Ich bin noch nicht bereit wiederaufzuerstehen, Bonnie Jean. Ich kann mich noch nicht selbst schützen. Und du ... bist schließlich nur ein Mädchen.

Das empörte sie denn doch ein bisschen, und ihr war klar, dass er es mitbekam, nicht anders, als stünden sie einander von Angesicht zu Angesicht gegenüber. Also kletterte sie über die aufeinandergehäuften Steinplatten an die Stirnseite des Sarkophages und beugte sich über dessen Rand, um ihm nun tatsächlich ins Antlitz zu blicken. Doch seine Gestalt war verschwommen und durch das Harz, auf dessen faltiger Oberfläche sich eine dicke Staubschicht angesammelt hatte, kaum zu erkennen. Angestrengt starrte sie hinab, bis das beängstigende Wesen in der dickflüssigen Masse allmählich an Kontur gewann.

Seine Augen waren geschlossen, was auch sonst, wie während der ganzen zweihundert Jahre, die sie ihm nun schon diente. Doch hinter seinen Lidern sah, ahnte Bonnie Jean wie stets die Glut seines Blickes, auch wenn man sie im Moment nicht spürte. Aber sie war da, oh ja, ganz schwach nur, aber keineswegs erloschen, ein leises Flackern, das von Leben – oder vielmehr dem Untod – kündete. Mehr noch, ihr war, als tauche das Feuer dieser Augen die eingesunkenen Höhlen und seine hohlen Wangen in einen rötlichen Schein, der sich von der ansonsten kränklich-fahlen Blässe seines Gesichts abhob.

Ihr Gebieter war zwar nicht vollkommen menschlich, dafür jedoch ein wahrer Hüne. Er maß gut und gern zwei Meter zwanzig, und zu seiner Glanzzeit hatte es wohl kein denkendes Wesen gegeben, das ihm an Stärke gleichkam. Mit Sicherheit war er einst gefährlicher gewesen als jedes Geschöpf, das diese Welt je hervorgebracht hatte. In ihm hatten sich die Schnelligkeit und List eines Wolfes mit der Intelligenz eines Menschen und der schieren Körperkraft der Wamphyri vereint!

Und bald wieder, Bonnie Jean! Bald wieder!, erklärte er ihr, und gleich darauf: *Nun gut, ich sehe, ich bin dir zu nahe getreten. Ich weiß, dass du in gutem Glauben hierherkamst und alle zu meiner Sicherheit notwendigen Maßnahmen getroffen hast. Um die Wahrheit zu sagen: Ich fühle mich seit einiger Zeit ein bisschen ... schwach. Darum bin ich wohl ungeduldig und nicht sehr nett gewesen. Aber ist das denn so schwer zu verstehen? Ich glaube nicht. Die Jahre des Wartens waren endlos, und was bin ich denn schon als bloß ein Schatten meines einstigen Selbst? Du hast recht: Dein Blut hat mir Wärme gegeben und mich am Leben erhalten. Diesmal kommst du also zu früh; vielleicht ist es ja ganz gut so, denn meine Lebensgeister sind schwach, Bonnie Jean. Aber du ... kannst mir wieder Kraft geben!*

Bei diesen Worten senkte Radu seine »Stimme« zu einem leisen, kehligen, beinahe lüsternen Knurren, bei dem Bonnie Jean unwillkürlich ein Schauder überlief (ob vor grenzenlosem Entsetzen oder ... unsagbarer Lust vermochte sie nicht zu sagen); jedenfalls war ihr klar, worauf er anspielte.

Für den Augenblick muss dies allerdings warten, fuhr er rasch fort, und sein Ton war wieder wie vorher. *Aye, denn wir haben anderes zu tun und einiges zu bereden. Wir stehen vor einigen Schwierigkeiten; aber ehe ich nicht über das ganze Ausmaß Bescheid weiß, fällt es schwer zu sagen, wie wir ihnen begegnen sollten. Außerdem gibt es weitere Probleme, die bislang noch nicht ... gelöst wurden? Was ist mit dem Mädchen? Es ist jetzt ein ganzes Jahr her, Bonnie Jean! Ist sie immer noch verschollen? Immer noch keine Nachricht von ihr? Dann müssen wir vom Schlimmsten ausgehen – nämlich dass* Sie *sie geschnappt haben. Das heißt, sie könnten schon viel näher sein, als wir annehmen ...*

»Nein.« B. J. schüttelte den Kopf. Sie wusste, dass er dies mitbekam. »Sie kennt diesen Ort nicht und ist nie hier gewesen. Und auch dich hat sie nie kennengelernt, mein Gebieter.«

Aber sie weiß von mir. Und auf jeden Fall weiß sie über dich Bescheid!

»Sie ist darauf eingeschworen, nichts preiszugeben«, entgegnete B. J. »Ich habe sie hypnotisiert und hörig gemacht ... unmöglich, dass sie etwas gesagt hat! Keine von uns könnte irgendetwas verraten, und am allerwenigsten ich; dafür hast du doch persönlich Sorge getragen, mein Gebieter! Einem Feind könnte es womöglich gelingen, mich zu entführen – obwohl ich mich natürlich zur Wehr setzen würde –, aber zum Sprechen bringen könnte er mich nicht ...«

Hah! (Ein bitteres, trockenes, bellendes Lachen). *Du kennst die Wamphyri nicht, Bonnie Jean! Wenn du mit ihnen zu tun hast, gehe immer vom Schlimmsten aus. Aber vergessen wir das für den Moment, wenden wir uns jener anderen Sache zu. Du hast mir von diesem Späher berichtet. Über ihn – was wir gegen ihn unternehmen können – werden wir noch reden. Aber du hast auch einen geheimnisvollen Fremden erwähnt. Sag bloß, es gibt einen Mann in deinem Leben, Bonnie Jean? In unser beider Leben! Mir scheint, du misst ihm einige Bedeutung bei! Ich kann deine ... Erregung? ... förmlich spüren. Nun gut, vielleicht erzählst du mir erst einmal etwas über ihn.*

Jaaa, erzähle mir alles über deinen geheimnisvollen Fremden.

Oder, besser noch, zeige es miiiir!

Und sie zeigte es ihm. Minutenlang ließ sie die Dinge, die sich ereignet hatten, von ihrem Geist in den seinen fließen, so, wie sie sich daran erinnerte. Damit wurden zwar einige Fragen beantwortet, die er noch gar nicht gestellt hatte – zum Beispiel danach, wie es ihr in London ergangen war, wohin er sie auf der Suche nach einem angeblichen Werwolf geschickt hatte. Allerdings wurden zugleich auch andere aufgeworfen, die ihm andernfalls niemals in den Sinn gekommen wären. Und mit einem Mal zeigte Radu sich nicht minder erregt als sie ...

SIEBTES KAPITEL

Dieser Mann, erscholl in Bonnie Jeans Geist erwartungsvoll, beinahe hechelnd, Radus Stimme, *dieser Harry Keogh! Ich habe ihn durch deine Augen gesehen und kann nun sagen, was ich von ihm halte. Aber welchen Eindruck hast du von ihm?*

B. J. wusste nicht recht, was sie darauf erwidern sollte. »Er scheint mir ... geheimnisvoll«, sagte sie schließlich, bestrebt, ein unwillkürliches Achselzucken zu unterdrücken. »Als versuche er, irgendetwas zu verbergen, was im Grunde unmöglich ist, weil er unter meinem Bann steht. Es kommt mir so vor, als habe er schon vieles erlebt und gesehen, weit mehr als jeder andere. Er ist voller Wärme, Sanftmut und Menschlichkeit ... und dennoch zugleich auch hart und kalt wie Eis ...«

... *Unmenschlich wie kein anderer?* In ihrem Geist sog der Große Wolf witternd die Luft ein, im wahrsten Sinne des Wortes ein *Blut*-Hund, der eine Fährte aufnahm. *Und doch willst du mir weismachen, dass er nicht zu ihnen gehört!*

»Er *ist* ein Mensch, mein Gebieter«, entgegnete sie. »Darauf würde ich mein Leben verwetten.«

Oh, das steht bereits auf dem Spiel, erwiderte er mit einem leisen, grollenden Knurren. *Unser aller Leben!*, fügte er rasch hinzu, um der offenkundigen Drohung die Schärfe zu nehmen.

»Mein Gebieter«, setzte sie an. »Dieser Mann hatte mich in seiner Gewalt – zwar nur kurz, aber trotzdem lange genug, um mich umzubringen! Stattdessen bewahrte er mich vor Schwierigkeiten und sah zu, dass mir kein Leid geschah. Seine Fähigkeiten, die er mir eingestand, könnten dir von großem Nutzen sein. Er arbeitete für ... einen geheimen Nachrichtendienst.« Es fiel ihr nicht leicht, Harrys Aufgabe zu umschreiben; eigentlich kein Wunder, sie begriff es ja selbst kaum. »Er stand ... *über* den Gesetzen seines Landes. In *deinen* Diensten könnte er sich als von unschätzbarem Wert erweisen. Er ist ein guter Kämpfer, schnell und stark, und, ich glaube, auch ein tiefsinniger Denker. Und sollte sonst noch etwas dahinterstecken, was ich nicht entdecken konnte, wirst du es gewiss herausfinden.« Das war alles, was sie ihm zu sagen vermochte.

Weißt du, wie er mir vorkommt, Bonnie Jean? Er ist mächtig, und die Macht, über die er verfügt, übersteigt jede gewöhnliche Macht. Das spürte ich in deinem Geist! Du hast ihn betört, aye, aber du bist gleichfalls seinem Bann erlegen! Du fühlst dich zu ihm als Mann hingezogen, ist es nicht so? Leugne es nicht, denn auch wenn du es dir selbst nicht eingestehen willst, mir kannst du nichts vormachen. Ich spüre doch, was für eine Anziehungskraft dieser ... dieser Geheimnisvolle *auf dich ausübt, aye!*

»Aber ... aber ...!« B. J. geriet ins Stottern, weil ihr Gebieter etwas mitbekommen hatte, was ihr entgangen war oder vielmehr was sie nicht wahrhaben wollte.

Oh? Ha-ha-ha-ha! Radus Gelächter war ein abgehacktes Bellen, das durch ihren Geist schnitt ... nur einen Augenblick, ehe es abrupt verstummte. *Ist er deshalb noch am Leben, Bonnie Jean? Weil du ihn begehrst und in dir fühlen willst, weil du spüren willst, wie er dich beackert und seinen Samen in deinen Garten ergießt? Ist das der Grund? Wolltest du ihn haben, Bonnie Jean? Oder dich lieber von ihm nehmen lassen?*

»Mein Gebieter, ich ...«

Dann hättest du es besser tun sollen! Es gibt andere Wege, sich einen Mann gefügig zu machen, als ihm etwas von deinem Blut, deiner Essenz abzugeben; man muss nicht immer gleich zubeißen, um ihn sich hörig zu machen; und Verführung heißt nicht, jemanden an vergifteten Wein zu gewöhnen. Er senkte die Stimme zu einem Flüstern. Sie klang nurmehr wie ein leises Jaulen, und B. J. spürte geradezu seinen stinkenden Atem über ihr Gesicht streichen. Er schien ihr bis in die Seele zu blicken, während er ihr erklärte: *Nein, dein Körper dürfte mehr als ausreichen, einen Mann – jeden Mann, oder auch sonst eine Kreatur – in deinen Bann zu schlagen, dessen bin ich gewiss. Wenn deine Schenkel ihn umfangen und deine weichen Brüste ... Das hat eine stärkere Wirkung als jedes Gift und ist weit süßer als Wein, wie selten und kostbar er auch sein mag ...*

Bonnie Jean stieg vom Rand des Sarkophages herunter. Mit gesenktem Kopf stand sie da und blickte auf die verworfenen Steinplatten hinab, die Radus gewaltigen Sarg trugen. Sie schämte sich, denn offenkundig hatte ihre Ergebenheit nicht ihrem Gebieter, sondern einem ganz anderen gegolten. Und ausgerechnet Er musste sie auf die Empfindungen hinweisen, die sie vor sich selbst geleugnet hatte. Radu spürte B. J.s Verwirrung und Niedergeschlagenheit.

Nein, Bonnie Jean, sagte er darum. *Du hast nichts falsch gemacht. Du bist bloß eine Frau, der es bestimmt ist, weit mehr zu sein. Du hast Gefühle, die dir ebenso angeboren sind wie mir, unterdrückt und damit eines bewiesen: nämlich, dass du noch keine Wamphyri bist! Kein Wamphyri setzt sich über seine Gefühle hinweg. Wären sie dazu in der Lage, könnte nichts sie aufhalten. Sie wären unschlagbar! Aye, und ich messe dem große Bedeutung bei, Bonnie Jean – dass du noch nicht diesem hohen Stand angehörst. Denn das* ... Gehabe *eines großen Vampirs ist etwas, was ich, lass es mich so ausdrücken: vorerst nicht wünsche.*

Er verfiel in ein nachdenkliches Schweigen. Und sie begriff sehr wohl, was er meinte ...

Nach einer Weile hielt sie es für angebracht, das Thema zu wechseln, und sei es auch nur, um ihn auf andere Gedanken zu bringen: »Ich bin zu früh hierhergekommen, mein Gebieter, zugegeben. Aber dennoch ist die Zeit deiner Erneuerung nicht mehr fern. Während du dir Gedanken über die Dinge machst, die ich dir erzählt habe, sollten wir zusehen, dass du genährt wirst. Und auch um die Bedürfnisse deiner Kreatur ...«

Meines Kriegers? Augenblicklich war sein Interesse geweckt. *Wie geht es der Bestie? Reicht der große Bottich zu seiner Versorgung? Wächst und gedeiht er auch? Aber natürlich tut er das. Denn da er von mir abstammt, muss er wohl ebenfalls spüren, dass die Zeit näher rückt.*

»Ja, er wächst heran, mein Gebieter! Er ... *gedeiht* in seinem Bottich.«

Kümmere dich um ihn, befahl Radu. *Versorge zunächst die Bestie. Unterdessen kann ich hier liegen und nachdenken und mir ... oh, so einiges durch den Kopf gehen lassen. Aber beeile dich, Bonnie Jean, schließlich hast du mich erweckt, und meine Zeit ist nah! Ich bin hilflos wie ein Säugling, der hungrig in seiner Wiege schreit; aber die getreue junge Mutter wird bald zur Stelle sein, um ihm die Brust zu geben ...*

B. J. trat hinaus, auf die kahle Kuppe von Radus Bastion, und wandte sich in südwestliche Richtung. Diesen Weg kannte sie nun seit bereits nahezu zwei Jahrhunderten. Ihre scharfen Augen und sonstigen Sinne machten in der Tat einen deutlich erkennbaren Pfad zwischen den umherliegenden Felsen aus, der über klaffende Spalten und die trügerischen Geröllansammlungen der hohen, engen Pässe hindurchführte.

Sie trug Jeanskleidung in Tarnfarben, felsgrau und moosgrün, sodass sie sich nicht von ihrer Umgebung abhob. Über die linke Schulter hatte sie, auf dem Rücken verknotet, ein Seil geschlungen; ebenfalls auf der Linken baumelten zwei kleine Haken von ihrem breiten Ledergürtel. An ihrem rechten Schenkel hing eine

Armbrust, die sie dicht über dem Knie festgebunden hatte, damit sie nicht bei jedem Schritt hin und her schwang. Dazu noch ein Messer in einer Lederscheide. Mehr hatte Bonnie Jean nicht dabei.

Zu ihrer Erleichterung verbarg sich die Sonne hinter Wolkenbänken, die der Wind von Westen her über die Monadhliath Mountains und den Spey herübertrieb. Der Nachmittag war bereits zur Hälfte verstrichen und neigte sich dem Abend zu. Die Schatten der Felszacken wurden immer länger, doch dies machte B. J. nichts aus. Sie hatte die Augen eines wilden Tieres, ebenso ungezähmt wie die Wildnis, die sie durchquerte. Sie sah die Wildkatzen, die durchs Heidekraut schlichen, bevor diese sie erblickten. Nur die Adler, die hoch oben am Himmel ihre Kreise zogen, hatten ihr in dieser Hinsicht etwas voraus. Aber sie hatte es weder auf Katzen noch Adler abgesehen. Beide waren sie schwierig und gefährlich, solange nur ein Funke Leben in ihnen war.

B. J. wusste, dass sich hinter dem vorletzten falschen Plateau einer Reihe mächtiger Felsterrassen im Windschatten der Anhöhen nahezu unzugängliches Waldland befand, und sie wusste ebenfalls, dass sie dort auf Wild stoßen würde – eine richtige kleine Herde Rotwild. Niemandem würde es auffallen, wenn sie eins der Tiere erlegte; dies war die Wildnis, und niemand sonst ging hier je auf die Jagd. Außerdem brauchte sie nur ein einziges Kitz; nicht weil das Fleisch so zart war, sondern wegen der Größe. Es musste leicht zu transportieren sein, zurück zu Radus Bau.

Sie erreichte den Rand. Gut zweihundert Meter unter ihr erstreckte sich grün und nebelverhangen der Baumstreifen. Durch einen schwindelerregenden Kamin stieg sie hinab.

Bevor sie sich an den Abstieg machte, ließ sie die Haken an ihrem Seil hinunter und hangelte sich dann Stück für Stück abwärts bis zum Grund. Ihre Beute hatte sie natürlich längst wahrgenommen und war geflohen; schließlich hatten die einzigen Geräusche, die es hier gab, ihren Ursprung in der Natur, und jeder fremde Laut bedeutete eine Gefahr.

Also folgte sie ihren Spuren durch die Wälder. Von da an verriet sie weder das Knacken eines Zweiges noch das Rascheln eines zurückschnellenden Astes ... bis zu dem Augenblick, in dem die Sehne ihrer Armbrust surrte und der todbringende Bolzen mit einem Zischen unfehlbar auf sein Ziel zuraste ...

***

Das Rückgrat des jungen Rehbocks war nur wenige Zentimeter über dem Schulterblatt beinahe durchtrennt. Er war gelähmt und zitterte nur noch, als B. J. ihn mithilfe des Seils und der Haken am Felsen entlang hochzog. Das Tier hatte seinen Darm bereits im Wald entleert und vermochte sie somit nicht mehr zu beschmutzen. Dann ein Marsch von sechseinhalb Kilometern zurück zur Stätte, und die ganze Zeit über hoffte Bonnie Jean wider alle Vernunft, dass das bebende Tier auf ihren Schultern nicht sterben möge. Denn am Bottich von Radus Bestie würde sie die ganze Triebkraft des noch schlagenden Herzens benötigen.

An der Stätte angekommen, ließ sie das Tier in den dem Bottich am nächsten gelegenen Luftschacht hinunter und folgte ihm in die Finsternis. Wenig später stieg sie die zum Rand des Bottichs führenden Steinplatten hinauf und warf den Bock auf die gelbe, nur halb feste Oberfläche hinab. Anschließend ging sie wieder zurück, um den Bottich herum zu dessen Rückseite, wo ein in Öltuch eingeschlagener Kupfergegenstand verwahrt wurde. Es handelte sich um eine hohle, fast einen Meter lange zylindrische Röhre mit einem Durchmesser von weniger als zwei Zentimetern, an deren einem Ende sich ein trompetenartiger Trichter befand. Das andere Ende war schräg angeschnitten wie die Nadel einer Spritze.

Damit erklomm B. J. die Steinplatten erneut und schob das gelähmte Kitz beiseite, um das spitze Ende des Trichters ins Harz zu stoßen ... worauf der verschwommene Umriss von Radus Kreatur sich in der gallertartigen Masse ihres Brutbottichs zwar träge, aber *deutlich sichtbar* zu regen begann! Denn der innere Kern bestand nicht allein aus Harz, sondern enthielt, ähnlich wie eine Fruchtblase, noch weitere, weniger zähe Flüssigkeiten. B. J. nahm die plötzliche Bewegung wahr und zuckte zurück. Seit sie hierherkam, war dies das allererste Mal, dass so etwas geschah. Es konnte nur eines bedeuten, nämlich dass ihr Gebieter recht hatte: Die Bestie reifte in der Tat rasch heran!

Ohne zu zögern (höchstens noch eiliger, weil sie schon einmal dabei war), drückte B. J. das Kupferrohr mit aller Kraft in das klebrige Harz hinein, versenkte es zu zwei Dritteln seiner Länge, bis nur noch der Trichter wie ein gieriges Maul herausragte. Mit leicht verzerrtem Gesicht, ansonsten jedoch ohne jedes weitere Anzeichen von Widerstreben, schnitt B. J. dem Kitz die Kehle durch. Sie hielt den Körper fest und sah zu, wie der Lebenssaft sich in einem wahren Schwall in die klaffende Trichteröffnung ergoss und von dort gurgelnd seinen Weg hinab zu dem Ding im Bottich fand.

Durchaus möglich, dass es ein oder mehrere primitive Mäuler ausgeprägt hatte. B. J. hatte keine Ahnung und vermochte es nicht zu sagen. Das Einzige, was sie wusste, war, dass die Kreatur ihres Gebieters das noch warme Blut des Kitzes irgendwie in sich aufnahm, gut einen Liter, vielleicht auch ein bisschen mehr. So wenig für ein so riesiges Wesen. Aber es reichte aus. Radu benötigte fast ebenso viel, obwohl das Wesen im Bottich gut zehnmal so groß war wie er. Andererseits waren seine Ansprüche um ein Vielfaches höher – denn es verlangte ihn nicht nur nach Tierblut ...

Nach einer Weile (erstaunlicherweise waren bereits Minuten vergangen, und der stete Strom war kaum mehr als ein schwaches, allmählich gerinnendes Rinnsal) zerrte B. J. den Kadaver des Kitzes beiseite, zog den Trichter heraus und trug ihn an eine Stelle, an der das Wasser senkrecht von oben herabstürzte und sich von Felsen zu Felsen in ungeahnte Tiefen ergoss. Dort wusch sie den Trichter aus, schlug ihn wieder in das Öltuch ein und brachte ihn in seine Nische hinter dem Bottich zurück.

Anschließend schnitt sie dem Kitz das Herz heraus, um es, blutig wie es war, mitzunehmen, und übergab den langsam erstarrenden Kadaver dem Wasserfall. Nun war es an der Zeit, Radu aufzusuchen.

Der Tag war ihr sehr kurz vorgekommen. Es lag an der Jahreszeit, außerdem hatte B. J. jede Menge zu tun gehabt. Draußen ging die Sonne unter, und es wurde bereits dunkel. Als B. J. zu dem Sarkophag zurückkehrte, passten sich ihre Augen ohne Weiteres der Düsternis des Höhlenkomplexes an. Mithilfe knochentrockenen Reisigs entzündete sie aus einem bereitstehenden Holzstapel ein Feuer und brachte an einem dreibeinigen eisernen Gestell Wasser zum Kochen, um Tee zu brauen. Mittlerweile war sie ebenfalls hungrig geworden, und zu guter Letzt gab sie ihren Bedürfnissen nach. Sie aß das Herz des Kitzes roh. Während sie auf dem Fleisch herumkaute, bildeten ihre Zähne rasiermesserscharfe Spitzen aus. Ihre eisenharten Kiefer erledigten den Rest. Es reichte kaum aus, sie zu sättigen, doch das dunkle Muskelfleisch stärkte sie, und B. J.s Organismus würde aus dem bisschen, das er bekommen hatte, das Beste machen. Sie hätte sich mehr von dem Kitz aufheben können, aber sie wollte sich ja nicht vollstopfen. Nein, schließlich musste sie nun aufpassen und durfte nicht der Müdigkeit nachgeben, die sich unweigerlich einstellen würde, wenn sie erst einmal ... ausgelaugt war.

Ausgelaugt, ganz recht, denn nur so wollte es ihr Gebieter. Wie oft hatte er ihr gesagt: »Unser eigen Fleisch und Blut muss uns immer am teuersten sein, da es ja auch das süßeste ist!« Was er damit meinte, hatte sie nie recht begriffen – es klang bestenfalls unheilvoll –, doch B. J. verstand es so, dass das Blut von Männern und Frauen, eben menschlichen Wesen, von Natur aus die Nahrung des Werwolfs war. Abgesehen von einer Handvoll Gelegenheiten, zu denen sie ein paar Knechte und Rekruten hierhergebracht hatte, war diese womöglich fragwürdige Aufgabe stets ihr zugefallen.

Ihr Mahl hatte sie gestärkt. Nun war es an der Zeit ...

Radus Trichter war aus weichem, gehämmertem Gold, lediglich die Spitze bestand aus Kupfer. B. J. entnahm das Gerät seinem Versteck und wischte es behutsam ab. Dann trug sie es an den Rand des Sarkophages und blickte auf ihren Gebieter hinab. »Ich bin bereit, mein Gebieter!«

Ich ebenfalls, Bonnie Jean!, erscholl prompt seine Stimme in ihrem Geist. *Ich ebenfallsss, jaaa. Außerdem habe ich über das, was du mir berichtet hast, nachgedacht. Während du mir nun deine Aufwartung machst, werde ich dir sagen, was getan werden muss. Denn uns bleibt nicht mehr viel Zeit, und in meinen Träumen sehe ich eine merkwürdige Zukunft. Nichts darf bei meiner ... Auferstehung? ... dazwischenkommen. Und es muss alles getan werden, sie zu beschleunigen. Denn obgleich ich bis zu jenem Punkt zu »blicken« vermag, herrscht dahinter nur ein heilloses Durcheinander. Die Zukunft, ganz gleich ob von Mensch oder Kreatur, ist seit jeher ein unzuverlässiges Ding, Bonnie Jean. Und meine – und auch die deine – nicht weniger. Aber für dich sehe ich einen prächtigen Vollmond voraus – gewiss ein großartiges Omen! Ich selbst hingegen erstrahle hell wie ein Stern! Unsere Stellung am zukünftigen Firmament scheint gesichert. Doch* wie *dies zustande kommen soll, bleibt erst noch abzuwarten ...*

Während er mit ihr »redete«, machte B. J. sich an die Arbeit. Mit dem Trichter durchstieß sie die Harzkruste von Radus Sarkophag und setzte ihr ganzes Gewicht ein, um ihn langsam, aber sicher immer tiefer in die nahezu erstarrte Masse zu treiben, bis eine in den goldenen Tubus geritzte Markierung ihr zeigte, dass sie aufhören musste. Nur ein kleines bisschen tiefer, und die messerscharfe, hohle Spitze würde Radu mitten ins Gesicht dringen.

Was nun diesen Späher angeht, fuhr er fort, während sie an ihrem linken Arm eine Aderpresse anlegte, diese aber noch nicht zuzog. *Falls es sich nicht um einen harmlosen Zufall handelt, müssen wir von einer ernsten Bedrohung ausgehen. Und in der Tat* fühle *ich mich bedroht! Dieser Späher kann nur ein Knecht sein, ein Ferenczy oder ein Drakul, aye. Er beobachtet dich, um mir auf die Spur zu kommen. Er wird mich entdecken, wenn er kann, und seinen Gebieter hierherführen, in meinen Bau – durch dich, Bonnie Jean, durch dich! Deshalb gibt es nur eine einzige Antwort darauf: Du musst ihn umbringen! Aber jetzt noch nicht, noch nicht!*

Erst musst du alles über ihn in Erfahrung bringen; du musst ihn besser kennen als dich selbst, sofern das überhaupt möglich ist, damit er nicht eines Tages unbemerkt hinter dir herschleicht. Und dann, wenn die Zeit nah ist – aber erst, wenn ich es dir sage –, musst du dich um ihn kümmern! Denn sollte er jetzt plötzlich, einfach so, mir nichts, dir nichts verschwinden ... nun, dann wüsste sein Gebieter Bescheid, dass er mich ausfindig gemacht hat und ich wiederum ihm auf die Schliche gekommen bin!

Bald darauf wären es zwei Späher, und dann drei ... und zu guter Letzt müsste ich hier oben verhungern, weil du mich nicht mehr aufsuchen kannst. Und falls du es doch tun solltest, würden meine Feinde dir folgen und mich hilflos hier vorfinden. Und sei gewiss, Bonnie Jean, mit dir würden sie nicht minder grausam umspringen als mit mir. Immerhin bist du eine Frau und noch dazu recht ansehnlich, und sie sind ... Wamphyri!

B. J. setzte sich, den Rücken an eine schiefe Steinplatte gelehnt, auf den Rand des Sarkophages und zog sich, ohne den Blick abzuwenden, ihr Messer über die Adern an ihrem linken Handgelenk. Die Klinge war so scharf, dass sie den Schnitt im Grunde kaum spürte, und der Schnitt selbst so sauber, dass er im ersten Moment noch nicht blutete. Das gab ihr genügend Zeit, sich über die Einfassung zu beugen und den Strahl, der gleich kommen musste, auf den goldenen Trichter zu richten.

Radu jedoch »hörte«, wie sie zwischen aufeinandergebissenen Zähnen die Luft einsog, fühlte den Stich in ihrem Geist und bekam mit, wie sich ihr Magen zusammenzog. Und er wusste, was dies bedeutete. *Ahhhh!*, machte er, als der warme, rote, salzige Strom den goldenen Tubus zu seiner vom Harz umschlossenen Gestalt hinabzufließen begann. Um die unverkennbare Gier, die mit einem Mal in seinen Gedanken aufloderte (und die Bonnie Jean gewiss nicht entgehen konnte), zu überdecken, zwang er sich, mit seinen Anweisungen fortzufahren:

... *Mit diesem Späher,* bellte er, *wären wir also fertig. Das heißt, irgendwann werden wir ihn erledigen. Aber denke immer daran, Bonnie Jean, du darfst dich niemals aus Rachsucht zu etwas hinreißen lassen! Rache? Oh, jaaa! Denn in deinem Geist sah ich, wie sehr er dich in Unruhe versetzte und wie wütend seine Schnüffelei dich gemacht hat. Ich weiß, dass du es ihm heimzahlen möchtest, genauso wie ich an seinem Gebieter, einem meiner Feinde aus grauer Vorzeit, Rache üben* muss. *Aber höre mir gut zu, Bonnie Jean. Es darf nichts Dramatisches sein, nichts Aufsehenerregendes. Wenn die Zeit reif ist, sollte dieser Späher einfach ... nun, eben verschwinden! Soll sein Gebieter sich ruhig den Kopf darüber zerbrechen, aber er darf niemals dahinterkommen, was wirklich passiert ist. Wenn er es dann eines Tages schließlich erfährt und sich vor lauter Neugier selbst auf die Suche nach mir begibt, werde ich bereits auferstanden sein und wieder unter den Lebenden weilen. Dann ist die Zeit* meiner *Rache gekommen, aye! Bedenke, Bonnie Jean, weshalb du den Drang verspürst, etwas gegen unsere Feinde zu unternehmen! Weil du dich darüber ärgerst, dass sie dich heimlich beobachten? Weil du angespannt darauf wartest, dass hinter der nächsten Ecke irgendein UNHEIL lauern könnte? Was ist dann erst mit meinen Leidenschaften, die mich nun schon seit zweitausend Jahren quälen?* Hah! *Nun, lass dir eines gesagt sein: Es hat auch vor meiner Zeit schon Blutfehden gegeben, und seither wurden ebenfalls Blutkriege geführt. Aber der nächste wird wirklich* schlimm *werden, schlimmer als jede Hölle, die sich je ein Mensch träumen ließ, dessen kannst du gewiss sein ...!*

Doch mit einem Mal hielt er inne, so plötzlich, dass es in B. J.s Geist beinahe wie ein Stoßseufzer wirkte, als erst ein Tropfen und dann ein ganzer Schwall Blut – ein purpurnes, sich immer weiter ausdehnendes Brodeln inmitten der gelben Flüssigkeit, die Radu umgab – den Bereich um seinen unheimlichen Wolfsschädel aufwühlte und rot färbte.

Ahhhh! Es war beinahe ein Aufschluchzen, das in B. J.s Geist nachhallte, allerdings so gequält und doch zugleich von so unsagbarer Lust erfüllt, dass es klang wie der Höhepunkt bei einem Liebesakt, wie das nervenzerfetzende Kreischen einer

Schaufel in kalter Asche. Darin lag der Genuss, den einem der volle Mond beschert, wenn man seinem Ruf nicht länger zu widerstehen vermag. Es war all dies, und mehr. Es war das Blut, welches das Leben ist.

Ihr Blut und Radus Leben, als der Zustrom, die monströse Infusion zu fließen begann.

Wie stets war es so, als stehe ihr Gebieter unter Hochspannung, die durch das Blut nun auch auf Bonnie Jean übertragen wurde. Denn kaum kam die Verbindung zustande, floss seine Kraft auch zurück auf sie, überfiel sie regelrecht von einem Moment auf den andern, so als würde ein elektrischer Funke überspringen – die unglaubliche, entsetzliche Tatsache Seines Daseins! Und wie stets – wenn auch nur die ersten unsäglichen, unerträglichen Sekunden lang – erkannte sie die *Wahrheit* über Ihn, nämlich dass es *in* Ihm keine Wahrheit gab!

Der Augenblick kam und ging wieder vorüber und ließ sie in einem wahren Meer ungekannter Gefühle zurück, nicht anders als hätte Er sie gebissen. Einen flüchtigen Moment lang überwältigte sie das Wissen darum wie ein unerträglicher Schmerz ... gefolgt von der unausweichlichen Erkenntnis, dass alles nur eine einzige große Lüge war. Doch noch ehe sie sich den Kopf über den Unterschied zerbrechen konnte oder darüber, ob es überhaupt einen Unterschied gab, zischte Radu:

Jaaa! Seine Stimme erscholl nun um einiges lauter in B. J.s Innerem. *Oh, jaaa! Kind meiner Kinder, mein Leben ist jetzt in dir, so wie du in mir warst. Du* bist *mein Leben, und das deine wird mir gehören. Aber vorerst noch nicht. Noch nicht ...*

Während seine unsägliche Lust allmählich nachließ und er begriff, dass sein grässliches Leben erneuert war, fuhr er fort:

Und was das Mädchen angeht, das vor einem Jahr verschwand und seitdem nicht mehr zurückkehrte, müssen wir uns wohl eingestehen, dass sie nicht mehr am Leben ist. Bestenfalls ist sie jetzt eine von ihnen, eine Drakul oder eine Ferenczy, aye. Aber viel eher ist sie nur noch eine leere Hülle. Wahrscheinlich haben sie sie ausgequetscht und danach getötet. Aber einmal angenommen, du hast recht und sie hat ihnen nichts verraten. Dennoch hat sie genug »preisgegeben«, um ihr Interesse zu wecken – daher der Späher. Oder ist er etwa schon länger da, Bonnie Jean? Viel länger, als du annimmst? Vielleicht schon seit Jahren oder Jahrzehnten? Eher Letzteres, will mir scheinen. Wenn nicht, wie sollten sie dann überhaupt auf den Gedanken kommen, eines deiner Mädchen zu entführen? Was war zuerst da, das Ei, die Spore oder der Egel? Das bleibt ein ewiges Rätsel, und die Antwort dreht sich ständig im Kreis. Besser, man denkt nicht darüber nach! Dasselbe gilt für das Mädchen ... vergiss sie einfach. Sie ist tot!

B. J. lauschte ihm mit dem noch wachen Teil ihres Geistes. Die Augen fielen ihr zu, ihr Kopf kippte nach vorn, und sie musste sich abmühen, ihn wieder aufzurichten. Auf Radus Lebensstrom dahintreibend, driftete sie in den Schlafzustand hinüber und hörte auf zu sein. Sie gehörte nur noch ihm. Darin bestand seine Kunst. Er war ein Hypnotiseur, ein Betörer. Sie verfügte ebenfalls über diese Fähigkeit, aber im Vergleich zu ihm war sie das reinste Waisenkind. Er hingegen war ihr Gebieter, ein wahrer Meister ... und nicht allein, was den Hypnotismus betraf.

B. J. schlug das Herz bis zum Hals, ihr Puls raste, und ihr Geist nahm alles auf ...

Dann haben wir da noch diesen ... diesen rätselhaften Fremden, fuhr Radu nach einer Weile fort. *Den du, wie du selbst sagst, für den Geheimnisvollen hältst! Jaaa, Bonnie Jean, und jetzt frage auch ich mich, ob er es nicht vielleicht ist. Denn schon seit Jahrhunderten sehe ich ihn in meinen Träumen, und der, den du mir gezeigt hast, sieht ihm durchaus irgendwie ähnlich. Doch in meinen Träumen ... merkwürdig, aber ich habe ihn nie deutlich gesehen. Es war mir zwar gewährt zu wissen, dass er kommt, aber nicht,* wer *er ist. Ich sah ihn stets nur verschwommen oder bestenfalls undeutlich, undeutlicher als sonst, wenn ich von der Zukunft träume. Darum begann ich, von ihm als dem Mann mit den zwei Gesichtern zu denken; denn während er einerseits zwar immer derselbe blieb ... veränderte sich sein Gesicht ständig! Das soll nicht heißen, dass er falsch oder heuchlerisch wäre, wie man gemeinhin annehmen könnte. Nein, denn, weißt du, mit simpler Heuchelei hat dies nichts zu tun!*

Also ... was hat es zu bedeuten? Denn in deinem Geist habe ich gesehen, dass auch du, Bonnie Jean, eine andere Seite von ihm wahrgenommen hast – ungefähr so, als würde ein anderer durch seine Augen blicken? Könnte es sich bei diesem anderen etwa um mich, irgendwann in der Zukunft, handeln? Wenn ja, dann ist er in der Tat der geheimnisvolle Fremde meiner Träume. Oder ...

... ist all dies vielleicht nur eine schlau eingefädelte Falle, ein Trick oder eine List? Mit einem Mal klang Radus Geistesstimme nicht minder schneidend als B. J.s Messer. *Er half dir, sagst du, als es ihm ein Leichtes gewesen wäre, dich zu töten. Aber ich entsinne mich, wie die Fischer im Griechischen Meer früher kleine Fische auf ihre Haken spießten – um*

damit die großen zu fangen! Und dieser »geheime Nachrichtendienst«, für den er gearbeitet hat? Wessen Nachrichtendienst war das? Im Auftrag der Regierung, sagst du. Zu welchem Zweck, frage ich? Und du sagst: »Um sich über die Gesetze des Landes hinwegzusetzen und ihnen, wo sie nicht ausreichen, nachträglich Geltung zu verschaffen!« Eh? Sich über Gesetze hinwegsetzen? Ich bin erstaunt! Dieser Nachrichtendienst muss in der Tat mächtig sein, dass er außerhalb von Recht und Gesetz operiert! Nun gut, wer stand hinter diesem geheimnisvollen Fremden, wer waren seine Gebieter? Leider haben wir darauf keine Antwort, weil du dieser Frage nicht nachgegangen bist. Dafür werde ich *ihr nachgehen, dessen kannst du gewiss sein ...!*

Radu hielt inne und tastete einen Augenblick mit seinen Vampirsinnen umher. Prompt fragte er beunruhigt: *Ist alles in Ordnung, Bonnie Jean? Hörst du mich? Pass auf, für heute ist es genug! Ich werde auch in Zukunft noch meine Bedürfnisse haben und möchte, dass du dich weiterhin um sie kümmerst!*

Schlagartig erwachte Bonnie Jean aus ihrer Trance. Im Grunde war sie die ganze Zeit über wach gewesen, zumindest derjenige Teil von ihr, der Ihm lauschte. Sie sah, dass der Trichter überlief und ihr Blut auf dem verkrusteten Harz des Sarkophages bereits Pfützen bildete. Wie die Kerbe auf der Röhre von Radus Trichter war dies ein Warnzeichen, das ihr sagte: »Bis hierher und nicht weiter!«

Es war nicht das erste Mal, dass so etwas geschah, und auch nicht das erste Mal, dass ihr Gebieter ihr das Leben »rettete«. Doch andererseits, was sollte ohne sie aus ihm werden?

Sie zerrte die Aderpresse an ihrem Arm fest, sah zu, wie aus dem steten Schwall ein schwaches Tröpfeln wurde, und zwang ihr metamorphes Fleisch, in Aktion zu treten. *Heile mich!* Während sie sich steif vom Rand des Sarkophages erhob, zog sie ein letztes Mal an der Aderpresse und versah diese mit einem Pflaster, damit sie auch saß. Anschließend machte B. J. sich an die gar nicht so leichte Aufgabe, sich mit dem Verbandszeug aus ihrem Rucksack das Handgelenk zu verbinden.

Während sie damit beschäftigt war, redete Radu weiter auf sie ein.

Ohne dich wäre ich bereits seit Langem nicht mehr, Bonnie Jean! Wie oft hast du mich schon vor dem wahren Tod bewahrt? Dein süßes Blut entzündet meinen Lebensfunken immer wieder aufs Neue, und ich lebe weiter ... sofern man diesen Zustand überhaupt als Leben bezeichnen kann. B. J.s Gebieter war launenhaft, und nun war er wieder missgestimmt. Sie wusste auch, weshalb. Es war stets das Gleiche, wenn seine – zumindest seine unmittelbaren – Bedürfnisse befriedigt waren.

Ah, sagte er, *du liest in mir wie in einem offenen Buch. Ich möchte endlich wieder aufstehen und in der Welt der Menschen umherstreifen. Und dies* würde *ich auch tun, jetzt, in diesem Augenblick, doch die Pest fesselt mich an dieses Lager. Also liege ich hier und warte und verhalte mich ruhig, damit meine Gedanken nicht hinaus in die Welt dringen und* jemand anders *sie womöglich mitbekommt, und träume meine blutigen Träume. Und auch die halte ich bedeckt, und zwar aus demselben Grund. Unterdessen erstarren meine Knochen allmählich und mein Fleisch wird schlaff, und selbst meine Erinnerungen verblassen ein wenig, denn es währt ja schon so lange. Ich liege schon so lange hier, dass ich mich manchmal frage, wozu …*

… Und dann kommst du, und ich weiß *wieder, welchen Sinn das Ganze hat! Denn einst war ich den Menschen durchaus ähnlich und lebte mitten unter ihnen. Ich kämpfte Seite an Seite mit ihnen, als seien sie meinesgleichen. Ich versuchte, so zu werden wie sie, und doch war ich anders. Ich zügelte sogar meinen Geist,* ein loderndes, alles verschlingendes Feuer!!! *Ich unterdrückte es, so gut ich konnte. Doch damit beging ich einen Fehler, Bonnie Jean. Aye, denn Wamphyri zu sein, heißt, anders, weit mehr als bloß ein Mensch zu sein.*

Oh ja, ich verfüge über dieselben Begierden wie die Menschen, nur zehnmal so stark, dessen kannst du gewiss sein! Ich liebe nicht, sondern ich begehre, und Begehren ist besser als Liebe, denn wenn die Liebe versiegt, treibt das Begehren einen weiter. Was bedeutet schon die Stärke eines Menschen? Nun, unter diesen Händen hier sind die stärksten Männer zerbrochen! Und ihre Lebensspanne? Welcher Mensch lebt schon seit dreißig Generationen? Und was ihre Leidenschaften betrifft: Hat vor mir schon jemand zweitausend Jahre lang seinen Hass geschürt? Und dies werde ich weiterhin tun, solange meine Feinde am Leben sind, und sollte es bis ans Ende aller Tage dauern!

Und erst mein Durst, mein Durssst! Ahhh! Stell dir vor, es ist ein heißer Tag und der Weg lang, und nirgendwo gibt es Wasser. Und plötzlich glitzert vor dir ein Bach … mit zitternden Händen benetzt du deine Lippen …! Hm, seit sechshundert Jahren *leide ich Durst, Bonnie Jean! Oh, nein, ich bin keineswegs undankbar. Du hast mich am Leben erhalten … Aber was ist schon ein Liter? Noch nicht einmal der vierte Teil deines Blutes, möchte ich annehmen. Ein Liter! Früher badete ich in Blut!*

Im Blut von Männern, Frauen und Säuglingen – und dennoch *wollte ich immer nur mehr!*

Menschen! Mit ihren armseligen Bedürfnissen scheinen sie mir wie Zecken auf dem Hintern einer Ziege. Ich hingegen bin ein Wolf, der vor einer ganzen Wiese voller Ziegen steht! Und doch bin ich hier gefangen, ein Krüppel, unfähig, mich zu rühren. Ich liege so reglos da, dass niemand etwas von meiner Anwesenheit ahnt. Nur die anderen Wölfe wissen Bescheid, Leute von meiner Art, aye …

Er redet wirr, dachte B. J., ohne auf ihre Gedanken zu achten, während sie ihr Feuer aufs Neue entfachte, um eine Büchse Suppe aufzuwärmen. *Mein Blut hat ihn in einen Rausch versetzt, als habe er zu viel Alkohol getrunken. Es ist nur die Enttäuschung, die aus ihm spricht, mehr nicht.* So *wird er mit Sicherheit nicht werden.*

WAS?, rief oder vielmehr knurrte ihr Gebieter prompt in ihrem Geist. *Steht es dir etwa zu zu entscheiden, wie ich dereinst sein werde oder auch nicht?*

»Verzeih mir«, entgegnete B. J. Sie saß erschöpft an ihrem Feuer. »Ich … ich glaube, ich bin nicht ganz bei mir. Es muss wohl mehr als nur ein Liter gewesen sein, mein Gebieter. Ich habe mich noch nie so müde gefühlt …«

Sofort war er wieder die Besorgnis in Person. *Ahhh! Bonnie Jean, Bonnie Jean! Das ist meine Schuld, meine Schuld! Aber ich war so ausgehungert … Ich hätte dir eher Bescheid sagen sollen!*

»Es ist ja nichts passiert«, seufzte sie. »Der Alte John hat mir von seiner Brühe mitgegeben und einen kräftigen Tee. Ich werde heute Nacht hierbleiben und mich ausruhen.«

Aye, erwiderte er, *aye. Der Abstieg ist nicht einfach, und du brauchst deine Kraft dafür.*

»Ach, der Weg ist gar nicht so schlimm.« B. J. schüttelte den Kopf. »Das Klettern ist ein Kinderspiel. Aber im Dunkeln genügt ein Fehltritt, und so, wie ich mich im Augenblick fühle …«

Ruhe dich aus, riet er ihr. *Ruh dich aus …*

Doch nur wenig später wollte sie, während sie sich Suppe löffelnd in eine Decke gehüllt ans Feuer kauerte, doch wissen: »Mein Gebieter, was wäre geschehen? Was wäre mit mir passiert, wenn du mich nicht geweckt hättest? Ich weiß, gestorben wäre ich nicht daran, jedenfalls nicht den wahren Tod.«

Nein, in der Tat nicht, meine Bonnie, antwortete er. Seine Stimme war kaum mehr als ein dumpfes Grollen in ihrem Geist. *Den wahren Tod hättest du nicht erlitten, den nicht. Dir ist etwas anderes bestimmt – der Untod. Obwohl das in* deinem *Fall gar nicht ... nötig ist. Du bist, was du bist. Ein Rückschritt? Nein, im Gegenteil, ein großer Schritt nach vorn. So ist das nun mal. Das Blut kann man nicht verleugnen, Bonnie Jean, und in deinen Adern fließt es unverdünnt.*

»Aus mir wäre eine ... Wamphyri geworden?«

Du wirst eine sein – vielleicht. Doch mit einem Mal spürte sie eine unterschwellige Düsterkeit in seiner Geistesstimme.

»Vielleicht?«

Die Düsterkeit wich von ihrem Gebieter, und in ihn kehrte wieder Leben ein. *Die Zeit wird es zeigen, meine treue Gefährtin. Aye, die Zeit ...*

B. J. schüttelte sich, als der Hunde-Lord sie unvermittelt fragte: *Wo ... wo war ich stehen geblieben? Mir scheint, du hast recht und ich habe in der Tat wirr geredet. Zumindest bin ich wohl abgeschweift.*

Es war, als habe auch er gedöst; träge und unsicher tasteten seine Gedanken in ihrem Geist umher.

In der Stätte war es um einiges dunkler geworden; B. J.s Feuer war niedergebrannt; ein noch grüner Zweig knackte, und prasselnd stoben die letzten Funken in die Luft. Durch eine Öffnung hoch oben im Felsgewölbe glitzerte ein einsamer Stern wie ein in einer steinernen Höhle erstarrtes Auge.

»Bei dem Geheimnisvollen«, rief B. J. ihrem Gebieter in Erinnerung. »Bist du zu einer Lösung gelangt?«

Ich entsinne mich. Mit einem Mal schien Radu wieder ganz bei der Sache. *Aber du irrst; ich hatte meine Entscheidung bereits getroffen und sie dir nur noch nicht mitgeteilt. Ich muss ihn sehen und selbst mit ihm »reden«. Ich brauche ihn hier, damit ich mir ein Urteil darüber bilden kann, ob er für uns von Nutzen sein könnte ... oder eine Bedrohung darstellt? Aber noch nicht. Vorerst noch nicht. Darum lautet meine Entscheidung:*

Er hat noch einiges zu erledigen, sagst du. Dann soll er das ruhig tun. Geben wir ihm noch ein, meinetwegen auch zwei Jahre. Er will sich auf die Suche nach seiner vermissten Frau und seinem Kind begeben? Gut! Soll er suchen. Ah, aber er ist einfallsreich und verfügt über gewisse Talente. Großartig! Setzen wir sie zu unserem Nutzen ein. Wir stimmen darin überein, dass meine Feinde mir bereits auf der Spur sind. Schön und gut: Lassen wir diesen »geheimnisvollen« Harry Keogh sie *aufspüren! Er soll sie für uns ausfindig machen. Und sollten sie dann keine Lust mehr haben, zu mir zu kommen, dann kann immer noch ich sie aufsuchen. Was hältst du von dieser Lösung?*

»Und was, wenn er die Aufmerksamkeit auf dich lenkt?«

Hah! Aber ihre Aufmerksamkeit richtet sich doch seit jeher auf mich! Schon seit einer Ewigkeit sind sie auf der Suche nach mir! Und wie stets werde ich mich darauf verlassen, dass du sie mir vom Leib hältst.

»Und wenn er in Gefahr gerät, dabei womöglich sogar getötet wird?«

Was macht uns – oder sollte ich lieber sagen: mir – das schon aus? Denn offensichtlich bedeutet er dir ja eine ganze Menge! Aber ich verstehe, was du meinst. Deine eigentliche Frage lautet: Weshalb sollten wir einen wertvollen Verbündeten opfern? Das ist es, nicht wahr? Nun, zum einen muss er seinen Wert erst noch beweisen. Dies könnte die Gelegenheit dazu sein. Und zum andern: Ist er tatsächlich der Mann-mit-den-zwei-Gesichtern, jener geheimnisvolle Fremde meiner Träume, dann wird ihm schon nichts geschehen. Wie denn auch, wie könnte er sonst nach meiner Auferstehung zur Stelle sein?

»Aber ... wenn er sie aufspüren soll, die Drakuls und die Ferenczys, müsste er erst von ihnen erfahren. Aber du hast mir stets untersagt, über sie zu reden. So, wie du hier im Verborgenen liegst, sollten auch sie im Verborgenen bleiben, damit die Menschen nicht auf uns alle aufmerksam werden!«

Ein gutes Argument. Radu schien ehrlich zufrieden mit ihr. *Doch leider zieht es hier nicht. Glaubst du im Ernst, ich würde jemanden mit diesem Wissen auf die Welt loslassen,* ohne *ihm vorher gewisse Beschränkungen aufzuerlegen? Natürlich nicht! Du hast mir erzählt, er sei deinem Bann erlegen. Stimmt das?*

»Ich habe ihn betört«, nickte sie. »Und mittlerweile ist er auch deinem Wein verfallen. Er weiß nicht das Geringste von dir; und von mir ebenfalls nicht, nur dass ich eine harmlose junge Frau bin, eine Freundin und möglicherweise ...«

Seine Geliebte?

B. J.s Schweigen genügte als Antwort.

Das ist nur gut so. Denn ich sage dir, Bonnie Jean, wenn er nichts mit dir hätte oder nicht wenigstens danach trachten würde, dann wäre er in meinen Augen kein Mann. Dann bräuchte ich ihn auch nicht in meiner Gefolgschaft!

»Und falls er danach ... trachtet?«

Was? Schicke ich dich etwa los, um für mich die Hure zu spielen? Doch als er ihre Verwirrung bemerkte, fuhr er fort: *Oh, ha-ha-ha! Jetzt wirst du mir gleich sagen, dass du keine eigenen Wünsche hast und dich in allem nur von dem Gedanken an mich leiten lässt.* Er troff geradezu vor Sarkasmus, während sein Gelächter allmählich verstummte. *Ha! Dabei weißt du ganz genau, dass ich Lügner nicht ausstehen kann!*

»Du ... du spielst mit mir«, stotterte sie. »Das ... das muss ein Wortspiel sein!«

In der Tat!, knurrte Radu. *Wenn du es nicht gewinnen kannst, solltest du es nicht spielen! Schon gar nicht mit mir ...*

B. J. wartete ab und versuchte dabei, nicht zu zittern. Schließlich meinte er: *Nun gut. Habe ich denn nicht angedeutet – und mehr als nur angedeutet –, dass du die Waffen einer Frau gegen ihn einsetzen sollst? Es gibt bessere Wege, sich einen Mann gefügig zu machen, als vergifteten Wein! Aye, also setze sie ein, Bonnie Jean, aber bei* ihm, *nicht bei mir!*

»Ja, mein Gebieter«, erwiderte sie mit gesenktem Haupt.

Dann tu es auch, und wenn du das nächste Mal kommst, erstattest du mir Bericht!

»Jawohl, mein Gebieter.« Damit rollte sie sich zusammen.

Bonnie Jean, sieh zu, dass du ohne den Wein auskommst. Wenn du ihn daran gewöhnt hast, dann entwöhnst du ihn jetzt wieder. Der Wein hat bestimmt seinen Zweck erfüllt, aber damit ist nun Schluss. Ich brauche einen Mann, keinen Säufer. Und noch ein Letztes: Falls du ihn verführen solltest oder er dich, was auch immer, dann musst du sichergehen, und zwar absolut sichergehen, *dass nichts von dir – oder vielmehr uns – in ihn gelangt. Das hat Vorrang vor allem anderen. Denn er muss als Mensch zu mir kommen – als Mensch durch und durch.*

»Ich verstehe.«

So sei es. Und nun schlafe gut, meine Bonnie.

»Du auch, mein ... mein ... mein Gebieter.« Seine letzten Worte waren ein Befehl und sie seine Sklavin. Bonnie Jean gähnte, und ihr fielen bereits die Augen zu.

Als er merkte, dass der Schlaf sie übermannte, und sicher war, dass sie ihn nicht mehr hörte, fügte er hinzu: *Aye, schlafe gut, Bonnie Jean. Denn bin ich erst einmal wiedererwacht, wird es für dich keinen Schlaf mehr geben, nur eine endlose Nacht, wie du sie dir niemals hättest träumen lassen. Eine Nacht, für die man sterben könnte! Zumindest einer von uns ...*

B. J. erwachte im Morgengrauen. Sie wechselte ihren Verband und stellte fest, dass die Wunde bereits heilte und nicht mehr geblutet hatte. Der Alte John hatte ihr eine Scheibe kalten Rehbraten eingepackt. Diese aß sie zum Frühstück und spülte sie mit einem Schluck Tee hinunter. Anschließend machte sie sich daran, Radus Trichter zu reinigen, und verstaute ihn wieder. Eigentlich hätte sie dies schon gestern Abend tun sollen, doch sie war zu erschöpft dazu gewesen. Zu guter Letzt brach sie auf. Als sie den Bau verließ, war im psychischen Äther nichts von der Ausstrahlung ihres Gebieters zu spüren. Er schlief seinen bereits Jahrhunderte währenden Schlaf weiter.

Beim Aufstieg war sie bester Laune gewesen und hatte sich aufs Klettern gefreut. Für den Abstieg wählte sie jedoch die einfachste Route. Ihre Hochstimmung war von ihr gewichen, und sie musste über einiges nachdenken ... zum Beispiel über die Anweisungen ihres Gebieters. (Oh, ja, denn sie befand sich immer noch viel zu nah bei ihm, um sich irgendwelche ... anderen Gedanken zu erlauben.) Sie war verwirrt und völlig durcheinander. Zu guter Letzt verzichtete sie ganz aufs Denken und konzentrierte sich allein aufs Klettern.

Bonnie Jean war nicht im Geringsten naiv – wie auch, angesichts der Jahre, die sie bereits zählte? Doch sie stand unter Radus Bann und war ihm hörig, so wie Harry Keogh ihrem Zauber erlegen war. Und als Radus Sklavin zollte sie ihm stets Gehorsam. Aber als eine Lady der Wamphyri ...?

So etwas durfte sie auf *gar keinen* Fall denken, also ließ sie es bleiben ...

... bis zum Mittag, als sie zurück beim Alten John war und dieser einen Blutfleck auf ihrem Verband entdeckte und ihr einen neuen anlegte. Was er dabei sagte, erinnerte sie aufs Neue daran.

»Hey, Bonnie Jean!«, rief er aus. »Das is bloß 'n winziger Kratzer. Du hast wohl 'n bisschen übertrieben. Ich ... hab noch nie 'ne Wunde gesehen, die so schnell heilt! Diesmal hast du wohl nich so tief geschnitten?«

»So tief wie immer, John«, entgegnete sie, um im nächsten Atemzug hinzuzufügen: »Das geht doch bei uns allen so schnell. Es liegt in unserer Natur – in deiner doch auch.«

»Aye, trotzdem, so was hab ich noch nie gesehen!« Voller Ehrfurcht stand er da und starrte sie mit offenem Mund an. Dann wich er einen Schritt zurück und fragte erwartungsvoll: »Hat er es dir endlich versprochen? Wir haben doch immer gewusst, dass du früher oder später ...«

»Später, John, später!«, zischte sie, mit einem Mal wütend, allerdings eher auf sich selbst als auf ihn. »Wenn er wiederauferstanden ist ... wenn *Er* es sagt, und keinen Augenblick vorher.

Also sprich nicht davon, du darfst noch nicht einmal daran denken!«

»Nein, nein!« Er blinzelte heftig, fuhr sich mit der Zunge über die Lippen und glotzte sie an. »Du hast natürlich recht, natürlich hast du das, aber ...«

»Kein Aber, John!«, ermahnte sie ihn. »Hier gibt es kein Wenn und Aber. Ich sagte doch, du darfst noch nicht einmal daran denken; ich selbst *wage* es nämlich auch nicht!«

Später jedoch, nachdem sie gebadet und nur das allernötigste Make-up aufgelegt hatte, verharrte sie in seinem winzigen Badezimmer und blieb stocksteif vor dem Spiegel stehen. Spiegel waren ihr bisher immer gleichgültig gewesen und hatten nie ein Problem für sie dargestellt. Doch nun, zum ersten Mal ... stimmte irgendetwas nicht? Oder vielmehr, war etwas anders?

Eindringlich betrachtete sie ihr Spiegelbild, das Grau in ihrem Haar – nicht etwa ein Zeichen vorzeitigen Alterns, sondern die natürliche Färbung ihres Wolfspelzes. Es war *kein* Fell, aber die Haarfarbe war eindeutig die einer Wölfin, und zwar weit mehr als früher. Ihre Augen schienen schräger zu stehen, und ihre Pupillen umrahmte ein goldener Kranz. Und erst die Ohren: Hatten sie ihr bisher ein elfenhaftes Aussehen verliehen, waren sie nun ... länger?

Als sie die Hand hob, um sich mit einem Papiertaschentuch Lippenstift von der Spitze des Eckzahnes zu tupfen, hatte sie den Eindruck, dass auch ihre Zähne ... gewachsen waren. Und dahinter ...

B. J. hielt den Atem an. Sie zog die Lippen zurück, bleckte die Zähne und ließ ihre Zunge darüber gleiten. Mit einem schlangenhaften *Züngeln!* Sie war *gespalten!*

Nicht ganz, noch nicht. Aber an der Spitze hatte sie zweifelsohne eine Kerbe. Mit einem Mal rauschte ihr Blut in den Adern und sang ein unheimliches, wildes Lied. Doch das durfte sie, wagte sie nicht! Sie entsann sich, wie leicht es ihr gefallen war, für Harry Keogh ihre Gestalt zu wandeln. Sie hatte *gewusst,* dass sie es vermochte! Oh, es war ihr auch vor Harry schon klar gewesen, doch stets nur bei Vollmond. Nun konnte sie es anscheinend jederzeit tun. Es war lediglich eine Willensfrage.

Also brachte sie, wie sie so vor dem Spiegel stand, mittels ihrer Willenskraft das Grau aus ihrem Haar zum Verschwinden und ihre Zunge dazu, wieder menschliche Form anzunehmen, ebenso ihre Augen und Ohren. Und in der Tat sahen diese wieder ... normal ... aus.

Nun ja, ein gewöhnlicher Mensch hätte den Unterschied jedenfalls nicht erkannt ...

An diesem Nachmittag schlief sie. Obwohl es eigentlich nicht notwendig war, zwang sie sich dennoch dazu. Auf diese Weise ging sie dem Alten John aus dem Weg, und er konnte ihr keine unangenehmen Fragen stellen und brachte sie nicht in Versuchung, über Dinge nachzudenken, über die sie besser nicht nachdachte, oder gar herumzuexperimentieren.

Als die Nacht anbrach, machte sie sich auf den Weg, und John übernahm dieselbe Aufgabe wie zwei Nächte zuvor eines von Bonnie Jeans Mädchen. Er folgte ihr in seinem zerbeulten alten Wagen, den er schon seit Jahren fuhr. Als sie durch Pitlochry kamen, sah sie ihn im Rückspiegel zweimal aufblenden. Anschließend fiel er rasch zurück. Dann war sie allein, unterwegs nach Hause.

Und gerade noch rechtzeitig, denn B. J. hatte dem »Geheimnisvollen«, Harry Keogh, den eindeutigen posthypnotischen Befehl gegeben, gleich morgen früh bei ihr anzurufen, ehe die drei Wochen, um die sie seinen Aufbruch verschoben hatte, um waren. Sie war davon ausgegangen, dass sie dann eher wissen würde, was sie mit ihm anfangen sollte, und dank des Hunde-Lords war dies auch in der Tat der Fall. Jetzt *musste* sie ihm andere, weit wichtigere Befehle übermitteln und mit Keogh sprechen, bevor er seine Suche im Ausland begann, die nun eine ganz andere Bedeutung gewann und um einiges gefährlicher ausfallen würde. Sie wollte seinen Anruf unter keinen Umständen verpassen, denn so kurz vor dem vollen Mond war es durchaus möglich, dass er dies für seinen »Pflichtanruf« hielt – und dann hätte sie erst wieder in über einem Monat, beim *nächsten* Vollmond, Gelegenheit, ein Gespräch mit ihm zu führen.

Vollmond, aye, in wenigen Tagen. B. J. konnte ihn bereits spüren, ein unterschwelliges Ziehen in ihrem Geist. Aber die Schwierigkeiten, die mit einem Mal in ihrer seit Langem ungebrochenen Routine auftraten! Harry Keogh; und Radu, der auf einmal jede – Höflichkeit? – vermissen ließ; dann die Veränderungen, die in ihr selbst vorgingen und die ihr mehr denn je auffielen, dazu noch jener unbekannte Späher, ob nun ein

Knecht der Drakuls oder der Ferenczys. All dies lastete schwer auf B. J.s Schultern.

Früher hätte so etwas kein Problem für sie dargestellt. Da wäre sie mit alldem und noch weit mehr spielend fertig geworden. Im Lauf der Jahre *hatte* sie unzählige Probleme gelöst. Doch nun schien mit ihr irgendetwas nicht zu stimmen. Ihre Gefühle spielten verrückt, und ihre Gedankengänge gerieten außer Kontrolle. Selbst wenn Radu es nicht gemerkt hätte – auch wenn er es vielleicht nicht wahrhaben wollte –, so *wusste* B. J. doch, was mit ihr geschah. Aber auch sie wollte es nicht wahrhaben. Denn es sich einzugestehen, hieße gleichzeitig, ihn zu ... verleugnen! Nach all der Zeit war dies einfach undenkbar.

Sie konzentrierte sich nicht aufs Fahren; mal hielt sie das Lenkrad zu locker, dann wieder riss sie zu heftig daran, und für die unebene Straße und die vielen Kurven fuhr sie ohnehin viel zu schnell. Als der rechte Vorderreifen platzte, konnte sie gerade noch bremsen, bevor der Wagen ins Schleudern geriet und von der Fahrbahn abkam. Er durchbrach einen Zaun, raste einen grasbewachsenen Abhang hinab und kam im Kiesbett eines träge dahinfließenden Baches zum Stehen.

Beim Aufprall wurde B. J.s Kopf nach vorn geschleudert und schlug mit voller Wucht auf der Lenksäule auf ...

... und für geraume Zeit war es das dann auch ...

Möglicherweise hatte Radu ja doch recht. Denn eine echte Lady der Wamphyri wäre bei einem kleinen Schlag auf den Kopf bestimmt nicht gleich in Ohnmacht gefallen. Noch während B. J. klar wurde, dass sie diejenige war, die diesen Gedanken dachte, spürte sie eine Hand durch das zerschmetterte Seitenfenster nach ihrer Schulter tasten. Als Finger sich auf der Suche nach dem Puls um ihren Hals legten, befreite sie sich mit einem Ruck davon und knurrte *»Was?«,* ehe sie in einem angemessenen, beinahe gequälten Tonfall fortfuhr: »W... was?« Ihr Kopf und ihr Nacken schmerzten, und im Licht des anbrechenden Tages kniff sie die Augen zusammen. Es musste sechs oder halb sieben Uhr morgens sein. Sie war stundenlang bewusstlos gewesen!

Neben dem Auto stand ein Polizist bis zu den Knöcheln im Wasser. Er sah besorgt aus. »Bewegen Se sich nich, Fräulein!«, sagte er. »Hilfe is schon unterwegs. Nich mehr lange, und Se sin' da raus!«

Er hatte keine Ahnung, wie recht er hatte. »Ich ... ich bin okay«, erwiderte B. J., indem sie den Gurt löste und am Türgriff zerrte. Die Tür ging ohne Weiteres auf. »Wirklich. Nur ein bisschen mitgenommen, mehr nicht!«

Sie waren zu zweit. Der andere Bulle stieg gerade aus dem Wagen und kletterte die Uferböschung hinab. Sie halfen ihr hoch bis zur Straße und verfrachteten sie in den Streifenwagen.

»Wie lange haben Se denn schon da gelegen? Ohne den kaputten Zaun hätten wir es gar nich gemerkt. Wir bringen Se in die Stadt zum Arzt.« Der Fahrer wandte sich kurz zu ihr um. »Die Prellung, die Se da haben ...«

»Das ist nur ein blauer Fleck«, entgegnete sie. Sie lächelte ihn an. »Sehen Sie, das Letzte, was ich jetzt brauche, ist ein Arzttermin. Mir geht es gut. Bei meinem Auto ist bloß ein Reifen geplatzt. Wenn Sie mir wirklich helfen wollen, bringen Sie mich einfach nach Perth, da kann ich ein Taxi bekommen. Ich habe eine wichtige Verabredung in Edinburgh und bin ohnehin schon spät dran.«

Die beiden tauschten einen Blick aus. B. J. kramte in ihrer Tasche und holte die Papiere hervor. »Die Fahrzeugdaten«, sagte sie, »und der Versicherungsschein. Sie können sich alles notieren. Ich habe das Auto gemietet. Wenn Sie mir einen Gefallen tun wollen, benachrichtigen Sie die Firma. Der ... *Schrott* gehört schließlich denen! Sollen die doch zusehen, wie sie damit klarkommen. Mein Name und meine Adresse stehen auf dem Vertrag hier, falls Sie mich noch mal brauchen.«

Der eine Beamte kratzte sich am Kopf. »Dass Se gerade 'n Unfall gebaut haben, nehmen Se aber auf 'ne verdammt leichte Schulter!«

»So was kommt eben vor!«, fuhr B. J. ihn an und biss sich dafür sofort auf die Lippe. »Sehen Sie, ich hab's wirklich eilig. Tut mir leid, wenn es so aussieht, als wäre ich undankbar ...«

Zu spät. Sie hatte sich völlig falsch verhalten, und Entschuldigungen halfen jetzt auch nicht mehr.

Auf dem Polizeirevier in Perth nahmen sie ihre Aussage auf und zogen, trotzdem sie widersprach und wenn auch nur, um sich selbst abzusichern, einen Arzt hinzu. Es war nach zehn, als sie endlich ein Taxi rufen und sich wieder auf den Weg machen konnte ...

ACHTES KAPITEL

Für den Fall, dass ihre Wohnung beobachtet wurde, ließ Bonnie Jean den Fahrer gut einen halben Kilometer vor dem »B. J.'s« halten, zahlte und ging den Rest des Weges zu Fuß weiter. Es war kurz nach Mittag, stürmisch und regnete. Während heftige Böen sie geradezu über den rutschigen Bürgersteig vorwärtswehten, dachte B. J.: *Die windigste Stadt der Welt, ganz recht, so eine Scheiße!*

Als sie an der Bar anlangte, war sie wütend – hauptsächlich auf sich selbst, aber sie ärgerte sich auch darüber, wie alles lief oder vielmehr nicht lief – und musste eines der Mädchen aus ihrem Schlafzimmer herunterrufen, von wo aus sie eigentlich die Straße im Auge behalten *sollte*, um eingelassen zu werden!

»Hast du mich nicht kommen sehen?«

»Ich ... ich war nur schnell auf der Toilette.«

Zwei weitere Mädchen befanden sich gerade in der Nähe und bekamen B. J.s Ankunft mit. Während sie sich die Haare im Lokal mit einem Handtuch trocken rubbelte, erstatteten sie ihr Bericht.

»Hat es geklappt?« Zornig funkelte sie die beiden an. »Was ist mit unserem Beschatter? Ist er wiedergekommen? Und Harry Keogh? Habt ihr ihn ausfindig gemacht?« An ihren Gesichtern sah sie, dass dem nicht so war. »Bringt den Laden in Ordnung, räumt alles auf. Heute Abend öffnen wir. Wenn wir das Lokal noch länger geschlossen halten, wird es nur Aufsehen erregen. Sobald ich dazu komme, sage ich euch, was es sonst noch zu tun gibt.« Abschließend, bereits im Begriff, nach oben zu gehen, fügte sie noch hinzu: »Hat irgendjemand angerufen?«

»Auf deinem Anrufbeantworter sind ein paar Anrufe eingegangen«, sagte das Mädchen, das in ihrem Schlafzimmer Wache gehalten hatte. »Ich hab sie nicht abgehört. Das hast du mir nicht aufgetragen ...«

B. J. rauschte durch das Lokal und die Treppe zu ihrem Schlafzimmer hinauf. Drei Stammgäste hatten angerufen, um sich danach zu erkundigen, wann das Lokal wieder aufmachen würde, dann noch zwei Anrufe von jemandem, der nicht auf das Gerät gesprochen hatte; doch der letzte stammte von ...

... Harry:

»B. J.?« Seine Stimme klang unsicher, blechern, entfernt. »Ich hatte versprochen, anzurufen, bevor ich wegfahre. Na ja, das tue ich jetzt. Ich habe es schon zweimal versucht, aber du hast nicht abgenommen. Wahrscheinlich war ich zu früh dran. Tut mir leid. Ich werde ungefähr einen Monat lang weg sein, ich weiß noch nicht genau. Circa einen Monat, ja. Ich weiß eigentlich gar nicht, weshalb ich dich damit belästige. Das war's auch schon ...« Eine lange Pause.

»Ach, dieser griechische Wein, den du mir mitgegeben hast, ist übrigens wirklich ... gut? Na ja, sagen wir mal gewöhnungsbedürftig. Aber ein verdammt gutes Mittel, nachts einzuschlafen, wenn man nicht abschalten kann! Du weißt schon? Oder, nein, ich glaube nicht ...«

Eine weitere Pause.

»Ich melde mich wieder ...« Erneut ein langes Schweigen, dann legte er den Hörer auf.

»Verdammt!«, flüsterte B. J. seufzend. Sie holte tief Luft und ... ihr stockte der Atem. Was zum ...?

Rasierwasser? Old Spice? Das war doch Harrys Aftershave? Ja, das musste es sein. Aber dass der Duft sich so lange hielt? Allerdings ... war Harry ja gar nicht hier gewesen, nicht hier »oben« in ihrem Schlafzimmer! Genügte etwa schon allein seine Stimme, dass sie ins Schwärmen geriet? Aber zum Teufel noch mal, sie konnte ihn riechen – *ihn* und nicht nur sein Aftershave, so lebendig und lebhaft, dass es schon beinahe wehtat! Und zwar nicht nur in ihrer Vorstellung, sondern ... in diesem Raum?

Die Vorhänge waren zugezogen, und der Regen trommelte an die Fensterscheiben. In der Düsternis und der Stille wirkten B. J.s Augen mit einem Mal tierhaft wild. Ihre Nasenlöcher weiteten sich, ruckartig wandte sie den Kopf von links nach rechts! Sie nahm die Witterung dieses Mannes auf, sog seinen Geruch in sich ein. Nur ... *hier,* in ihrem Schlafzimmer, war er nie gewesen.

Ach, tatsächlich?

Sie hastete die Treppe zu ihrem Wohnzimmer hinab. Nichts! Dort war nichts von seinem Geruch zu merken – oder falls doch, dann nur ein ganz leiser Hauch. Möglicherweise war er hier gewesen, aber wenn, dann nicht sehr lange. Er war sofort nach oben gegangen ... ins Schlafzimmer!

In wenigen Sätze raste sie die Treppe hinauf, und da war sein Geruch wieder ... wie ein vertrautes Parfum hing er in der Luft. Und noch etwas anderes: der liebliche Menschenduft eines ihrer Mädchen! Sein Geruch, und ihrer!

»Moreen! Mach, dass du hier raufkommst! *Auf der Stelle!*«, rief, nein, brüllte B. J. nach unten.

Moreen kam. Sie sah verwirrt und verängstigt aus und hatte keine Ahnung, was los war. B. J. packte sie bei den Schultern, schüttelte sie. »Er war hier! Er ist hier gewesen – mit dir!«

»Er war *was?* Wer denn?« Moreen war eine rothaarige Schönheit und sah einfach umwerfend aus. Sie war zweiundzwanzig, höchstens dreiundzwanzig Jahre alt. Aus großen grünen Augen blickte sie B. J. erstaunt und ungläubig an. »B. J., hier war niemand. Jedenfalls nicht, solange ich da war!« Als sie B. J.s Blick sah, wich sie zurück. »Du ... du siehst mich an wie ein wildes Tier!«

B. J. war klar, wie sie aussehen musste. Sie *war* ein wildes Tier. Aber wenigstens hatte sie es unter Kontrolle. Sie riss sich zusammen, zwang das Wesen, das sich in ihr verbarg, wieder zurück und ließ sich aufs Bett fallen. »Er war hier«, sagte sie, mehr zu sich selbst. »Vielleicht nicht mit dir, wenn du das sagst. Aber hier war er ganz sicher.«

»Unser Beschatter?« Moreens Überraschung war nicht gespielt. »Glaubst du etwa, ich hätte ihn reingelass...«

B. J. schüttelte den Kopf. »Nein, der nicht. Wir wissen ja noch nicht einmal, ob es ihn überhaupt gibt! Ich habe nur Harry Keoghs Wort darauf! Von dem rede ich, Harry Keogh, dem Mann, der damals Big Jimmy aufgemischt hat!«

»Das ist doch der, nach dem wir suchen?«

B. J. bleckte die Zähne. »Ich kann ihn riechen, genau hier.«

»Dann musst du dich irren.« Das Mädchen warf den Kopf beinahe trotzig in den Nacken und nahm neben dem Bett auf einem Stuhl Platz.

B. J. stand auf und packte Moreen erneut an den Schultern, diesmal jedoch etwas sanfter. »Hör zu, es ist wichtig! Warst du die ganze Zeit über hier?«

»Hm, nein, natürlich nicht«, entgegnete diese mit einem Achselzucken. Es wirkte irgendwie abwehrend. »Das ist doch unmöglich. Ich meine, ich musste schließlich essen und schlafen und mich auch noch um ein paar andere Dinge kümmern. Aber wenn es drauf ankam, dann war ich hier!«

»Wenn es darauf ankam? Wann genau?«

»Ich habe jede Nacht bis zwei, halb drei am Fenster gesessen und nichts anderes getan, als die Straße zu beobachten. Du kannst dir nicht vorstellen, wie langweilig das ist, B. J. Aber ich habe es trotzdem getan, für dich.«

»Und danach hast du geschlafen? Wo und wie lange?«

»Ich habe mir eine Decke genommen und mich im Lokal neben einen der großen Heizkörper gelegt.«

»Unten? Bist du sicher?«

»Ja.«

»Und wenn jemand eingebrochen wäre?«

»Aber *deshalb* habe ich ja unten geschlafen!« Moreen war den Tränen nahe.

»Jeder Einbrecher oder wer sonst hier reingekommen wäre, hätte an mir vorbei gemusst. Ich schlafe nicht sehr fest und hätte ihn auf jeden Fall gehört. Jeden Morgen bin ich um halb sieben aufgestanden und hier hochgekommen, um nachzusehen, ob irgendjemand uns vielleicht frühmorgens beobachtet – insbesondere heute Morgen ...«

B. J. sprang sofort darauf an. »Weshalb? Was gab es heute Morgen so Besonderes?«

»Es kamen zwei Anrufe. Ich hörte das Telefon läuten, ehe der Anrufbeantworter ansprang. Ich glaube, ich habe auf die Uhr gesehen; der erste kam ungefähr um, äh, halb sechs, der zweite etwa eine Viertelstunde später. Der hätte mich um ein Haar richtig wach gemacht. Aber ich habe mich umgedreht und bin dann doch wieder für ein paar Minuten eingenickt. Aber gegen sechs, da habe ich, glaube ich, etwas gehört.«

»Was hast du gehört?« B. J.s Griff wurde fester.

»Ich hörte die Dielen knarren, irgendwo hier oben. Allerdings war es furchtbar windig und regnete; es war wohl nur das Holz, das gearbeitet hat. Das Haus ist schließlich alt.«

B. J. überlegte. Harry hätte von überall aus anrufen können, auch von einer Telefonzelle auf der Straße. Er hatte zweimal angerufen, und niemand nahm ab. Da hatte er es aufgegeben und war selbst hergekommen. Doch wie war er an Moreen vorbeigelangt? Und, wichtiger noch, was hatte er gewollt? Mit einem Mal fiel es ihr wie Schuppen von den Augen ...

»Geh nach unten und hilf den anderen«, meinte sie, indem sie sich aufrichtete. »Tut mir ... leid, dass ich so aufgebracht war. Entschuldige, dass ich dich angeschrien habe. In letzter Zeit läuft es nicht allzu besonders, das ist alles. Verstehst du?«

Das Mädchen wirkte beunruhigt.

»B. J., stecken wir in irgendwelchen Schwierigkeiten?«

B. J. schüttelte den Kopf. »Nicht, solange ich noch da bin. Tu, was ich sage, und zerbrich dir nicht den Kopf darüber.«

Doch sobald das Mädchen gegangen war, wandte sie sich um, bückte sich, langte unters Bett und zog eine Weinkiste hervor. Fein säuberlich aufgereiht lagen drei Flaschen ihres »griechischen« Weines in ihren Fächern in der letzten Reihe. Drei, ganz recht. Aber B. J. wusste, dass es vier hätten sein müssen!

Oh ja, sie hatte ihn abhängig gemacht, diesen ach-so-talentierten Harry Keogh, den »geheimnisvollen« Mister Keogh! Doch je länger sie ihn kannte, desto talentierter und geheimnisvoller schien er ihr ...

Nicht ganz einen Monat, eigentlich nur fünfundzwanzig Tage später, kehrte Harry zurück. B. J. hätte sich keine Sorgen darüber zu machen brauchen, wie sie ihn von ihrem oder vielmehr Radus Wein losbekam, denn Harry hatte dies bereits selbst in die Hand genommen, es zumindest versucht, und zwar mit einigem Erfolg. Ein Glas pro Abend vor dem Zubettgehen, mehr gönnte er sich nicht. Außerdem hatte er es mit anderen Sachen probiert, *Jack Daniel's Old No. 7* zum Beispiel, einem edlen Whiskey, der im Grunde jedes Weinchen in den Schatten stellte. Aber das Zeug, das er von B. J. hatte ... oh, das gehörte eindeutig in eine andere Kategorie! Es entsprach genau Harrys beziehungsweise Alec Kyles Geschmack. Der einzige Haken daran waren die Nebenwirkungen: das Brennen in den Augen, der trockene Hals und das Gefühl, als habe er Watte im Kopf – die klassischen Anzeichen einer schweren Erkältung, für die es nur ein Heilmittel zu geben schien! Mit anderen Worten: Harry war süchtig danach, und dies war ihm sehr wohl bewusst. Deshalb nahm er den Wein ja auch nur abends zu sich, und stets nur einen kleinen Schluck.

Dennoch beeinträchtigte es ihn bei seiner Suche, die ohnehin der reinste Witz war (was ihm am Ende der drei Wochen, die er sich zugestanden hatte, und vier weiteren Tagen, die er in Seattle, Washington/USA verbracht hatte, klar wurde). Er führte sich damit nur selbst hinters Licht.

Natürlich hätte er nicht in Seattle *bleiben* müssen, schließlich gab es ja das Möbius-Kontinuum, über das er nach Belieben verfügen konnte. Hätte er gewollt, hätte er jede Nacht zu Hause in Bonnyrigg verbringen können. Aber gerade dies wollte er nicht!

Um die Wahrheit zu sagen, war das alte Haus, in dem seine über alles geliebte Mutter den Tod gefunden und in dem dann sein Stiefvater – Viktor Shukshin, dieser niederträchtige Bastard, dieser Mörder – gewohnt hatte, ein ziemlich trostloser Ort, der nur düstere Erinnerungen in ihm weckte. Es würde noch lange dauern, bis der Necroscope es, falls überhaupt jemals, tatsächlich als sein »Zuhause« betrachtete.

Darum hatte er sich im Hafen von Seattle ein Hausboot gemietet und für weit weniger Komfort und nur halb so viel Platz wie damals ... als er mit Brenda in der winzigen Mansardenwohnung in Hartlepool wohnte... eine Monatsmiete im Voraus gezahlt. Mit jener Wohnung verband er allerdings noch schlimmere Erinnerungen als an das Haus in Bonnyrigg, deshalb hatte er sie ja gekündigt. Er hatte mit dem Gedanken gespielt, sich ein Hotelzimmer zu nehmen oder auch eine Suite. Warum nicht? Er hätte ohne Weiteres im besten Hotel der Stadt absteigen und, wenn die Rechnung kam, einfach verschwinden können. Hotels waren jedoch nicht sein Fall.

»Damals«? Komisch, es schien so lange her! Komisch, ja ... für einen Mann, dessen körperloser, metaphysischer Geist einst Zugang zu jedem Zeitalter sowohl der Vergangenheit als auch der Zukunft gehabt und dem so viel Raum zur Verfügung gestanden hatte, dass selbst unzählige Leben nicht ausgereicht hätten, ihn zu erforschen! Die Ironie daran war, dass er zwar immer noch über diese Fähigkeit verfügte, sie ihm aber nichts nützte, solange er nicht wusste, wo Brenda und das Baby waren.

Die Vergangenheit? Die war vorbei und vergessen! Sie barg nichts, was ihm im Augenblick helfen konnte, selbst wenn er dorthin gelangte – was er nicht vermochte; und auch dies war seltsam. Ohne Körper war er in der Lage gewesen, in der Vergangenheit »immaterielle Gestalt« anzunehmen. Doch wenn er sich nun dorthin begab, war er bloß wie ein Männchen auf einer Spielzeugeisenbahn, die ständig im Kreis – oder in einer Achterschleife – fuhr und nie anhielt. Die Bahnhöfe rauschten an ihm vorüber, aber er konnte nicht aussteigen.

Was den Raum anging, vermochte er zwar, jeden beliebigen Ort der Welt zu erreichen, aber davon gab es Millionen, und Brenda und das Baby konnten sich überall befinden. Wo, konnte er nur raten. Die Große Mehrheit half ihm hier auch nicht weiter, denn abgesehen von Harry hatten sie keinen Kontakt zu den Lebenden. Und die Lebenden ...?

Wenn jemand ihm etwas sagen konnte, dann die Spezialisten des E-Dezernats, Darcy Clarkes ESPer. Doch auch hier Fehlanzeige. Er glaubte ihnen; sie wussten es einfach nicht. Was blieb Harry nun also übrig? Welche Chance hatte er noch? Bestenfalls eine sehr magere.

Dennoch war er in Seattle im Bundesstaat Washington, USA, gewesen (weshalb, wusste er selber nicht), angeblich auf der »Suche« nach zwei Menschen, die ihm sehr viel bedeuteten oder dies doch zumindest sollten. Aber selbst darüber war er sich nicht im Klaren. Liebte er Brenda? Sie liebte ihn jedenfalls nicht, *kannte* ihn ja noch nicht einmal in seinem neuen Körper! Und liebte er das Baby? Was, Klein-Harry, der über alles, was ihn ausmachte, besser Bescheid wusste als er selbst?

Trotzdem musste Harry weitersuchen, und sei es auch nur, um herauszufinden, *warum* sie ihn verlassen hatten. Nein, noch nicht einmal das, denn er wusste ja, weshalb: weil er nicht mehr er selbst und das, was er tat – und in Zukunft vielleicht noch tun würde –, gefährlich war. Das Baby liebte seine Mutter, das war es auch schon, nicht anders als Harry *seine* Mutter liebte. Allerdings würde *dieses* Baby es niemals zulassen, dass Brenda etwas zustieß!

Zurück zu jener »Suche«. Was für ein Witz! In England hatte alles ja noch ganz vernünftig ausgesehen. So nah an Brendas Ursprüngen, war sie ihm wirklich vorgekommen und durchaus erreichbar. Hier jedoch schien es unmöglich. Worauf es letztlich hinauslief, war, dass Harry in einem fremden Körper in einer fremden Stadt in einem fremden Land umherwanderte und darauf hoffte, dass der Zufall ihm jemanden in die Arme führte, der sein Bestes gab, ihm aus dem Weg zu gehen. Es gab Millionen anderer Orte, an denen sie sein konnte. Und ohnehin rauschte alles nur so an ihm vorüber, denn er fühlte sich furchtbar ...

Vielleicht wäre er sogar länger geblieben, ohne etwas Besonderes zu unternehmen, wäre ihm nicht B. J.s Wein ausgegangen. Doch wie es allmählich aussah, war er nicht allein ihrem Wein verfallen. Immer wieder musste er an B. J. denken: Sie hatte etwas Betörendes an sich, vielleicht hatte er ihr auch irgendein Versprechen gegeben, oder sie ihm? Etwas Unausgesprochenes lag zwischen ihnen in der Luft, und er wünschte, sie hätten es ausgesprochen.

Harry war nicht allzu zufrieden darüber, dass er B. J. den Wein gestohlen hatte, aber jedenfalls wusste (oder vielmehr hoffte) er, dass dies das letzte Mal gewesen war. Mit ein bisschen Glück hatte er ihn schon verdaut. Um ehrlich zu sein, war sein »Problem« – seine beziehungsweise Alec Kyles Alkoholabhängigkeit – im Grunde ziemlich speziell. Denn mittlerweile hatte sich gezeigt, dass der Necroscope nichts anderes trinken wollte als B. J.s Wein. Was hatte er schon davon, wenn das Zeug, außer in großen Mengen, überhaupt nicht wirkte? Vielleicht war er ja eigens deshalb nach Hause zurückgekehrt, um näher bei B. J. und ihrem Wein zu sein? Toll, wenn man so was bemerkte.

Was für eine Art Alkoholismus war das eigentlich? Gab es Raucher, die nach nur einer einzigen Marke süchtig waren? Was, wenn die nicht mehr hergestellt wurde? Wenn die letzte Zigarette der Sorte XY geraucht war, was dann? Hörten sie dann auf zu rauchen? So etwas hatte der Necroscope noch nie gehört. Und seine Mutter ebenfalls nicht.

Lass das Zeug untersuchen, riet sie ihm. *Stelle fest, was drin ist. Möglicherweise gibt es ein Gegenmittel.*

Harry saß am Flussufer, wo er sich materialisiert hatte, seine erste Anlaufstelle nach seiner Rückkehr. Als er kurz nach sechs Uhr früh in Seattle aufgewacht war, hatte er den Kopf gehoben, und sein Blick war auf die leere Flasche gefallen, die auf dem Bücherbord neben seinem Bett stand. Eine leere Flasche und ein leeres Glas. Sein erster Gedanke war, dass er den Wein aufgebraucht und nichts mehr für heute Abend hatte. Das war vor etwa zwanzig Minuten gewesen. Waschen, Rasieren, dann hatte er sich zusammengenommen, die Zahnbürste in den Mund gesteckt und sich kräftig die Zähne geputzt. Noch ein, zwei Minuten fürs Anziehen, und jetzt war er hier. In Schottland war es bereits mitten am Nachmittag. Es war ein recht warmer Frühlingstag, die Sonne schien, die Vögel sangen etcetera ... und Harry fühlte sich nur mies.

»Möbius-lag!«, grummelte er und biss sich sofort auf die Zunge. Darüber durfte er nicht reden, ja, nicht einmal daran denken, damit selbst die Toten nichts mitbekamen, noch nicht einmal seine Mutter. Er musste lernen, seine Gedanken in dieser ... in dieser Hinsicht zu hüten.

Unsinn!, entgegnete seine Mutter, meinte damit jedoch seine Bemerkung und nicht die Tatsache, dass er sie bereute. *Mit Jet- oder Möbius- oder sonst einem lag hat das nichts zu tun. Du hast einen Kater, das ist alles!*

Er war froh über den Themenwechsel. »Ja, wahrscheinlich. Aber er geht nicht mehr weg.«

Dann tu, was ich dir gesagt habe! Wenn es sowieso nichts mehr davon gibt, dann war es das eben. Gott sei Dank!

»Aber ich weiß, wo es mehr davon gibt.« Abermals hätte er sich am liebsten auf die Zunge gebissen, denn sofort fiel sie über ihn her:

Lass es sein, Harry! Mehr als diesen Rat kann ich dir nicht geben. Du hast deinen Verstand und deshalb auch die Wahl: Sei ein Alkoholiker oder sei keiner! Entweder, oder. Das eine oder das andere, es liegt bei dir. Niemand kann dir befehlen, nicht zu trinken, und aus ebendiesem Grund kann auch niemand dich dazu zwingen, es zu tun!

»Ach, tatsächlich?«, meldete sich im Hinterkopf des Necroscopen eine Stimme zu Wort. Harry hatte keine Ahnung, was das zu bedeuten hatte, und achtete nicht weiter darauf.

»Andererseits«, sagte er laut, »Ehre, wem Ehre gebührt: Ich kämpfe dagegen an. Irgendwo ist noch ein Knick in meinen – beziehungsweise Alec Kyles – grauen Zellen, und ich bin dabei, ihn gerade zu biegen. Den hat er mir vermacht, genau wie seine Fähigkeit zur Präkognition. Das ist alles. Aber ich glaube, ich spüre schon, wie es sich mir anpasst. Doch wenn ich keinen Gebrauch davon mache und dem nicht nachgebe, wird es eines Tages ... wie soll ich sagen? ... verkümmern? Es ist nur eine Frage der Zeit, dessen bin ich mir sicher.«

Seine Fähigkeit zur Präkognition?, wiederholte sie seine Worte, nicht minder froh als er, endlich das Thema zu wechseln. *Hast du in letzter Zeit denn weitere Visionen gehabt?*

»Nein.« Harry schüttelte den Kopf ...

... und prompt schwindelte ihm. Er musste sich an einer Baumwurzel festhalten, um nicht die Uferböschung hinabzustürzen. Die Frage seiner Mutter schien an etwas zu rühren. Er sah eine Szene vor sich, allerdings verzerrt wie durch geistiges Rauschen ... bis dem Necroscopen klar wurde, dass er sie durch einen regelrechten Schneesturm hindurch erblickte!

Eine in Schwarz-Weiß-Tönen gehaltene Eislandschaft, als befände er sich auf dem Dach der Welt, ein kahler Gebirgszug, der sich schier endlos vor einem grauen Himmel erstreckte. Es war eisig, so kalt, dass Harry geradezu spürte, wie ihm die Kälte bis in die Knochen kroch; es schneite, Schneeflocken stachen wie Millionen weißer Lanzen herab, durchdrangen alles und raubten ihm das letzte bisschen Wärme, während sie ihn zudeckten und eine immer dicker werdende Schicht über ihm, seinem ganzen Sein, seinem Geist, seiner Psyche bildeten …

Und dann war es auch schon vorüber. Er wankte und zitterte, während die Totenstimme seiner Mutter in seinem Geist rief: *Harry! Was um alles in der …?* Dabei hätte ihre Frage eigentlich lauten müssen: Wo? Wo Harry gewesen war. Denn so etwas hatte er noch nie gesehen. Noch nicht einmal im Traum war er je an einem derartigen Ort gewesen. Er schnappte nach Luft und konnte kaum glauben, dass es warm war und die Sonne immer noch schien. Alles war so real gewesen. Und, zum Teufel nochmal, er spürte, dass es von vorne losging.

Er hatte die Wurzel losgelassen, doch nun musste er erneut danach greifen, als die Vision abermals seinen Verstand übernahm und ihn in eine andere Wirklichkeit riss.

Stahlgraue Berge, deren zerfurchte Kuppen und Grate Schnee bedeckte; Schneeverwehungen füllten die Täler und Pässe zwischen den Bergspitzen und Vorsprüngen, wie weiße Dünen, die sich endlos zu einem Horizont hoch aufragender Felswände erstreckten. Zur Rechten Harrys jedoch … was, eine Stadt? Ja, von Mauern umgeben lag sie geschützt im Windschatten der Berge. Wie eine Miniaturausgabe der Chinesischen Mauer wand sich der mit schmucklosen, gedrungenen Türmen und mächtigen Toren versehene, zinnenbewehrte Wall dahin. Leer und verlassen kauerte die alte, kalte Stadt hinter ihrer Mauer und hütete ihre Geheimnisse …

Es war wie eine Szene aus einem alten Geografiebuch in der Realschule von Harden, die Harry besucht hatte. Erneut kam ihm der Gedanke: das Dach der Welt, ja! Aber … Tibet? Weshalb zeigte seine Vision ihm eine Landschaft, die ausgerechnet in Tibet lag?

Der Schneesturm hatte sich mittlerweile etwas gelegt. Unter seinen Schenkeln spürte Harry das vertraute Flussufer … *und gleichzeitig fühlte er die eisige Kälte und sah vor seinem geistigen Auge eine Szene, die sich in unglaublicher Ferne, womöglich gar in der Zukunft abspielte. Doch Harry war der Necroscope und konnte damit umgehen, vielleicht sogar besser als Alec Kyle. Zu guter Letzt akzeptierte er, was er sah, und kämpfte nicht länger dagegen an. Zum Schutz vor den Schneeflocken beschirmte er die Augen mit der Hand und blickte genauer hin.*

Dort draußen in der Einöde … bewegte sich da etwas? Er machte sieben Personen aus, die – auf diese Entfernung nicht größer als Ameisen – im Gänsemarsch durch den Schnee stapften. Roboterhaft arbeiteten sie sich voran, wie Soldaten bei einem Übungsmarsch – links, rechts, links, rechts, links –, allerdings schlurfend und in einem ziemlichen Tempo. Die drei vorderen trugen rote Gewänder, desgleichen die drei, die den Schluss bildeten. Der Mann in der Mitte hingegen war ganz in Weiß gekleidet. Und wie aus unendlicher Ferne vernahm der Necroscope das Klingeln winziger goldener Glöckchen ...

... die Kälte wich, schwand innerhalb eines Augenblicks; unter ihm wirbelte der Fluss; Harry schwankte, als sei er betrunken, und seiner Mutter blieb gerade noch Zeit für ein einziges Wort – *Junge!* –, ehe Alec Kyles Talent ihn erneut übermannte.

Es hatte aufgehört zu schneien. Harry sah die sechs ... waren es Mönche? Und ein Novize? Wie zuvor marschierten sie einer hinter dem anderen durch die Schneewüste. Doch die ummauerte Stadt war nirgends mehr zu sehen; sie befanden sich jetzt an einem anderen Ort. Vor den Mönchen wuchs eine steile Klippe in die Höhe, darin das aus dem Fels gehauene Gesicht eines Titanen. Es mochte zwar eisig sein, doch dieses riesenhafte, grimmige Antlitz verströmte eine noch weit größere Kälte.

Es musste sich um einen Tempel handeln. Oder ein Kloster? Eine gewaltige, aus dem gewachsenen Fels gehauene Treppe führte zum Eingang hinauf – in den weit aufgerissenen Mund des Riesengesichtes. Die sieben erklommen die Stufen bis zu einem hochgezogenen Fallgitter. Der Schlund stellte den Durchgang ins Kloster dar.

Was nun folgte ...

... war der reinste Albtraum!

Denn kaum waren die sieben im Innern verschwunden ... wurde das Antlitz lebendig! Die gewaltigen Kiefer klappten zu, und die Augen öffneten sich und enthüllten einen blutroten, brennenden Blick. Auf dem ehemals steinernen Gesicht erschien ein dämonisches Grinsen!

Harry wollte seinen Augen nicht trauen. Er blinzelte ...

... und blickte in einen blauen Himmel empor, an dem Wolkenstreifen an der hell scheinenden Sonne vorüberzogen. Er war hintenübergefallen. Mit offenem Mund lag er auf dem Rücken am Flussufer. Verwirrt blinzelte er noch einmal ... duckte sich und biss prompt die Zähne zusammen, weil er erneut mit einer plötzlichen Vision rechnete. Doch nein, es war endgültig vorbei, und allmählich dämmerte dies auch dem Necroscope.

Sich mühsam wieder aufrichtend, stammelte er: »Ma, hast du das auch ...?«

Natürlich habe ich es gesehen, schnitt sie ihm das Wort ab. *Immerhin stehen wir miteinander in Verbindung; ich sah, was du sahst. Aber was hat das zu bedeuten, Harry? Was war das?*

Harry erhob sich und klopfte sich geistesabwesend mit zittrigen

Händen den Staub von den Kleidern. Schließlich schüttelte er den Kopf. »Was es auch gewesen sein mag, es war mit Sicherheit kein Delirium tremens.«

Aber es hängt alles irgendwie miteinander zusammen, oder? Es hat miteinander zu tun! Harry, steckst du wieder in irgendeiner ... Sache drin? Ihre »Stimme« war voller Besorgnis.

»In einer Sache?« Harrys Mund war trocken. Er war noch immer nicht ganz davon überzeugt, dass es wirklich vorüber war.

Du weißt, was ich meine. Steckst du wieder in Schwierigkeiten, Junge?

Zum ersten Mal fragte sich der Necroscope, ob dies vielleicht tatsächlich der Fall sei.

Laut jedoch sagte er, eigentlich ohne nachzudenken: »Ma, soweit ich weiß, bin ich nicht in ernsthaften Schwierigkeiten – glaube ich wenigstens. Und das ist auch ganz gut so, weil ich ohnehin schon Probleme genug habe. Also mal den Teufel nicht an die Wand, okay?«

Abermals hätte er sich am liebsten auf die Zunge gebissen, denn im Grunde meinte er es gar nicht so, wie er es sagte. Doch zu spät!

Gut!, entgegnete seine Mutter, und dieses kleine Wörtchen sprach Bände. Anscheinend hatte sie nun auch keine Lust mehr, sich weiter mit ihm zu unterhalten ...

Harry nahm den Pfad am Flussufer bis zu dem Torbogen in der Gartenmauer, und als er den Garten betrat, vernahm er gerade noch, wie vor dem Haus der Motor eines Wagens erstarb. Da die übrigen Häuser in dieser einstmals sehr guten, nun aber heruntergekommenen Wohngegend leer standen, konnte es nur die Post sein oder jemand, der zu ihm wollte.

Dem Dornengestrüpp ausweichend, so gut es ging, rannte Harry den Gartenweg entlang und beeilte sich, ins Haus zu kommen. Er hätte natürlich die Möbius-Route nehmen können, doch je weniger er vom Kontinuum Gebrauch machte, desto geringer auch die Chance, dass er sein Geheimnis aus Unachtsamkeit verriet. Innerhalb von Sekunden war er an der Wohnungstür, wo er einen weiteren Moment brauchte, diese aufzuschließen und zu öffnen. Draußen befand sich ein hochgewachsener, schlanker junger Mann bereits wieder auf halbem Weg zurück durch den von einem Mäuerchen umgebenen Vorgarten zum Tor, das er offen gelassen hatte. In der Hand hielt er einen großen Umschlag aus Packpapier. Vor dem Tor wartete ein dunkler Wagen auf der von Schlaglöchern übersäten Zufahrtsstraße. Als der Mann die Haustür hörte, wandte er sich um und erblickte Harry.

»Post«, sagte er, indem er Harry den Umschlag zeigte. Bemüht, nicht allzu neugierig zu erscheinen, musterte er den Necroscopen aus scharfen Augen.

Harry erwiderte den vorsichtig abschätzenden Blick und meinte: »Sie sehen nicht gerade aus wie ein Postbote.« Das stimmte. Zum einen trug er keine Uniform, und der Wagen auf der Straße war auch kein Postauto. Außerdem befanden sich auf dem Umschlag weder Adresse noch Briefmarke.

Der Mann zuckte die Achseln. »Nun ja, sagen wir, es handelt sich um eine ›Sonderzustellung‹. Oder eher ...«

»... das E-Dezernat!« Harrys Mundwinkel sackten nach unten, als der Mann Anstalten machte, wieder zurückzukommen. »Kenne ich Sie?« Er hielt die Haustür auf, um seinen Besucher einzulassen. Beide mussten sie aufpassen, um nicht auf die Post zu treten, die sich im Lauf des letzten Monats auf der Fußmatte hinter der Tür angesammelt hatte. Das meiste davon war ohnehin nur zum Wegwerfen.

Sein Gegenüber schüttelte den Kopf und streckte ihm eine Hand entgegen, die Harry geflissentlich übersah. Er hatte Darcy doch gesagt, dass er mit alldem fertig war. »Munroe.« Der Fremde ließ die Hand wieder sinken. »James Munroe. Und nein, wir sind uns noch nicht begegnet. Für gewöhnlich tue ich Dienst in Botschaften, hier und im Ausland, sozusagen ›stets auf der Suche nach Talenten‹. Ich spüre ESP-Kräfte auf und bin erst vor Kurzem aus Italien zurückgekehrt, um zu Hause neue Aufgaben zu übernehmen – turnusmäßiger Wechsel des Botschaftspersonals und so weiter. Heute spürte ich, dass Sie endlich wieder da waren ...« Er hielt inne und legte die Stirn in Falten. »Aber es wundert mich ein bisschen, dass Sie so lange brauchten, um die Tür zu öffnen. Gibt es irgendein Problem, Mister Keogh?«

»Nein!« Damit führte Harry ihn quer durchs Haus in den Raum, dessen Terrassentüren auf den Garten hinaus führten und den er sich als Arbeitszimmer erkoren hatte, bot ihm einen Stuhl an und nahm selbst ebenfalls Platz. »Ich war bloß draußen im Garten. Aber sagten Sie ›endlich wieder da‹? Wie lange warten Sie denn schon auf mich?«

»Seit vierzehn Tagen. So lange bin ich jetzt in Edinburgh, und jeden Tag kam ich hierher, um nachzusehen, ob Sie wieder zurück sind.«

Während sie sich unterhielten, taxierte Harry James Munroe. Er war sechsundzwanzig oder siebenundzwanzig Jahre alt, an die einsneunzig und wog dabei höchstens dreiundsiebzig Kilo. Er hatte ein kantiges Gesicht: vorstehendes Kinn, spitze Nase und spitz zulaufende Ohren. Das rabenschwarze Haar trug er zurückgekämmt und hielt es mit Gel in Form. Lediglich seine Augen bewahrten ihn davor, zynisch oder gar düster zu wirken; sie waren groß und braun, sein Blick scharf, aber offen und ehrlich. Man konnte ihm in die Augen sehen, ohne sich groß zu fragen, was wohl in ihm vorging.

»Seit vierzehn Tagen? Und Sie sind jeden Tag hergekommen? Ist es denn so wichtig?«

»Für Sie schon, nehme ich an.« Munroe zuckte die Achseln. »Und das E-Dezernat dürfte auch etwas davon haben, aber das ist bloß eine Vermutung. So arbeiten wir nun mal, aber das wissen Sie ja.«

Er blickte Harry durchdringend an, und mit einem Mal fühlte dieser sich unbehaglich.

»Ist irgendwas?«, raunzte er Munroe an.

»Eh?« Munroe fuhr hoch. Er wirkte verwirrt. »Oh, entschuldigen Sie! Ich habe Sie angestarrt, nicht wahr? Das ist bloß, weil, als Sie fragten, ob wir uns kennen, da hätte ich fast geantwortet: ›Nein, heute nicht, früher schon.‹ Aber Darcy Clarke klärte mich auf, dass Sie empfindlich darauf reagieren.«

Seufzend nickte Harry. »Alec Kyle! Ja, mitunter macht es mir etwas aus. Aber so langsam gewöhne ich mich daran – an ihn beziehungsweise manche seiner Charakterzüge.« Er wurde nervös. Das Gespräch näherte sich einem Themenkreis, über den er nicht reden durfte.

»Komisch«, entgegnete Munroe. »Aber an Ihnen sieht er – wie soll ich sagen – irgendwie jünger aus.«

»Oh? Na ja, *mir* kommt er älter vor!«

»Ich wollte sagen, insgesamt wirkt er ... jünger«, verbesserte Munroe sich hastig. »Ich meine, es ist, als könnte man spüren, dass ein jüngerer Mann darunter steckt. Er scheint geradezu hindurch, vielleicht sogar zu sehr. So als würde es ihn verzehren?«

»Sind Sie etwa auch ein Empath?«

Nun war es an Munroe zu seufzen. »Tut mir leid, ich hab's wohl versaut, nicht wahr? Aber ich habe Ihre Akte gelesen. Sie sind der Necroscope, und ich habe damit gerechnet ... nein, ich hatte keine Ahnung, was ich erwarten sollte! Entschuldigung, so etwas wollte ich auch nicht sagen! Ich meine, normalerweise bin ich nicht so unhöflich, Mister Keogh ...«

Es folgte ein betretenes Schweigen. Schließlich gab der Necroscope seine für ihn ungewöhnliche Feindseligkeit auf. »Harry«, sagte er. »Nennen Sie mich bitte Harry. Sie brauchen sich nicht zu entschuldigen. Ich fürchte, ich habe mich unhöflich verhalten und mir ist einiges rausgerutscht, was ich besser nicht gesagt hätte!« Damit wechselte er das Thema: »Was haben Sie da in dem Umschlag?«

Munroe zuckte die Achseln. »Man hat mir nicht gesagt, was drin ist.« Er reichte ihn Harry, der ihn beinahe vorwurfsvoll betrachtete. Es könnte eine Art Köder sein, und er der Fisch. Andererseits ... vielleicht gab es Neuigkeiten über Brenda.

Er riss den Umschlag auf. »Ich nehme an, Darcy versuchte, mich anzurufen, habe ich recht? Und als er feststellen musste, dass ich nicht zu erreichen bin, schickte er Sie los?«

»Sie meinen, weil Sie nicht im Telefonbuch stehen?« Munroe schüttelte den Kopf. Er lächelte. »Wir sind das E-Dezernat, Harry. Nicht-im-Telefonbuch-stehen gibt es nicht, nicht für das E-Dezernat. Darcy Clarke hätte Sie jederzeit anrufen können, wenn er gewollt hätte. Aber ich glaube, er bemüht sich, Ihre Privatsphäre zu respektieren.«

»Ha!«, machte der Necroscope. Er zog ein einzelnes, gefaltetes DIN-A-4-Blatt aus dem Umschlag, wahrscheinlich ein Brief. Es war aber auch etwas Festes darin – etwa ein Foto? Weil es womöglich um Brenda ging, wollte er sich alles sofort ansehen. Aber vielleicht ging es ja auch um etwas anderes. Also ließ er es bleiben.

Schließlich schüttelte er den Kopf. »Das ergibt keinen Sinn. Darcy kann mich anrufen, wann immer er will, und tut es nicht. Er hätte mir ebenso gut einen Brief schreiben und mich um einen Rückruf bitten können. Aber auch das tut er nicht. Stattdessen schickt er Sie!« Sein Blick wanderte zum Inhalt des Umschlags – zu dem Brief oder was es auch sein mochte –, der noch immer zusammengefaltet in seinem Schoß lag. »Was denken Sie, James? War Ihre Reise wirklich notwendig?«

Der andere hob fragend die Augenbrauen. »Tut mir leid, aber ...«

»Wissen Sie«, unterbrach Harry ihn, »ich werde mir das hier nicht ansehen, egal was es ist, ehe ich nicht weiß, warum Sie es persönlich abgeben mussten. Ja, wenn Sie es mir nicht sagen, und zwar sehr bald, sagen wir: in den nächsten fünf Sekunden, werde ich das Ganze anzünden und in den Kamin da drüben werfen. Dann können Sie nach London zurückkehren und zusehen, wie Sie Darcy Clarke erklären, was passiert ist.«

Er blickte sich nach seinem Tischfeuerzeug um und machte Anstalten aufzustehen. »Okay!«, sagte Munroe. »Sie haben recht. Darcy wollte, dass jemand ... dass ich Sie persönlich aufsuche. Ja.«

Harry nahm wieder Platz. »Weshalb?«

»Nur um zu sehen, was Sie, nun ja, für einen Eindruck machen ...«

»Er ... macht sich, was, Sorgen um mich?«

»Wohl darüber, wie Sie das alles verkraften. Wahrscheinlich fühlt er sich verantwortlich. Vielleicht hat er auch Schuldgefühle ...«

»Schuldgefühle? Vielleicht haben Sie recht. Aber weshalb sollte er sich schuldig fühlen?«

Erneut zuckte Munroe die Achseln, diesmal womöglich aus Verzweiflung. »Harry, ich bin nur ein Bote, mehr nicht! Mister Clarke sagte, er mache sich Sorgen um Ihren Gesundheitszustand. Ich meine, er weiß über Ihre Probleme wohl besser Bescheid als ich, oder? Weshalb lesen Sie nicht einfach den Brief? Vielleicht steht ja alles darin?«

Obwohl der Necroscope damit gedroht hatte, ihn zu verbrennen, war auch er neugierig. Also faltete er das DIN-A-4-Blatt auseinander, legte den kleineren Umschlag im Innern fürs Erste beiseite und las, was dort in Darcy Clarkes krakeliger Handschrift stand:

Harry,
zunächst einmal: Leider gibt es noch immer nichts Neues über Brenda. Und ich nehme an, wenn du etwas von ihr gehört hättest, hättest du mir Bescheid gegeben. Aber mach dir keine Sorgen, wir arbeiten daran.
Als wir das letzte Mal miteinander sprachen, sagtest du, du würdest dir gern eine lange Auszeit nehmen, allerdings fehle dir das Geld dazu. Wie wär's denn mit einem Arbeitsurlaub? Du hast mich darum gebeten, ein paar Orte für dich zu überprüfen. Nun, ich habe einen gefunden, der dir gefallen könnte, und zwar am Mittelmeer. Das Wetter ist dort mit Sicherheit gut, und das Geschäft könnte sich als äußerst günstig erweisen ...

Oh, und du fragtest nach dem Wechselkurs? Nun, der ist auch ziemlich gut.
Setze dich doch einfach mit mir in Verbindung, dann können wir reden.
Ich lege ein Foto bei. Ein wirklich schöner Ort. Ich kann mir vorstellen, dass es dir gefallen könnte, dort zu arbeiten ...
Viele Grüße,
Darcy

Dem Necroscope war klar, wovon Darcy sprach: Er hatte ihm vorgeschlagen, in die russische Staatskasse in Moskau einzudringen oder auch in einen beliebigen anderen Laden irgendeiner Organisation auf der schwarzen Liste des E-Dezernats, um die Finanzen für seine Suche zu besorgen. *Zum Teufel nochmal!* War das alles? Darcy tat, als wolle er ihm einen Gefallen tun – und hoffte wahrscheinlich noch, dass er diesen Auftrag gratis erledigte –, dabei war er sich die ganze Zeit im Klaren darüber, dass Harry ihm dann auch einen Gefallen schuldete. Eine Hand wäscht die andere, sodass der Necroscope sich irgendwann verpflichtet fühlen würde, eine Gegenleistung zu erbringen. Zwei Fliegen mit einer Klappe!

»Setze dich doch einfach mit mir in Verbindung, dann können wir reden.« – Das sah ihnen ähnlich! Typisch E-Dezernat! Stets hinterhältige Machenschaften, und sie besaßen auch noch den Nerv ...

Um ein Haar hätte er das Foto zerrissen, als er es aus dem Umschlag zerrte ... doch dann saß er nur noch wie gelähmt da und starrte es an!

Im ersten Augenblick hielt Harry es wieder für eine von Alec Kyles Visionen. *Zum Teufel!* Es war eine von Kyles Visionen, diesmal jedoch war sie real, nicht minder wirklich als das Foto, das er in Händen hielt:

Die hoch aufragenden, gelben und weißen Klippen, die in helles Sonnenlicht getaucht waren. Die gedrungene Burg oder Festung, was auch immer, mit ihren weißen Mauern, die hoch oben über dem Abgrund thronte. Eine Feste im Gebirge, am Rand eines Steilhangs. Die Gegend sah aus, als läge sie am Mittelmeer; ja, natürlich, und Harry kannte die Szenerie, denn er hatte sie schon einmal gesehen. Ringsum von der Sonne gebleichte Felsen, dürre Sträucher, ein paar verkrüppelte Kiefern, und in der Luft lag der Geruch nach Salz, obwohl der Ozean nirgends zu sehen war.

Schließlich kam doch noch Bewegung in Harry, er begann, auf seinem Stuhl zu wanken, und augenblicklich war James Munroe an seiner Seite. »Harry, sind Sie okay? Ich meine, Ihr Gesicht ... Sie sehen aus, als hätten Sie einen Geist gesehen ...«

Harry gewann seine Fassung wieder. Er hatte keine Ahnung, was all dies zu bedeuten hatte, aber er würde es schon noch herausfinden, und zwar recht bald. »Mir ... mir geht es gut«, entgegnete er. »Es ... es ist nur ... Sie würden es ja doch nicht verstehen!« *Ich verstehe es ja noch nicht einmal selber!* »Hören Sie, warum fahren Sie nicht zurück nach London? Tut mir leid, dass ich nicht gastfreundlicher sein kann, aber ich habe einiges zu erledigen. Vor allem jetzt! Machen Sie sich bloß keine Sorgen, Ihr Auftrag ist ausgeführt. Ich werde mich mit Darcy Clarke und dem E-Dezernat in Verbindung setzen, oh ja.«

Und ebendies tat er, kaum dass er Munroe zur Tür gebracht hatte ...

Der Necroscope hätte Darcy einfach anrufen können, doch es gab eine bessere, um nicht zu sagen: einfachere Möglichkeit. Außerdem konnte Darcy mit nicht so viel hinter dem Berg halten, wenn er von Angesicht zu Angesicht mit ihm sprach. Vorausgesetzt, dass er etwas zu verbergen hatte.

Vor gar nicht allzu langer Zeit wäre es Harry wesentlich leichter gefallen, das E-Dezernat via Möbius-Route aufzusuchen, doch im Augenblick konnte er das nicht. Einem Teil von ihm war zwar klar, dass Darcy ja ohnehin Bescheid wusste, dennoch gefiel ihm der *Gedanke* nicht, dass er – beziehungsweise überhaupt jemand – davon wusste. Damit war er, was den Gebrauch des Kontinuums anging, eingeschränkt; er konnte es unmöglich vor anderen Leuten machen. Also hatte er keine Chance, sich einfach in Darcys Büro zu materialisieren.

Aber das machte nichts, denn es gab eine weitere Möglichkeit. Harry nahm nicht an, dass sie sein Zimmer bereits einer anderen Bestimmung zugeführt hatten; Darcy hatte ihm gesagt, es würde stets, so wie es war, für ihn bereitstehen, selbst wenn er es nie wieder benutzen sollte. Warum also sollte er jetzt nicht ein letztes Mal Gebrauch davon machen?

Er verwendete es als eine seiner Möbius-Koordinaten ...

... und trat schon im nächsten Augenblick durch die Tür seines einstigen Zimmers in den Hauptkorridor der Londoner Zentrale des E-Dezernats.

Etwa auf halbem Weg zu Darcys Büro, das am anderen Ende

des Flures lag, unterhielten sich zwei Agenten miteinander. Harry ging in ihre Richtung, und im ersten Moment beachteten sie ihn kaum. Doch als er an der offenen Tür zum Büro des Beamten vom Dienst vorüberkam, hörte er jemanden sagen: *»Ach, du heilige Scheiße!«* Er nahm an, dass man ihn erkannt hatte. Noch höchstens fünf Sekunden, dann würde auch Darcy Clarke darüber informiert sein, dass er hier war. Als er sich den beiden ESPlern näherte, bemerkten sie ihn schließlich. Mit einem Mal standen sie stramm wie Soldaten bei einer Parade und wichen zur Seite, um ihm Platz zu machen. Harry war sich ihrer überraschten Blicke wohl bewusst und bekam auch mit, wie sie einander ansahen, als er an ihnen vorbeiging.

Darcys Büro steckte voller Sicherheitstechnik; dem Necroscopen war klar, dass er wahrscheinlich einige dieser Vorrichtungen auslösen würde, wenn er einfach so mir nichts, dir nichts hereinplatzte. Also setzte er dazu an anzuklopfen ... doch noch ehe seine Knöchel auftrafen, wurde die Tür von innen aufgerissen.

Vor ihm stand – mit offenem Mund und in Hemdsärmeln – Darcy und bat ihn einzutreten. »Harry ...! Schön, dich zu sehen! Wir redeten gerade von dir ...«

Der Necroscope nickte. »Hat Munroe dich vom Autotelefon aus angerufen? Oder war es der diensthabende Beamte?« Damit warf er Darcys Brief mitsamt dem Foto auf den Schreibtisch des Dezernatsleiters und meinte ohne weitere Umstände: »Könntest du mir das bitte erklären?«

Darcy machte Anstalten, die Tür zu schließen. Noch bevor sie ganz zu war, blickte Harry zurück, den Korridor entlang, und sah ein halbes Dutzend Köpfe, die aus diversen Büros gestreckt wurden. Darcy bemerkte die hochgezogene Augenbraue und seinen vielsagenden, wenn nicht verächtlichen Gesichtsausdruck und meinte achselzuckend: »Äh, Neuigkeiten verbreiten sich hier recht schnell.«

»Mitunter sogar in *Gedankenschnelle*«, nickte Harry. »Und hier ganz besonders! Wie soll es werden? Können wir ausnahmsweise einmal unter uns sein? Ich meine, *wirklich* unter uns?« Er nahm auf einem Stuhl vor Darcys Schreibtisch Platz. »Du hast hier drin jede Menge Abhörvorrichtungen und Aufzeichnungsmöglichkeiten, Darcy: Apparate und Geister und was weiß ich noch alles. Aber deine Leute täten gut daran zu denken, was der Lauscher an der Wand für gewöhnlich hört! Vielleicht solltest du es ihnen kurz in Erinnerung rufen?«

Darcy setzte sich, legte einen Schalter an seinem Schreibtisch um und sagte: »An alle Stationen! Wir haben einen Gast hier, den ich als persönlichen Freund betrachte, außerdem gehört er zum Dezernat. Ihr alle wisst, wer es ist, und natürlich erweisen wir ihm denselben Respekt wie jedem anderen von uns auch. Das Gespräch, das ich mit ihm führe, ist privat – mit einem ganz großen ›P‹!«

Als er wieder abschaltete, nickte Harry und meinte: »Apparate und Geister, ja. Maschinen lassen sich leicht abstellen. Aber wie verhält es sich mit dem Geist? Das steht auf einem anderen Blatt, nicht wahr?« Er ließ seinen Blick durch das Büro schweifen. »Nun, hier scheint sich ja nicht viel verändert zu haben.«

»Äh ... wie kommst du voran?« Darcy rieb sich geschäftsmäßig die Hände. Er wusste nicht, was er sagen sollte, wenn auch nur im ersten Moment. »Also, wo bist du gewesen, Harry? Und wo wir gerade dabei sind, wie geht es dir?«

»Wie sehe ich denn aus?«, entgegnete der Necroscope, ohne zu lächeln.

»Gut!«, erwiderte Darcy. Anschließend lehnte er sich zurück und schüttelte den Kopf. »Hey, wir sind Freunde, Harry.« Seine Stimme klang nun nicht mehr ganz so energisch. »Das würde ich jedenfalls gerne glauben. In dieser Hinsicht geht es mir ungefähr genauso wie Ben Trask: Ich kann Lügen nicht ausstehen.«

»Dann lüge nicht.«

»Du siehst nicht viel anders aus als letztes Mal«, sagte Darcy. »Du hast abgenommen und ein paar Falten mehr und wirkst sehr erschöpft. Aber gleichzeitig kommst du mir – ich weiß nicht, wie ich es sagen soll – eher wie du selbst vor? Aber was du so von dir gibst, klingt gar nicht nach dir. Ich meine, ich habe über unsere Unterhaltung über Alec Kyle nachgedacht, ziemlich viel sogar – ob er vielleicht heimlich getrunken hat und so weiter. Das kam mir schon ziemlich komisch vor! Also, was bereitet dir – abgesehen von Brenda und dem Kleinen ... – noch Sorgen, Harry? Ich meine, ich würde dir gerne helfen, sofern ich kann.«

Mit einem Mal hatte der Necroscope den Eindruck, dass er gar nicht so angespannt zu sein brauchte. Darcys Freundschaft war nicht gespielt. Oh, das E-Dezernat würde immer zwischen ihnen stehen, doch abgesehen davon war Darcy ohne Arg, und Harry sah sich in der Lage, mit ihm zu reden. Zumindest über gewisse Dinge.

Und so redete er mit ihm, erzählte ihm von Alec Kyles Fähigkeit, in die Zukunft zu blicken, die anscheinend auf ihn übergegangen war, und verschwieg auch nicht das merkwürdige Problem, das er neuerdings mit dem Trinken hatte. Er verlor sich zwar nicht in Einzelheiten, erzählte aber genug, dass Darcy begriff. Zumindest begriff er, was es mit jener anderen Sache auf sich hatte.

»Was Alec und das Trinken angeht, bin ich immer noch der Meinung, dass du dich irrst«, sagte Darcy, als Harry geendet hatte. »Selbst falls du recht haben solltest, kann ich mir kaum vorstellen, dass er es so gut verheimlichen konnte! Und das hier ...« Er nahm das Foto, das auf seinem Schreibtisch lag, in die Hand. »Du sagst, du hast es schon mal gesehen?«

Der Necroscope nickte. »Ja, diese Szene, als plötzliche Vision! Zwar nur in meinem Kopf, aber es war absolut real. Damals, als wir uns über das russische Fort Knox unterhielten. Erinnerst du dich?«

»Natürlich, deshalb habe ich dir das Bild ja geschickt.«

»Klar, aber mein – vielleicht auch Alec Kyles – Geist, irgendein versteckter Winkel davon, hatte es bereits empfangen! Nur erkannte ich das zu jener Zeit noch nicht und hatte keine Ahnung, was es zu bedeuten hatte.«

»So war es bei Alec auch«, nickte Darcy. »Oftmals verstand er nicht, was er sah, und musste seinen Visionen einfach freien Lauf lassen und zusehen, was sich ergab. Er musste abwarten, bis er die Zukunft eingeholt hatte.«

»Mir geht es nicht anders«, meinte Harry. »Allerdings war es diesmal nicht nur ein flüchtiger Blick, weit mehr als bloß eine Ahnung. Jetzt habe ich auch dein Bild.« Er beugte sich vor, um mit dem Zeigefinger auf das Foto zu tippen. »Und ich weiß, dass *du* eine ganze Menge über dieses ... Ziel ... weißt. Also tappe ich nicht im Dunkeln, denn nun, wo ich sicher bin, dass ich irgendwann in meiner Zukunft an diesem Ort landen werde, werde ich sämtliche Einzelheiten von dir erfahren.«

»Soweit wir sie kennen, natürlich«, entgegnete Darcy. »Trotzdem steht es bereits fest. Du *wirst* es tun.«

»So wie es aussieht, ja.« Harrys Miene war finster. »Vielleicht können wir damit anfangen, dass du mir erzählst, wem ich es antun werde ...«

NEUNTES KAPITEL

»Zunächst der Ort!« Darcy schob das Foto quer über den Schreibtisch, näher zu Harry. »Wir wissen nicht viel darüber, über seine Geschichte ist kaum etwas bekannt. Aber wenn du dort bist, kannst du wahrscheinlich mehr herausfinden, falls dir der Sinn danach steht.« (Das »wahrscheinlich« war überflüssig, denn Darcy war klar, dass Harry dazu in der Lage war – wenn er es wünschte, konnte er mit den ursprünglichen Besitzern oder Erbauern reden. Doch dieses Thema wollte Darcy lieber nicht anschneiden.)

»Wie dem auch sein mag«, fuhr er fort, »man nennt das Schloss Le Manse Madonie – nach der Gebirgsgegend, in der es sich befindet. Es wurde vor ungefähr vierhundert Jahren auf den Grundmauern einer Burg, die in die Zeit der Kreuzzüge zurückreicht, errichtet. Wie die meisten alten Bauwerke wurde es im Lauf der Jahrhunderte ständig erweitert und umgebaut.

Ursprünglich war es womöglich ein Wachturm, von dem aus man das Tyrrhenische Meer überblickte, vielleicht auch die Feste eines Lokalfürsten. Wir wissen es nicht. Und es dürfte auch nicht leichtfallen, das herauszufinden – jedenfalls nicht aus Büchern –, denn soweit wir feststellen konnten, wurden die meisten historischen Unterlagen zerstört. Es gibt nichts darüber.

Das Einzige, was wir mit Sicherheit wissen, ist, dass es sich seit Jahrhunderten im Besitz ein- und derselben Familie befindet. Ihr Stammbaum reicht zwar in graue Vorzeit zurück, aber schriftliche Aufzeichnungen? Vergiss es! Sofern es welche gibt, wurden sie abgeändert, überarbeitet oder von Grund auf umgeschrieben. Schlussfolgerungen lassen sich daraus allerdings keine ziehen; die meisten alten Familien haben die ein oder andere Leiche im Keller. Diese Leute hier haben ihre eben beseitigt, das ist alles. Oder auch nicht. Vielleicht haben sie damit nur Platz geschaffen für ein paar neue ...«

»Diese Leute?« Gedankenversunken saß Harry da. Aufmerksam lauschte er den Ausführungen, aber bislang hatte Darcy ihm noch nicht allzu viel erzählt. »Nun, anscheinend beschäftigst du dich schon seit einer ganzen Weile mit ›diesen Leuten‹, und zwar eingehend, nehme ich an, schließlich ist das hier das E-Dezernat! Also, wer sind sie?«

»Die Francezcis«, erklärte Darcy. »So jedenfalls heißt die Familie, die gegenwärtigen Besitzer und Bewohner der Manse Madonie. Aber wie gesagt, das Schloss befindet sich seit einer Ewigkeit in Familienbesitz. Es handelt sich um zwei Brüder, Zwillinge, allerdings nicht eineiig. Antonio, beziehungsweise Toni, und Francesco Francezci. Jetzt weißt du, wer sie sind, aber uns interessiert eher, *was* sie sind.«

Harry nickte. »Und was sind sie?«

»Zunächst die Fakten«, entgegnete Darcy. »Erst sage ich dir, was wir mit Sicherheit wissen, dann, was wir annehmen. Danach sind wir nur noch auf Mutmaßungen angewiesen. Die Gebrüder Francezci sind die einzigen noch lebenden Erben einer der reichsten Familien der Welt. Sie sind ... nun ja, milliardenschwer! Glauben wir jedenfalls. Okay, okay!« Beschwichtigend hob er die Hand. »Ich sagte, ich erzähle dir, was wir wissen, und das wissen wir. Aber bei diesen Leuten fällt es einem nicht leicht, eine genaue Aussage zu treffen oder ihr Vermögen exakt zu beziffern. Lass es mich so sagen: Würde man ihren Reichtum nach den Maßstäben der italienischen Wirtschaft veranschlagen und fände man einen Weg, die Hälfte von dem, was sie herausgezogen haben, wieder zurückzuführen, dann würden Italien und Sizilien nur halb so tief in der Scheiße stecken wie jetzt.«

Harry begriff, worauf es hinauslief, und sagte bloß ein Wort: »Die Mafia!« Mehr nicht.

»Psst!« Darcy legte den Finger an die Lippen und tat, als verziehe er entsetzt das Gesicht. »Was, die Gebrüder Francezci? Harry, das käme einer Blasphemie gleich! In Italien darfst du so etwas in vornehmen Kreisen noch nicht einmal andeuten. Die würden dich auf der Stelle rauswerfen – und dir später wahrscheinlich den Hals abschneiden! Darüber spricht man nicht; aber wir sind uns ziemlich sicher, dass die Leute genau das *denken.* Allerdings ... nun, es ist schon erstaunlich, was die Zeit mit der Erinnerung anstellt. Ich meine, sieh dir doch die sogenannten ›Legenden‹ um Robin Hood, Jesse James oder Ned Kelly an – allesamt Mörder und Strauchdiebe, die zu Volkshelden wurden.«

Als er innehielt, um Atem zu schöpfen, meinte Harry: »Willst du damit etwa sagen, die Francezcis seien für die Bevölkerung so etwas wie Idole?«

Darcy grinste, oder vielmehr, er zog eine Grimasse. »Wenn du mächtig genug bist, kannst du sein, was immer du willst. Ich nenne dir ein Beispiel, damit du verstehst, was ich meine. Vor gut vierzig Jahren war es ein Francezci – ein gewisser ›Emilio‹ Francezci, wird behauptet, ein dubioser ›Onkel‹ von Antonio und Francesco –, der dafür sorgte, dass die sizilianische Mafia, die damals im Untergrund agieren musste, bei der Landung der Amerikaner 1943 ihre Finger im Spiel hatte. Emilio war Lucky Luciano, der zu der Zeit in einem amerikanischen Gefängnis schmorte, noch einen Gefallen schuldig.

Emilio schlug vor, dass Lucky im Austausch für seine Freiheit und spätere Überstellung nach Italien Kontakt zu ein paar früheren Freunden auf Sizilien aufnehmen solle, um ein gutes Wort für die amerikanischen Invasionstruppen einzulegen und sie zu bitten, gemeinsam mit ihren ›einstigen‹ Mafia-Soldaten – die noch immer in den sizilianischen Dörfern verstreut waren – den Druck auf die Streitkräfte des Duce, beziehungsweise was davon noch verblieben war, zu erhöhen. Sie sollten ihnen ein Angebot machen, das sie unmöglich ablehnen konnten: Fersengeld geben und leben oder auf ihrem Posten bleiben und sterben. Einen schnellen, sauberen Tod beim Einmarsch der Amerikaner konnte allerdings niemand garantieren, einen sehr hässlichen durch die Garrotte eines Mafia-Guerilleros hingegen durchaus!

Weshalb ich von einstigen Mafiosi spreche? Du darfst nicht vergessen, dass Mussolini damals jeden Mafioso sofort am nächsten Laternenpfahl aufknüpfen ließ. Darum war es besser, jede Verbindung zu dieser Organisation abzustreiten oder besser noch, gar nicht dazuzugehören! Doch die Mafia kann man nicht unterkriegen; man kann sie vielleicht dazu zwingen, eine Zeit lang in den Untergrund zu gehen, aber sie wird stets wiederkehren. Und der Duce hatte sich gegen sie gestellt. Nun nahmen sie ihn aufs Korn. Sie wollten ihn loswerden – und Hitler wollten sie schon dreimal nicht!

Damit wurde die Landung der Amerikaner auf Sizilien zu einem Spaziergang und der Verlauf des Krieges – und vieler weiterer Ereignisse, die seither die Welt bewegten – entscheidend beeinflusst. Es ist zwar unmöglich, etwas über diesen Emilio Francezci in Erfahrung zu bringen – und damit meine ich, dass wir *absolut nichts* über ihn wissen –, aber trotzdem wurde er zum Volkshelden hochgejubelt. Andererseits habe ich mir sagen lassen, dass es Leute gibt, die sogar Al Capone als Idol betrachten ...«

Harry schwieg einen Moment. »Wir reden hier über Italien«, sagte er schließlich, »oder vielmehr Sizilien, da gelten doch ganz andere Maßstäbe. Mauscheleien, Korruption in der Politik und überhaupt Verbrechen sind dort doch so gut wie an der Tagesordnung. Nur weil dieser eine Francezci – dieser ›Emilio‹ – Kontakte zur Unterwelt hatte, heißt das noch lange nicht, dass die anderen auch Dreck am Stecken haben. Ich meine, in so einem Umfeld ist bis hin zu den Politikern jeder irgendwie darin verwickelt ... Was hast du sonst noch vorzuweisen, Darcy? Warum sagst du mir nicht einfach, weshalb das E-Dezernat sich für die Francezcis interessiert?«

»Du willst es ohne Umschweife wissen?«, entgegnete Darcy. »Okay, versuchen wir's. Welches Interesse hat das E-Dezernat an den Francezcis:

Wir verfügen über Wahrsager, Harry, Leute wie Alec Kyle und doch anders als er, die hauptsächlich an der Zukunft interessiert sind. An der Zukunft und dem Wohlergehen dieses Landes – und, nicht zu vergessen, der ganzen Welt. Aber Nächstenliebe beginnt nun mal zu Hause. Was meine ich nun damit, wenn ich sage, diese Leute sind wie Alec Kyle und doch anders? Hm, du warst lange genug bei uns, um zu wissen, dass es unterschiedliche Ausprägungen von ESP-Fähigkeiten gibt. Die Talente meiner Hellseher funktionieren anders als Alec Kyles Talent, nicht mehr und nicht weniger. Aber sie sind ziemlich geübt darin und geben verdammt gute Prognosen ab. Allerdings ist die Zukunft nur schwer zu fassen und man kann keine eindeutigen Aussagen treffen. Aber sie geben ihr Bestes.

Der Punkt ist, sowohl als Insel als auch als Nation nähern wir uns immer mehr an Europa an. Zwar nicht wörtlich, wohl aber was unsere Wertvorstellungen, unsere Politik und die Finanzen angeht. So jedenfalls will es scheinen, und das haben auch meine Hellseher und Futurologen vorhergesagt. Nun gut, dann soll es eben so kommen. Aber auch in einer zukünftigen Welt, in der wir eng an Europa gebunden sind, hätten wir natürlich gern die bestmöglichen Vorteile für uns. Nur weil wir zufällig durch den Ärmelkanal und die Nordsee vom Festland getrennt sind – eine Lage, die sich in der Vergangenheit durchaus als Vorteil erwiesen hat –, heißt das noch lange nicht, dass wir die armen Verwandten draußen vor der Küste sein müssen, der entfernte Cousin, der in Lumpen geht.«

Der Necroscope begriff. »Du meinst, deine ... Futurologen? ... sehen finanzielle Schwierigkeiten vorher?«

Darcy war beeindruckt. »Unter anderem. In Frankreich werden sich die Regierungen die Klinke in die Hand geben, und entsprechend wird der französische Franc enormen Schwankungen unterworfen sein. Dann haben wir noch die Deutsche Mark ... was die angeht, bereitet uns allerdings weniger die Zukunft als vielmehr die *Vergangenheit* Sorgen! Die Deutsche Mark mag im Moment zwar gut dastehen, aber ihre Vorgeschichte ist denkbar ungünstig, Harry. Und dann noch die Lira und die Drachme? Mal im Ernst, soll man das Pfund Sterling wirklich an solche Währungen binden?«

»Ihr habt also etwas aufgeschnappt, was in der Zukunft geschehen soll«, nickte Harry, »und angesichts der Lehren der Vergangenheit macht ihr euch jetzt Gedanken über die Gegenwart, richtig? Damit ihr herausfinden könnt, wo der Verfall eingesetzt hat, um ihn daran zu hindern, dass er sich bis hierher ausbreitet? Und das führte euch zu den Francezcis.«

»Unter anderem, ja. Aber wir müssen äußerst behutsam vorgehen. Nach außen hin sind die Francezcis über jeden Verdacht erhaben. Ich kann dir mehrere Beispiele aus den letzten zehn Jahren nennen, wo italienische Regierungen stürzten, nur weil sie den *Anschein* erweckten, sie könnten mit dem Finger in diese Richtung zeigen! Das E-Dezernat ist zwar das E-Dezernat, aber auf internationalem Parkett haben wir nicht diesen diplomatischen Einfluss. Sollten sie Wind davon bekommen, dass wir gegen sie ermitteln ... nun, selbst uns könnte man den Hahn zudrehen! Es ist beängstigend, wie schnell diese Leute an Informationen kommen.«

Harry kam nicht mehr mit. Er hob die Hand. »Moment mal! Euch könnte man den Hahn zudrehen? Den Laden dichtmachen? Aber eure Aufgabe ist doch die nationale Sicherheit?«

Darcy seufzte. »Wir sind das E-Dezernat. Es gibt Leute, die es eigentlich besser wissen müssten und trotzdem nichts von uns halten, und andere, die unsere Ausgaben beschneiden wollen ... dabei sind unsere Mittel ohnehin schon dürftig genug! Und es ist keine leere Schmeichelei, wenn ich dir sage, dass immer wieder du derjenige warst, der unsere Haut gerettet hat. *Du,* deine Erfolge haben uns über Wasser gehalten. Wir haben einen Vorsprung vor der Gegenseite, das heißt: Wir sind erfolgreich.

Also gestattet man uns, weiterzuexistieren. Aber die Francezcis haben ganz einfach zu viel *Macht* für uns. Als Organisation, die im Geheimen operiert, können wir uns nicht gegen sie stellen. Wenn wir sie richtig einschätzen, reicht unser Einfluss nicht aus, irgendetwas gegen sie zu unternehmen. Und sollten wir einen Fehler machen und auffliegen ... dann haben sie uns bei den Eiern ...«

Das stimmte Harry nachdenklich. »Nur zwei Brüder, und so mächtig? Bloß die beiden? Worauf gründet sich ihre Macht – ich meine, abgesehen von Geld?«

»Nun ja«, rief Darcy, »es gibt natürlich keine größere Macht auf Erden! Aber okay, vom Geld mal abgesehen:

Sie sind wie ein Krake, Harry, der seine Fangarme überall hat, in jeder Art von Senkgrube. Sie verfügen über einen eigenen Nachrichtendienst. Das ist im Wesentlichen die Grundlage ihrer Macht. Ansonsten sind die Verstrickungen allerdings nahezu unüberschaubar, du wirst es kaum glauben, selbst wenn ich es dir sage, hier, in der Zentrale des E-Dezernats.«

»Versuche es trotzdem«, entgegnete der Necroscope. »Ich bin für alles offen.« Er lächelte, und für einen Augenblick sah er tatsächlich aus wie der Harry, den Darcy einst gekannt hatte. Mit einem Mal erkannte Darcy das Komische an der Situation: Da wollte jemand Harry Keogh doch tatsächlich klar machen, dass es etwas gab, was nahezu unglaublich war! Und dieser Jemand war ausgerechnet er selbst, Darcy Clarke, der blindlings durch ein Minenfeld laufen konnte – mit Schneeschuhen, wenn es sein musste –, ohne auch nur einen einzigen Kratzer abzubekommen. Schließlich musste auch Darcy lächeln, dann kicherte er, und die Anspannung wich von den beiden.

Doch schon im nächsten Moment wurde Darcy wieder dienstlich. »Okay, hör zu. Diese Leute, die Francezcis, sind mehr als nur ein paar Gangster im großen Stil. Sie haben das komplette Gewicht der Mafia hinter sich! Was auch sonst, schließlich sind sie deren Berater; sie sind die Dons der Dons, einen höheren Paten gibt es nicht! Aber das ist bei Weitem noch nicht alles. Denn *über* die Mafia beraten sie auch den KGB und hin und wieder sogar ... die CIA!«

Der Blick des Necroscopen blieb ausdruckslos, als habe er dies gar nicht gehört. Doch als er allmählich begriff, legte er fragend den Kopf schief. »Sie tun *was?*«

»Das kannst du nicht nachvollziehen«, nickte Darcy. »Nun, das ist verständlich. Aber denk an die Sache mit Lucky Luciano, und dann stell dir doch mal die Frage, weshalb es die Mafia heute immer noch gibt und warum sie, oh, an ziemlich vielen Orten floriert, wo doch jeder ›aufrechte‹ Staat dieser großen weiten Welt nichts lieber tun würde, als ihnen für alle Zeiten das Handwerk zu legen.«

»Aber die CIA?« Harry war noch immer nicht ganz überzeugt. »Ich meine, Ersteres kann ich mir vorstellen, es ist sogar plausibel; natürlich möchte Mütterchen Russland den westlichen Kapitalismus untergraben. Und was gibt es da Besseres, als wenn die Fäulnis an der Wurzel beginnt? Aber die CIA? Welche ›Ratschläge‹ würde die Central Intelligence Agency wohl von Leuten annehmen, die mit der Mafia unter einer Decke stecken?«

»Nicht so schnell«, mahnte Darcy. »Zunächst zum KGB. Ich habe niemals behauptet, dass er den Francezcis Anweisungen gibt. Ich wollte damit nicht andeuten, dass sie Finanzinstitutionen sabotieren oder manipulieren oder sonst etwas Derartiges unternehmen – obwohl es natürlich im Bereich des Möglichen liegt, zumindest könnten sie durchaus den Apparat dazu stellen. Ich sagte, die Francezcis sind ›Berater‹. Das Schlüsselwort heißt ›Nachrichten‹! Wie gesagt, die Francezcis verfügen über einen beeindruckenden Apparat, um an Informationen zu gelangen! Deshalb greift die CIA auf sie zurück – weil ihre Informationen *gut* sind. Aber welche *Art* von Beratung sie nun anbieten ...« Darcy zuckte die Achseln. »Davon haben wir beim E-Dezernat keine Ahnung. Aber es wird sich nicht um Kleinigkeiten handeln, darauf kannst du Gift nehmen. Wie sie vorgehen? Sie geben dem KGB Informationen, die nicht mit CIA-Interessen kollidieren, andersherum bieten sie der CIA alles an, sofern es nicht die Russen berührt. In beiden Fällen profitiert die Mafia davon, weil sie vorab weiß, was sich in der Welt tun wird. Und alle Beteiligten sind den Francezcis auch noch dankbar. Das ist Macht, Harry!«

Harry schwieg eine Zeit lang. »Sie sind also so etwas wie ›Berater‹«, sagte er schließlich, »für die Mafia, den KGB und sogar die CIA ...«

»... und über die Dienste nehmen sie auch Einfluss auf deren Regierungen – so wie Emilio Francezci, als er zur Kooperation zwischen den amerikanischen Invasionstruppen und der sizilianischen Mafia riet, die bereits Gewehr bei Fuß stand.«

»Diese Art Informationen also«, sagte Harry nachdenklich.

»Ja ...«

»Das Schlüsselwort heißt Nachrichten«, sinnierte der Necroscope. »Okay, wie sieht ihr Nachrichtenapparat aus? Wie ist er aufgebaut? Woher beziehen sie ihre Informationen? Vielleicht sind sie ja einfach so etwas wie die CIA der Mafia: das Zentrum in einem Netzwerk aus Korruption und internationalem Verbrechen?«

Abermals zuckte Darcy die Achseln. »Vielleicht! Aber das ist nicht sehr wahrscheinlich. Sehen wir den Tatsachen doch ins Gesicht: Die einzelnen Familien stehen miteinander ... nun ja, eher auf Kriegsfuß. In den USA werden zurzeit erbitterte Mafia-Fehden ausgetragen, in Italien wahrscheinlich ebenfalls. Sie sind untereinander uneins, das war noch nie anders. Aber hier habe ich etwas, was einem zu denken gibt:

Unsere Hellseher sagen, dass es mit dem Kommunismus, insbesondere in Russland, abwärts geht. Vielleicht bereiten die Francezcis ja den Weg für die Mafia, oder zumindest für eine Splittergruppe, in der UdSSR? Das ist ein riesiges Gebiet, Harry! Der Punkt ist: Ganz gleich, was sie tun, es kommt garantiert nichts Gutes dabei heraus.«

»Und du – oder vielmehr das E-Dezernat – möchtest nun, dass ich ihnen ein paar Knüppel zwischen die Beine werfe?«

Darcy hob abwehrend die Hände. »Hey, ich sagte doch, dass wir nichts damit zu tun haben dürfen! Du hast mich gefragt, bei wem du einen Coup landen könntest, um an Geld zu kommen. Da kam mir der Gedanke, dass es vielleicht eine Möglichkeit gibt, wie wir beide aus dem, was du ... nun ja, was du am besten kannst, Nutzen ziehen können. Aber sollte das, was du tust, irgendwelche Konsequenzen haben, darf niemand das Dezernat damit in Verbindung bringen. Wir haben nichts damit zu tun!«

»Was, wenn ich das Geld gar nicht so dringend brauche?«

»Dann lass es bleiben.«

»Tatsache ist, so dringend brauche ich es eigentlich wirklich nicht, bisher zumindest.«

»Du hast mich darum gebeten, etwas für dich zu erledigen«, erwiderte Darcy, »und das habe ich getan. Alles, was ich nun sage, ist: Dieser Ort auf dem Foto, Le Manse Madonie, steckt so voller Geld, Gold und Schätze, dass du es dir in deinen wildesten Träumen nicht vorstellen kannst. Wir sind uns nämlich sicher, dass diese Kerle, abgesehen von dem, was sie beiseite geschafft und in Banken auf der ganzen Welt deponiert haben, auch fanatische Sammler sind. Sie – beziehungsweise ihre Familie – sind seit Jahrhunderten dabei, ein Vermögen anzuhäufen! Der Verbleib eines Großteils der Reichtümer Europas, der im Zweiten Weltkrieg in den Schatullen der Nazis verschwand, ist bis heute ungeklärt. Kein Wunder, solange die sie da oben horten!«

»Oh?« Der Necroscope hob fragend die Augenbrauen. »Ich weiß also noch immer nicht alles?«

»Dazu wollte ich noch kommen«, sagte Darcy rasch. »Deshalb führen wir diese Unterhaltung doch, oder? Aber bisher haben wir nur um den heißen Brei herumgeredet.«

»Gibt es Pläne von dem Anwesen?«

»Ich dachte, du wärst nicht interessiert?«

Harry grinste, wenn auch ziemlich gezwungen. »Wir reden doch nur ein bisschen um den heißen Brei herum, oder?«

»Nein, es gibt keine Pläne. Und an ihre Sicherheitsvorkehrungen reicht nichts heran. Es wäre leichter, in das Raumfahrtzentrum in Baikonur einzudringen! Das mag ein bisschen übertrieben klingen, aber ich bin sicher, du weißt, was ich damit sagen will.«

»Das Chateau Bronnitsy war auch gut gesichert«, entgegnete Harry.

Darcy nickte, verzichtete jedoch auf eine Erwiderung. Er wollte nicht von Harrys Talent, jeden Ort nach Belieben aufzusuchen und wieder zu verschwinden, sprechen ... geschweige denn von dem Schaden, den Harry an einigen dieser Orte angerichtet hatte. Dazu zählte unter anderem auch das Chateau Bronnitsy, einst Hauptquartier der sowjetischen ESPionage-Abteilung. Doch das Chateau Bronnitsy existierte nicht mehr.

»Dieser Ort war der Hauptsitz des Bösen«, fuhr Harry fort. »Die Francezcis hingegen sind wahrscheinlich nicht mehr als bloß ein paar Obergauner.«

Der Chef des E-Dezernats schüttelte den Kopf. »Ich verlange ja nicht, dass du alles in Schutt und Asche legst. Eigentlich verlange ich überhaupt nichts von dir. Solltest du etwas unternehmen, ist es allein deine Angelegenheit und ich will noch nicht einmal etwas davon wissen. Ich gebe dir bloß einen Tipp, wo du einen Volltreffer landen könntest, falls du mal Lust auf ein paar Zielübungen kriegst.«

»Und falls ich im Verlauf meiner ›Nachforschungen‹ auf das

Orakel der Francezcis stoße, von dem sie ihre Informationen beziehen ...?«

»Dann wären wir dir natürlich zu Dank verpflichtet. Wenn wir diese Quelle anzapfen könnten ... es versteht sich wohl von selbst, dass wir sie besser nutzen würden als die Francezcis.«

»Und gleichzeitig könntet ihr ihnen damit die Tour vermasseln!« Harry hatte begriffen. »Aber ihr steht nicht irgendwie unter Zeitdruck?«

»Nein. Ehrlich gesagt, Harry, war das für dich gedacht. Wenn du Gebrauch davon machen willst, dann tu es, und wenn nicht ... nun, es ist deine Entscheidung. Aber wie du ja selbst sagst, sollten wir auch einen Vorteil davon haben, umso besser!«

Der Necroscope überlegte einen Augenblick. »Wissen wir, wie die beiden Brüder aussehen? Oder ihre Leute? Du sagst, in Le Manse Madonie hätten sie gute Sicherheitsvorkehrungen! Was genau haben sie da oben?«

»Ihren eigenen kleinen Sicherheitsdienst«, antwortete Darcy. »Nicht allzu viel, wenn man die Mafia als Maßstab nimmt – aber, wie gesagt, die Francezcis gehören nicht zur Mafia. Sie sind ein paar Nummern größer. Sie ziehen lediglich die Fäden, und die anderen springen. Eine Armee wäre ohnehin nicht notwendig, nicht an einem so unzugänglichen Ort wie der Madonie. Natürlich verfügen sie über Wachen, ihre ›Bediensteten‹, einen viersitzigen Hubschrauber und einen Fuhrpark. Vor Ort benutzen sie gern eine Limousine mit Überlänge, ähnlich wie ihre Kollegen von der Mafia!«

»Ja«, nickte Harry, »die Mafia. Ist Sizilien immer noch ihr Hauptsitz?«

»Aber eindeutig!«, erwiderte Darcy. »Sollten die Francezcis es je für nötig halten, könnten sie jede Menge schwer bewaffneter Hilfskräfte mobilisieren. Allerdings bräuchten sie dazu etwas Zeit. Es dauert eine Weile, bis man von Palermo aus in die Madonie gelangt – für gewöhnlich jedenfalls.« Bei dieser letzten Bemerkung wandte er das Gesicht ab, kramte in einer Schublade und zog eine Handvoll Fotografien hervor, die er auf den Schreibtisch warf. »Bilder von unseren Freunden«, kehrte er zum eigentlichen Gegenstand des Gesprächs zurück. »Nicht sehr gut, fürchte ich. Aber anscheinend sind die Francezcis die am wenigsten fotografierten Menschen auf der ganzen Welt. Außerdem auch nicht sehr fotogen!«

»Kann ich die mitnehmen, wenn ich gehe?«

Darcy schüttelte den Kopf. »Tut mir leid! Du kannst sie dir selbstverständlich zu Gemüte führen, aber die Fotos bleiben hier. Ich wiederhole es noch einmal: Offiziell haben wir keinerlei Interesse an diesen Leuten. Niemand wird uns, was das angeht, als Informationsquelle ausmachen.«

Harry legte die Stirn in Falten. »So, wie du das sagst, klingt es, als verfügten die Francezcis auch bei uns über einigen Einfluss.«

Darcy erwiderte nichts darauf.

»Was, bei der britischen Regierung? ›Beraten‹ die etwa auch unsere Geheimdienste? Ist das ein weiterer Grund, weshalb ihr an ihnen interessiert seid?«

»Wir haben keine Ahnung, *wo* die Francezcis ihre Finger drin haben und wo nicht!« Darcy breitete hilflos die Arme aus. »Aber angesichts dessen, was sie wissen, besteht durchaus die Möglichkeit, dass sie auch auf unserer Seite des Teichs eine Rolle spielen. Zwar noch keine sehr große, aber ...«

»... aber sie befinden sich auf dem aufsteigenden Ast«, führte der Necroscope den Satz für ihn zu Ende. »Ich muss zugeben, jetzt hast du mich neugierig gemacht. Der Gedanke, dass ein paar Superkriminelle hier, in meinem Land, die Fäden ziehen, gefällt mir ganz und gar nicht, weder jetzt noch in Zukunft.«

Er betrachtete sich die Fotografien.

Drei der fünf Bilder zeigten zwei Männer, immer dieselben, aus demselben Blickwinkel an ein und demselben Ort aufgenommen. Der Fotograf hatte sie dabei überrascht, wie sie im fahlen Licht der Abenddämmerung aus einem typisch italienischen beziehungsweise sizilianischen Gebäude kamen und eine breite Treppe hinabgingen. Weitere Leute folgten ihnen, waren allerdings unscharf. Auf dem ersten Bild blickten die beiden, die Augen hinter Sonnenbrillen verborgen, direkt in die Kamera, die ansonsten gut aussehenden Gesichter vor Entsetzen oder Überraschung verzerrt.

Auf dem zweiten Bild waren sie schon wesentlich näher, einer von ihnen zeigte, den Mund zu einem Schlitz geöffnet, wie um eine Frage oder Anweisung zu brüllen, mit dem Finger auf die Kamera. Auf dem dritten Bild wurden die beiden nahezu völlig von den fünf Fingern einer behandschuhten Hand verdeckt, die jemand vor das Objektiv hielt.

Auf allen Bildern entsprachen die Gesichter zwar dem Klischee südländischer Attraktivität, waren aber nur verschwommen und undeutlich zu erkennen; möglicherweise lag es daran, dass sie sich bewegten, womöglich hatte aber auch der Fotograf die Nerven verloren und gewackelt. Das dunkle Haar trugen sie zurückgekämmt, ihre Gesichter waren lang und schmal, die Ohren groß und lagen flach am Kopf an. Zudem wirkten sie größer als die Durchschnittsitaliener. Die Francezcis hinterließen einen nachhaltigen Eindruck bei Harry. Und noch etwas fiel ihm auf – nämlich, wie blass sie waren. Als Italiener beziehungsweise Sizilianer hätte er sie sich dunkler vorgestellt ...

»Ein paar eiskalte Burschen, nicht wahr?«, meinte Darcy. Seine Stimme drang wie aus weiter Ferne an Harrys Ohr.

Der Necroscope blickte auf. »Hmm?«

»Die Kerle jagen einem eine Gänsehaut über den Rücken.« Darcy verzog das Gesicht. »Das Resultat einer vergeudeten Jugend. Sie sehen aus wie zwei Junkies, die seit Jahren an der Nadel hängen, ein Produkt der Hinterhöfe und Billardsalons – oder in diesem Fall der düsteren, von Echos widerhallenden Säle der Manse Madonie.«

»Mein Gott, bist du theatralisch!« Harry legte die Stirn in Falten, und der nachdenkliche, entrückte Ausdruck wich von seinem Gesicht. »Ich dachte, du weißt nichts über Le Manse Madonie!?«

»Das stimmt. Aber dafür weiß ich etwas über die beiden. Sie leiden an einer angeborenen Lichtempfindlichkeit. Darum leben sie sehr zurückgezogen. Das ist einer der Gründe, weshalb wir keine besseren Bilder von ihnen haben. Niemand hat welche. Ein weiterer Grund ist der, dass sie es nicht mögen, fotografiert zu werden. Der Mann, der die Aufnahmen machte, *war* ein Paparazzo – damals, bei dieser hässlichen Sache mit Aldo Moro. Ich kann es kaum glauben, aber irgendwie schaffte er es, diese Bilder aus Sizilien herauszuschmuggeln. Aber er hat dafür bezahlt!«

»Oh?«

Darcy zuckte die Achseln, allerdings keineswegs geringschätzig. »Einen Monat später fanden sie ihn. Er baumelte in Neapel von einer Brücke. Anscheinend Selbstmord!«

Harry betrachtete die anderen Bilder. Das eine zeigte einen untersetzten Typ in Fliegeruniform, das andere einen totenbleichen Mann, der wie ein Diener gekleidet war. »Und die beiden hier?«

»Der kleine Stämmige ist ihr Pilot«, sagte Darcy. »Er heißt Luigi

Manoza. Bis vor ein paar Jahren arbeitete er für eine der New Yorker Familien. Aber im Verlauf einer Fehde kam sein Brötchengeber ums Leben, und auch Luigi geriet ins Visier. Er floh zu Verwandten nach Sizilien und bekam schließlich einen Job bei den Francezcis.

Bei dem anderen handelt es sich um ihren Chauffeur, Mario. Er hat keinen Nachnamen – jedenfalls keinen, den er verrät. Aber er gleicht einem gewissen ›Mario‹, der in den spätern Sechzigern als hoch bezahlter Killer für die Scarlattis in Rom arbeitete, bis aufs Haar. Er war ›der Beste‹ in seinem verrufenen Handwerk, genau die Art Mensch, welche die Francezcis als Fahrer brauchen!«

»Ganz nett«, meinte Harry. »Aber irgendetwas passt hier nicht ganz zusammen. Ich meine, für Leute, die sich so offensichtlich von der Mafia distanzieren wollen, beschäftigen die Francezcis eine ziemliche Menge ehemaliger Gangster.«

Darcy zuckte die Achseln. »Manoza war lediglich eine Randfigur. Er ist zwar Pilot, aber er könnte ebenso gut bloß der Gärtner sein. Die Mafia beschäftigt nämlich auch ganz normale Leute. Und was Mario betrifft: Er hat keinerlei Vorstrafen und stand nie vor Gericht. Das ist nicht weiter verwunderlich, schließlich gehört er zu ›den Besten‹.«

Der Necroscope legte die Fotos auf den Schreibtisch zurück, erhob sich und streckte Darcy die Hand hin. Dieser ergriff sie, um sie zu schütteln. Doch als Harry der Tür zustrebte, meinte er: »Harry, wenn du willst, kann ich auch jederzeit sauberes Geld auftreiben.«

Harry schwieg einen Moment. »Ich komme schon zurecht«, sagte er schließlich. »Ich habe noch genug Geld, vorerst jedenfalls. Es hängt natürlich davon ab, wie lange ich brauche, um Brenda und das Baby zu finden – *sofern* ich sie überhaupt jemals finde. Gibt es sonst noch etwas von deiner Seite?«

Darcy schüttelte den Kopf. »Aber wir werden unsere Augen und Ohren offen halten.«

Er sah zu, wie Harry die Tür öffnete und in den Flur hinaustrat. Am liebsten hätte er ihn zurückgerufen, ließ es jedoch bleiben. Gern hätte er sich noch einmal nach seinem Befinden erkundigt und ihn gefragt, ob es irgendwelche Probleme gäbe – in seinem Kopf beispielsweise. Doch auch das ließ er bleiben. Das E-Dezernat stand stets an erster Stelle. Hätte sich der Necroscope umgedreht und in diesem Augenblick Darcys Gesicht gesehen, hätte er gewusst, dass etwas nicht stimmte. Und vielleicht wollte Darcy ebendies. Doch Harry blickte nicht zurück.

Stattdessen sagte er nur über die Schulter: »Vielen Dank, Darcy! Mehr kann ich nicht verlangen.« Damit schloss sich die Tür hinter ihm ...

An jenem Abend rief Harry Bonnie Jean an. Weshalb, vermochte er nicht zu sagen. Möglicherweise, weil der zu drei Vierteln volle Mond jenseits seiner Gartenmauer über den knospenden Bäumen am Himmel stand. (Doch warum dies ein Grund sein sollte, war ihm nicht minder rätselhaft.) Vielleicht lag es aber auch einfach daran, dass er nichts mehr von B. J.s Wein hatte. Deshalb hatte er ja wohl in erster Linie Seattle verlassen und war nach Hause zurückgekehrt.

Doch diese Auseinandersetzung hatte der Necroscope bereits zuvor geführt, wenn auch nur mit sich selbst. Und Bonnie Jean ... war nur ein weiteres Rätsel in seinem Leben. Oder war sie womöglich mehr als das? Ob sie harmlos war? Dessen war Harry sich sicher. Aber wie harmlos kann jemand wohl sein, der auf die Straße geht in der Absicht, einen anderen umzubringen? Doch derartige Gedanken durfte Harry nicht hegen, also entschied er sich für harmlos. Sie war eine verdammt gut aussehende Frau, außerdem konnte man auch noch mit ihr reden. Sie könnte ihm Gesellschaft leisten. Nun ja, wenn sie wollte.

Allem Anschein nach würde es für Harry eine lange Nacht werden, in der ihm nichts anderes übrig blieb, als sich unruhig hin und her zu wälzen, zumal er ja nichts zu trinken hatte. Und, zum Teufel nochmal, er hatte nicht vor, etwas zu trinken! Weshalb also Bonnie Jean anrufen?

Dennoch tat er es.

Zunächst hatte er eines ihrer Mädchen am Apparat, dann Bonnie Jean selbst. Sie befand sich im Lokal und sagte, sie wolle das Gespräch nach oben legen. (Um nicht gestört zu werden, ging es ihm durch den Kopf. Sie wollte ungestört sein, wenn sie mit ihm sprach.) Sie musste die Treppe regelrecht hinaufgerast sein, denn schon wenige Sekunden später meldete sie sich wieder:

»Harry? Bist du's wirklich?«, hauchte sie. Ihre Stimme – ihre Worte – waren wie Finger, die sanft durch seinen dahinschmelzenden Verstand strichen, hier einen Knopf drückten, dort einen

Schalter umlegten und einen ganz anderen Harry heraufbeschworen. Ihr Akzent war verschwunden. »Komisch, aber du hast mir wirklich gefehlt, Harry ...«

Seine Bedenken – sofern er überhaupt welche gehabt hatte – waren wie weggeblasen. Endlich fand er seine Stimme wieder. »Na ja, ich bin zurück. Fürs Erste jedenfalls. Und du meintest doch, ich solle mich melden ...« Ein schwacher, kläglicher Versuch auszudrücken, was ihn bewegte. Doch die Worte glitten ihm einfach über die Zunge, beinahe so, als stammten sie gar nicht von ihm.

»Du bist aber ziemlich früh dran«, entgegnete B. J., ohne nachzudenken, denn es war noch eine ganze Woche bis Vollmond. Sofort erkannte sie ihren Fehler (warum stürzte sie dieser Mann nur so in *Verwirrung?*) und setzte dazu an weiterzureden, irgendetwas hinzuzufügen, doch Harry kam ihr zuvor:

»Ich weiß, was du meinst. Es scheint ein bisschen voreilig, nicht wahr? Nun, vielleicht liegt es ja am Mond.«

Das ließ sie erstarren. Nur mit Mühe erwiderte sie: »Am Mond?«

»Ja, er steht direkt über meiner Gartenmauer, und mir geht diese Melodie nicht mehr aus dem Kopf: ›Gib mir Mondschein und ein Mädchen, und der Rest kommt dann von selbst.‹ Nun, den Mondschein habe ich, fehlt bloß ...«

Erleichtert, allerdings unhörbar für Harry, seufzte sie auf. »... das Mädchen, eh?« Ehe er etwas darauf erwidern konnte, fuhr sie fort: »Wo bist du?«

»Ganz in der Nähe, neun oder zehn Kilometer entfernt. Ich bin zu Hause.«

»Hast du sie gefunden? Deine Frau und dein Kind?«

»Nein«, antwortete der Necroscope. Seine Stimme verriet keinerlei Emotion. B. J. vermochte nicht zu sagen, ob er froh oder traurig darüber war. Tatsache war, dass Harry es im Augenblick selbst nicht wusste.

»Es ist ein ruhiger Abend«, sagte B. J. »Wir schließen so gegen zwölf ...«

Das war zwar nicht viel, dachte Harry, aber in ihren Worten schwang so viel mehr mit. »Das sind noch über drei Stunden«, entgegnete er.

»Dauert dir das zu lang?«

»Ja ... nein ... im Moment habe ich nichts zu tun. Ich meine, ich bin allein und wohl ... einsam, nehme ich an.«

»Möchtest du herkommen?«

»Ich könnte schon, wenn du ...«

»Oder nein, lieber nicht. Sag mir doch einfach, wo du bist, dann komme ich zu dir! Ich nehme ein Taxi. Die Mädchen kommen auch mal einen Abend ohne mich zurecht.«

»Du meinst ... sofort?«

Er bekam geradezu mit, wie sie die Achseln zuckte. »Hm, ich könnte eine Pause vertragen. Hast du schon was gegessen?«

»Schon eine ganze Zeit lang nicht.« (Das stimmte. Er war am Verhungern!)

»Hast du was zu essen zu Hause?«

»Nein.« Er schüttelte den Kopf, obwohl sie ihn ja gar nicht zu sehen vermochte. »Und zu trinken auch nicht ...«

Er verstummte, und sie schwieg ebenfalls. Schließlich sagte sie: »Ich denke, da lässt sich was machen. Ich meine, ich werde unterwegs ein bisschen einkaufen. Also ... wie lautet deine Adresse? Oh, und Harry, gib mir doch auch gleich deine Telefonnummer, falls etwas dazwischenkommt. Unter der Nummer, die ich hier habe, erreiche ich dich nicht.«

Er gab ihr beides, seine Adresse und die Telefonnummer. Weshalb auch nicht? Es schien das Natürlichste auf der Welt ...

Harrys Adresse war nicht leicht zu finden. Es war eines von vier viktorianischen Häusern, die sich zwei, drei Kilometer außerhalb von Bonnyrigg an ein Flussufer drängten. Auf drei Seiten waren sie von einem sanft wogenden Flickenteppich aus Feldern umgeben, dazwischen zeichnete sich hin und wieder als dunkler Punkt eine Baumgruppe ab. Tagsüber ließ sich in der Ferne manchmal eine Turmspitze oder ein rechteckiger Kirchturm erahnen.

Weshalb eine gewisse Gegend herunterkommt, ist schwer zu sagen, doch hier war dies eindeutig der Fall. Drei der einst stolzen, ja prächtigen alten Häuser grenzten aneinander und waren von Gärten mit hohen Mauern umgeben, die sich beinahe bis zum Fluss erstreckten. Die beiden äußeren Häuser standen seit Jahren leer und waren nicht mehr zu retten. Ihre Fenster waren nur noch klaffende Höhlen, und die Dächer bogen sich nach innen durch. Schon seit Langem standen sie zum Verkauf. Hin und wieder kam jemand, um sie sich anzusehen, und ging kopfschüttelnd wieder weg. Es handelte sich eben um keine begehrte Lage. Im mittleren Haus wohnte Harry. Es war zwar einsam, doch konnte er sich hier ungestört mit seiner Mutter unterhalten, ohne befürchten zu müssen, dass jemand mitbekam, wie er am Flussufer saß und Selbstgespräche führte.

Von der Straße auf der anderen Seite des Flusses aus erhaschte Bonnie Jean durch die das Ufer säumenden Bäume hindurch ihren ersten Blick auf das Anwesen. Sie bat den Taxifahrer zu halten, und blieb eine ganze Zeit lang sitzen, in der sie nichts anderes tat, als über den Fluss zu schauen. Man sah sofort, welches Haus bewohnt war. Das Erdgeschoss war hell erleuchtet; der Schein fiel durch die Fenster und tauchte den riesigen Garten in ein unheimliches Licht. Im Innern regte sich nichts. Verglichen mit den anderen Häusern wirkte es jedoch voller Leben. Merkwürdigerweise fand Bonnie Jean, dass es zu Harry Keogh passte. Es entsprach seinem Charakter.

Sie hatte den Fahrer aus einem einfachen Grund gebeten, hier anzuhalten: Sie wollte das Anwesen zunächst aus sicherer Entfernung beobachten. Aber es war, was es schien, nichts weiter als ein altes Haus, das allmählich verfiel. Eine konspirative Wohnung stellte sie sich so jedenfalls nicht vor. Doch wie dem auch sein mochte, da Harrys Kollegen, seine ehemaligen Brötchengeber, bereits über sie Bescheid oder doch zumindest von ihrer Existenz wussten, machte es ohnehin keinen Unterschied. Er hatte ihr erzählt, dass er nicht mehr für diese Leute arbeitete und sie auch keinerlei Interesse mehr an ihr hatten. Daraufhin hatte sie sich doppelt abgesichert, indem sie ihm ein paar posthypnotische Befehle erteilte. Allerdings war dieser geheimnisvolle Harry Keogh kein gewöhnlicher Mann, deshalb würde sie das Ganze sowieso noch einmal überprüfen müssen.

Nach einer Weile wies sie den Fahrer an, weiterzufahren, und keine Minute später überquerten sie auf einer alten, steinernen Brücke den Fluss und gelangten auf eine von Schlaglöchern übersäte Zufahrtsstraße, an deren Ende sich die Häuserreihe befand. Vor Harrys Adresse, Riverside Nummer 3, dort, wo das Licht brannte, stieg B. J. aus und zahlte.

Während das Taxi wieder anfuhr, ging B. J. den mondbeschienenen Streifen aus Pflastersteinen entlang bis zu Harrys Tür, die sich öffnete, als sie sie erreichte. Harry stand vor ihr.

Indem er ihr die mit chinesischen Motiven bedruckten Papiertüten abnahm, bat er sie hinein. Er wirkte angespannt und entschuldigte sich dafür, wie es bei ihm aussah. Schweißperlen standen ihm auf der Stirn. Offensichtlich hatte er schnell noch einiges erledigt.

»Du ... siehst ganz schön geschafft aus!«, meinte sie, während sie sich in dem geräumigen, allerdings nur spärlich möblierten Arbeitszimmer umblickte, dem einzigen Raum, auf den er längere Zeit verwandt hatte, allerdings schon vor fast einem Monat. »Was um alles in der Welt hast du bloß angestellt, Harry?«

Er verzog das Gesicht. »Äh, aufgeräumt?«

»Ach, tatsächlich?« Unwillkürlich musste sie lächeln. »Dann kann ich ja froh sein, dass ich nicht hergekommen bin, solange es noch unaufgeräumt war.«

Er nickte niedergeschlagen. »Es sieht wohl ziemlich unordentlich aus, was?«

Verblüfft schüttelte sie den Kopf. »Und hier wohnst du?«

»Ist es denn *so* schlimm?« Er ließ seinen Blick ringsum schweifen und fuhr sich nervös mit der Zunge über die Lippen. Dann nickte er abermals. »Ja, das ist es wohl. Aber eigentlich ist das Haus gar nicht so schlecht. Es war mal ein schmuckes Anwesen und ist für die Ewigkeit gebaut. Und das ist ganz gut so, in letzter Zeit wurde nämlich nicht allzu viel daran getan. Das Grundstück ist ziemlich ... verwahrlost, ja. Aber Hauptsache, es gehört mir und ich kann es wieder herrichten. Ich bin noch nicht so lange hier, und ich war ziemlich beschäftigt. Aber ich habe das Haus begutachten lassen, im Grunde ist es in Ordnung. Das heißt von der Bausubstanz her.«

Harry breitete die Arme aus, wobei die Tüten vom Chinesen in Schwingungen gerieten. »Es ist in bestem Zustand! Ich werde die Teppiche austauschen ... na ja, irgendwann. Ein paar Bodendielen knarren ein bisschen, und die Einrichtung könnte, äh, schöner sein, nehme ich an. Und ich habe keine Ahnung, wo der viele Staub herkommt.« Er seufzte, und sein schlecht gespielter Optimismus fiel von ihm ab. »Es müsste gestrichen werden, und dann wären da noch eine Handvoll Dachziegel und ...« Er verstummte mit einem Achselzucken.

»Aber weshalb ausgerechnet dieses Haus?« Dafür musste es doch einen Grund geben.

»Es gehörte meiner Mutter«, sagte Harry. »Und danach meinem Stiefvater. Sie ... leben beide nicht mehr. Und irgendwo muss ich doch wohnen, nun, wo ich niemanden mehr habe.«

Während er sprach, merkte B. J., wie einsam er war. Auch sie war schon seit Langem allein – wenn auch auf andere Art. »Von drüben, vom anderen Ufer aus, dachte ich mir schon, dass es zu dir passt. Das Haus, meine ich. Von Weitem hat man immer noch den Eindruck, dass es nach – wie soll ich sagen – Reichtum aussieht.«

Harry schüttelte den Kopf. »Ich bin nicht reich.«

»Ich meine den Charakter des Anwesens. In der Nacht wirkt es irgendwie stilvoll.«

»Du meinst also, ich habe Stil?«

B. J. nickte und legte den Kopf schief. »Nun, irgendetwas hast du mit Sicherheit, Harry Keogh, sonst wäre ich bestimmt nicht hier.« Das entsprach der Wahrheit, auch wenn sie es anders meinte. Ehe er etwas darauf erwidern konnte, nahm sie ihm die Tüten aus der Hand und fragte: »Wo ist die Küche? Oder sollte ich das lieber nicht erfahren?«

Aber Gott sei Dank war die Küche modernisiert worden ...

Sie aßen, und da Harry feststellte, dass er tatsächlich hungrig war, langte er kräftig zu. B. J. hingegen sah ihm eigentlich nur zu und schob die wesentlich kleinere Portion auf ihrem Teller hin und her. Bereits während sie das Essen ausgepackt und in der Mikrowelle aufgewärmt hatte, hatte sie ihn beobachtet, und sein Interesse für das, was es zu trinken gab, und sein offensichtlich enttäuschtes Stirnrunzeln, als er feststellte, dass es sich lediglich um eine Flasche Liebfrauenmilch handelte, waren ihr nicht entgangen.

Er lehnte den Wein ab (worüber sie froh war) und entschied sich stattdessen für eine Dose Cola. Während sie sich selbst ein Glas einschenkte, meinte sie: »Von dem Rotwein, das heißt, was davon noch übrig war, habe ich nichts mehr ...« Sie verstummte und blickte ihn vielsagend an.

Harry hatte zwar damit gerechnet, dennoch wandte er den Blick ab. »Das hätte ich nicht tun sollen«, sagte er. »Aber würdest du mir glauben, wenn ich dir sage, dass ich dich eigentlich nur besuchen wollte? Ich meine, du hattest doch vorgeschlagen, dass wir in Verbindung bleiben, und ich stand kurz davor zu verreisen und konnte dich nicht erreichen.«

»Aber weshalb bist du eingebrochen?«

»Eingebrochen? Du meinst, wie ein Verbrecher?« Er schüttelte den Kopf. »Ich habe nichts kaputt gemacht. Ich habe dir doch erzählt, dass es das ist, was ich am besten kann. Darin bestand mein Job, und in dein Lokal kann man einfach so reinspazieren, glaub mir! Jedenfalls von der Rückseite her.«

»Oh?« Dabei hatte sie geglaubt, sie hätte alle Sicherheitsmaßnahmen getroffen. Allerdings hatte man ihr tatsächlich zu weiteren Vorkehrungen insbesondere an der Rückseite des Anwesens geraten. »War es denn so leicht?«

»Ich werde es dir irgendwann einmal zeigen«, sagte er in der Hoffnung, dass es nie dazu kommen würde. Damit widmete er sich wieder seinem Essen.

Doch B. J. war noch nicht fertig. »Du musstest an einem meiner Mädchen vorbei!«

»Ich bewege mich ziemlich schnell und sehr leise.« Er wusste, dass sie dem nicht widersprechen konnte.

»Aber es war trotzdem falsch! Stell dir vor, ich wäre zu Hause gewesen und du hättest plötzlich in meinem Schlafzimmer gestanden? Und dass du dann auch noch eine Flasche Wein klauen musstest ...«

Harry grinste – entwaffnend, wie er hoffte. » Das sollte doch bloß ein Hinweis für dich sein, mehr nicht. Du kennst doch sicher diese Werbung aus dem Fernsehen, die hast du bestimmt schon gesehen: ›und alles nur, weil ...‹«

»›... Harry Keogh Rotwein mag‹?«

»Ungefähr in der Art, ja. Aber, weißt du, der Tropfen hatte eine ganz schön üble Wirkung auf mich. Erst kürzlich habe ich etwas über eine Massenvergiftung oder so gelesen. Auf dem Kontinent sollen Winzer ihren Wein mit Frostschutzmittel versetzt haben! Und jetzt kommst du und erzählst mir, dir sei der Wein ausgegangen. Du hast das Zeug doch nicht etwa *verkauft?*«

Was? Bonnie Jean traute ihren Ohren nicht. Jetzt schien *er* ihr auch noch Vorwürfe zu machen. So langsam kam ihr das Ganze wie eines von Radus Wortspielen vor ... und Harry Keogh war verdammt gut darin! Sie zügelte jedoch ihr Temperament und erwiderte: »Wer weiß, vielleicht hast du ja recht. Ich habe das Zeug auch versucht und mich am nächsten Morgen genauso gefühlt, wie du damals aussahst. Aber verkauft habe ich den Wein nicht. Ich habe ihn meinen Gästen zum Probieren gegeben – denen hat er auch nicht geschmeckt.«

»Es ist also nichts mehr da?«

»Nein, alles leer.«

Harry ertappte sich dabei, wie er gegen seinen Willen mit den

Zähnen knirschte. Er wusste nicht, ob er froh oder wütend sein sollte. Er hätte alle Flaschen mitnehmen sollen, als er die Gelegenheit dazu hatte. Aber nein, natürlich nicht! Wahrscheinlich war es zum Besten, dass das üble Zeug weg war und damit offensichtlich auch die Nachwirkungen oder was auch immer von Alec Kyles Alkoholsucht. Denn auf B. J.s Liebfrauenmilch hatte Harry nun beim besten Willen keine Lust! Wie dies alles zusammenhing, vermochte er nicht zu sagen, doch nun war es endlich vorüber. Das musste es ja wohl auch sein, von B. J.s Wein war nämlich nichts mehr da.

Als hätte in seinem Kopf jemand einen Stöpsel gezogen, schwanden mit einem Mal all seine Frustrationen, seine Sorgen und Selbstzweifel. Hatte ihn vor einem Augenblick noch ein brennendes Verlangen gequält, war er nun gelassen und erleichtert. Vielleicht war er ja doch wie der eine Raucher unter Millionen, der nach nur einer einzigen Marke süchtig war ... und die wurde nun nicht mehr hergestellt! »Ach, wirklich?«, meldete sich in den Tiefen seines Unterbewusstseins eine leise Stimme zu Wort. »Und was ist mit Griechenland? Ich wette, dort kann man noch was von dem Zeug bekommen ...«

Und da war sie, die Frage, die ihm auf der Zunge brannte: *Ach, übrigens, dieser Bekannte von dir, der dir damals den Wein mitgebracht hat? Du weißt nicht zufällig, woher er ihn hatte, oder?* Fast wäre er damit herausgeplatzt. Doch dies durfte er niemals äußern. Niemals! Nicht, wenn er wieder sein eigener Herr sein wollte.

»Ich habe nur gemerkt, dass jemand in meiner Wohnung war«, kam sie zu seiner Rettung. »An dich dachte ich zunächst gar nicht, eher an diese Organisation, für die du gearbeitet hast. Es hätte ja sein können, dass sie mich überprüfen wollten oder so.«

Dies traf ihn völlig unvorbereitet. Er hatte die Geschichte, die er ihr aufgetischt hatte, schon ganz vergessen, dass er für das E-Dezernat noch ein, zwei Punkte klären sollte. Doch nun fiel ihm alles wieder ein, und da das Dezernat tatsächlich ja nichts von ihr wusste, konnte er sie beruhigen: »Nein, B. J., niemand ist hinter dir her. Wie gesagt, die Leute, für die ich gearbeitet habe, haben mit der Polizei nichts am Hut und sind nicht im Entferntesten an dir interessiert. Nicht mehr. An mir übrigens auch nicht. Glaub mir, es tut mir wirklich leid, dass du dir deswegen Sorgen machen musstest ...«

Der Rest der Mahlzeit verlief in peinlichem Schweigen. Beide hingen sie ihren Gedanken nach. »Soll ich dir was sagen?«, meinte Harry, als er sich schließlich seufzend zurücklehnte. »Ich glaube, das ist das erste Mal seit – Gott, ich weiß nicht, wie lange –, dass ich mich wirklich entspannt fühle. Das Essen, das du ausgesucht hast, war einfach großartig. Und dasselbe ... trifft auch auf dich zu. Vielleicht ein bisschen querköpfig, aber großartig. Aber wer bin ich schon, so mit dir zu reden?«

»Ja, wer schon?«, sagte sie. Dabei klang sie wie seine Mutter; nur was er dabei empfand, war ganz anders. »War das etwa ein Kompliment?«

Harry lachte und rieb sich das Kinn. »Eins? Da bin ich mir nicht so sicher«, entgegnete er. »Eher eine ganze Reihe davon!«

»Hast du keinen besseren Spruch drauf? Du erzählst mir, wie toll ich bin, wenn auch ein bisschen querköpfig? Das klingt, als wolltest du mich anmachen. Nun, ich muss dir sagen, da habe ich schon bessere Sachen gehört!« Als sie »nun« sagte, hörte sie sich wirklich an wie seine Mutter.

Der Gedanke an den Rotwein war wie weggeblasen. B. J. hatte ihm ein paar Stichworte gegeben, die nichts mit den bisherigen posthypnotischen Befehlen zu tun hatten, und Harry sprang darauf an. Mit einem Mal wurde ihm klar, was ihm seit achtzehn Monaten fehlte – und das war nicht nur sein eigener Körper.

Er räumte die benutzten Teller und das Besteck ab. Während er sich damit zu schaffen machte, fragte er: »Frierst du? Ist es kalt hier drin?« Seit seinem Einzug war im Kamin ein Feuer errichtet, doch bislang hatte der Necroscope keine Notwendigkeit gesehen, es auch anzuzünden. Im Allgemeinen liebte er es eher kühl, außerdem funktionierte die Zentralheizung überraschenderweise einwandfrei.

Sie hatte mitbekommen, wie sein Blick zur Feuerstelle wanderte, womöglich war ihr auch klar, was ihm durch den Kopf ging. »Na ja, etwas kühl vielleicht.«

»Dann zünde doch den Kamin an, solange ich mich um den Abwasch kümmere.«

»In Ordnung«, meinte sie. »Und ... ich würde mich gern ein bisschen frisch machen.«

»Ummm?«

»Wo finde ich hier denn das Badezimmer ...?«

»Oben, die Treppe hoch«, antwortete er. »Die Dusche ist ... ziemlich gut.«

»Aber ich wette, in deinem Schlafzimmer sieht es schlimm aus, habe ich recht?« Der direkte Weg war für gewöhnlich der beste und einfachste. Trotzdem stellte B. J. überrascht fest, dass ihr Atem eine Spur zu schnell ging.

»Nein, eigentlich nicht«, erwiderte Harry. Seine Stimme klang etwas heiser. »Es ist sogar ... ziemlich ordentlich. Ich habe, äh, aufgeräumt?« Er blieb in der Tür stehen und schaute zu ihr zurück. Sie stand vor dem Kamin. Ihre Blicke trafen sich, und einen Moment lang war es wie damals in ihrem Lokal. Sie fühlten sich zueinander hingezogen, und das hatte nichts damit zu tun, dass sie eine Betörerin war ... Vielmehr handelte es sich um jenen vollkommen natürlichen, elektrisierenden Augenblick, in dem ein Mann und eine Frau erkennen, dass es einfach passieren wird.

»Aber ich glaube, jetzt, wo das Feuer brennt« – sie löste ihren Blick von ihm, zündete ein Streichholz an und ließ es zwischen das zerknüllte Zeitungspapier und das Anmachholz fallen – »kommt es mir hier unten auch recht gemütlich vor.«

Und so langsam fing Harry ebenfalls Feuer. »Wenn du mit dem Duschen fertig bist«, flüsterte er heiser, »bring doch bitte die Steppdecke und den Überwurf von meinem Bett mit nach unten.«

Damit verschwand er in der Küche. B. J. fuhr sich mit der Zunge über die Lippen. Der Hunde-Lord hatte recht: Es gab noch andere, bessere Wege, sich einen Mann gefügig zu machen. Wenn das Licht erst gelöscht und die Vorhänge zugezogen waren, wäre es hier drin im rötlichen Schein des Feuers ebenso behaglich wie in einer verborgenen, warmen Höhle.

Ja, genau wie in einem Wolfsbau ...

Brian Lumleys ultimative Vampir-Saga wird fortgesetzt mit:

Verfluchtes Blut

ISBN 978-3-86552-086-9